Troublée par son patron

Le retour de son amant

JULES BENNETT

Troublée par son patron

Traduction française de
LAURENCE LENGLET

PASSIONS

HARLEQUIN

Collection : PASSIONS

Ce roman a déjà été publié en 2021

Titre original :
TEMPTED BY THE BOSS

HARPERCOLLINS FRANCE
83-85, boulevard Vincent-Auriol, 75646 PARIS CEDEX 13
Service Clients — https://www.harlequin.fr/contenu/contactez-nous
ISBN 978-2-2805-1342-5 — ISSN 1950-2761

Édité par HarperCollins France.
Composition et mise en pages Nord Compo.
Imprimé en mai 2025 par CPI Black Print (Barcelone)
en utilisant 100% d'électricité renouvelable.
Dépôt légal : juin 2025.

FSC www.fsc.org MIXTE Papier issu de sources responsables FSC® C159065

Pour limiter l'empreinte environnementale de ses livres, HarperCollins France s'engage à n'utiliser que du papier fabriqué à partir de bois provenant de forêts gérées durablement et de manière responsable.

1

— Toujours pas d'investisseur ! À croire que cette fichue boîte n'intéresse plus personne !

Kelly Prentiss s'approcha du bureau de son patron qui fulminait. C'était le même problème, jour après jour... Et le burn-out menaçait de devenir réalité.

Essayer de redresser une grosse entreprise qui avait touché le fond n'était pas une mince affaire. Mais Luke Holloway n'était pas n'importe qui. C'était le directeur du département Recherche et Développement de Wingate Enterprises, c'était son patron et, accessoirement, la star de tous ses fantasmes depuis plusieurs années.

Hélas, le malheureux homme ne savait même plus combien de casquettes il portait. Par chance, c'était vendredi, mais elle savait qu'il ne prendrait pas son week-end, ce qui signifiait... qu'elle non plus.

— Essayons de sortir des sentiers battus, suggéra-t-elle.

Les yeux sombres et tourmentés de Luke se posèrent sur elle et, aussitôt, toutes ses terminaisons nerveuses se mirent en alerte.

Cela faisait plusieurs années qu'elle travaillait pour Luke Holloway, et elle avait espéré que cette tension sexuelle finirait par s'atténuer. Hélas, plus le temps passait, plus il l'attirait comme un aimant.

C'était ridicule de s'enticher de son patron. C'était même complètement cliché. Sans compter que cet homme était pratiquement marié à son travail. Il ne prenait même plus le temps de sortir avec la moindre femme et, d'ailleurs, il ne la trouvait même pas attirante. Jamais il n'avait flirté ou même tenté de plaisanter avec elle, comme cela arrive parfois entre un homme et une femme. Luke ne pensait qu'au travail ; il était comme ça.

Ses fiançailles étaient tombées à l'eau trois ans plus tôt et, depuis que Wingate était en difficulté, il avait consacré chaque minute de son temps à chercher le projet miracle qui ferait renaître la société de ses cendres.

Il cherchait à acquérir des hôtels de luxe ou autres entreprises du secteur touristique en plein essor, sauf qu'à ce stade il avait surtout besoin d'une bonne fée pour sauver la situation ! Tout ce qui aurait pu donner aux Wingate le coup de pouce dont ils avaient désespérément besoin pour restaurer leur réputation et insuffler une nouvelle vie à l'empire familial.

— Tu crois que je n'ai pas déjà essayé de sortir des sentiers battus ? marmonna-t-il.

Elle ne répondit pas. Elle savait mieux que personne qu'il avait fait tout ce qui était en son pouvoir pour sauver l'entreprise, mais elle avait dit cela pour titiller sa curiosité. Les situations désespérées n'appelaient-elles pas des solutions désespérées ? Car oui, elle avait un plan. Un plan extrêmement risqué. Si Luke avait su ce qu'elle lui réservait, il l'aurait licenciée sur-le-champ.

Et s'il apprenait que ce plan était l'idée de son frère, cela sèmerait à coup sûr la zizanie dans la famille.

Par chance, Luke ignorait tout de ce qui s'était tramé en coulisses entre elle et Ezekiel Holloway, surnommé « Zeke ».

— Écoute, Luke, j'ai fait quelques recherches de mon côté. Il y a un investisseur qui aimerait te rencontrer. Il a de très bonnes idées et il est partant pour financer un projet.

Luke haussa les sourcils à cette annonce, et elle comprit qu'elle avait réussi à capter son attention.

— Il est prêt à te rencontrer dès que tu seras disponible, enchaîna-t-elle vivement, pour ne pas lui donner l'occasion de poser des questions trop précises auxquelles elle n'aurait pas su répondre. Je peux libérer ton agenda et contacter ton pilote. Nous pourrions partir dès demain, si cela te convient.

Son cœur battait si fort qu'elle avait du mal à penser correctement. Elle était en train de mentir à Luke... N'était-ce pas invraisemblable ? Seulement il était au bord du burn-out, et quelqu'un devait prendre soin de lui. Et comme elle était la personne la plus proche en dehors de sa famille, elle avait pris la liberté de le faire.

En fait, c'était Zeke qui avait imaginé ce plan, et comme, en qualité de vice-président, il avait lui aussi une quantité de problèmes à régler, elle avait proposé de s'en charger.

Elle passait le plus clair de son temps avec Luke. Elle connaissait si bien le fonctionnement de son esprit qu'elle s'était aussitôt imaginée en cheville ouvrière de ce plan. Finalement, Zeke lui avait assuré qu'elle était effectivement la seule personne appropriée.

Toutefois, cela la mettait mal à l'aise de devoir mentir à Luke au sujet d'un investisseur qui n'existait pas. Mais elle avait promis à Zeke qu'elle emmènerait son frère en vacances pour lui permettre de se ressourcer. De plus, vu la somme que Zeke avait investie dans ce plan, elle ne pouvait plus faire marche arrière, à présent.

Le silence régnait dans le bureau, attisant sa nervosité. Finalement, elle adressa à Luke un large sourire, feignant l'optimisme du mieux qu'elle pouvait.

— Je pense que c'est exactement ce dont tu pourrais avoir besoin pour reprendre pied, reprit-elle. Cela ne ferait pas de mal d'écouter ce que cet homme a à te dire.

Au moins, la première partie de cette déclaration était vraie. Il avait besoin de reprendre pied et, très sincèrement, elle aussi. Ils travaillaient tous les deux sans relâche depuis des mois. Elle n'en pouvait plus de regarder son patron batailler en vain, et elle était elle-même au bout du rouleau. Quelqu'un devait prendre les choses en main et arrêter les frais.

Faire une pause ne signifiait pas admettre la défaite. C'était simplement reconnaître que leurs esprits avaient besoin d'être débarrassés des impasses dans lesquels ils étaient empêtrés pour laisser le champ libre aux idées neuves, susceptibles de les sortir véritablement de l'ornière.

Elle devait toutefois être honnête. Ce voyage lui permettrait aussi de voir s'il pouvait exister une étincelle entre Luke et elle. Jamais elle n'aurait pris le risque toute seule, mais maintenant que Zeke insistait pour que Luke prenne des vacances, c'était pour elle l'occasion ou jamais de se jeter à l'eau.

— Tu me fais confiance ? ajouta-t-elle.

— Totalement.

Elle s'efforça d'ignorer le sentiment de culpabilité qui la submergea à ces mots. Luke lui faisait toujours confiance et là, elle allait quelque peu le trahir...

Elle se reprit bien vite. Le plan de Zeke partait d'une bonne intention : il voulait forcer son frère à prendre du repos. Seulement de son côté à elle, ses arrière-pensées de séduction qui l'habitaient n'étaient pas si innocentes... Pourtant, elle devait tenir bon car elle devait absolument savoir si l'attirance qu'elle éprouvait pour lui était à sens unique. Ou pas.

Elle se raisonna. Un petit mensonge n'était rien au regard de ce que Luke avait déjà traversé. Il lui pardonnerait. Du moins, elle l'espérait. Si ces vacances forcées permettaient à Luke de trouver, ne serait-ce qu'une bonne idée, il pourrait même lui accorder une augmentation.

Et si l'étincelle se produisait ? Elle retint son souffle à cette idée. Honnêtement, elle ne savait absolument pas ce que cela donnerait une fois qu'ils seraient de retour au bureau. Mieux valait ne pas y penser pour l'instant ! Elle avait trop de choses en tête pour y ajouter d'autres inquiétudes.

— Alors, tu es partant ? s'enquit-elle.

Luke poussa un soupir.

— Au point où nous en sommes, je dis qu'il faut tenter le coup. Tu as besoin d'aide ?

— Non, répondit-elle en gagnant la porte. Laisse-moi faire. Pour quelle heure dois-je faire préparer le jet, demain ?

— Disons midi. Je ne peux pas manquer le rendez-vous de 9 heures avec mon frère. Ava veut nous voir.

Ava, la tante de Luke et Zeke, avait perdu son mari, Trent. Il n'avait pas fallu longtemps à Keith Cooper pour lui tomber dessus alors qu'elle était dans un moment de faiblesse. Peut-être s'était-il véritablement entiché d'elle, mais ce n'était pas réciproque. Ava s'était contentée d'emménager provisoirement – et platoniquement – chez lui lorsque sa propriété avait été saisie. Toutefois, cette parenthèse s'était avérée désastreuse car à peine avait-elle trouvé un nouveau domicile que le neveu de Keith avait révélé que son oncle avait détourné de l'argent de Wingate Enterprises.

Parmi ses nombreux crimes commis contre la famille, Keith avait utilisé Ava pour mettre la main sur l'argent des Wingate, falsifier des dossiers, organiser un incendie et les faire accuser de trafic de drogue. C'est ainsi que le naufrage de la société avait commencé. Keith avait été arrêté, mais la famille Wingate avait été cruellement secouée par cette sordide affaire aux conséquences désastreuses pour l'entreprise.

— Entendu pour midi, répondit Kelly en quittant le bureau. Je m'occupe de tout.

Une fois la porte fermée derrière elle, elle s'y adossa quelques instants, fermant les yeux et prenant une longue inspiration. Maintenant que Luke avait accepté sa proposition, elle ne pouvait plus revenir en arrière.

Comment allait-il réagir lorsqu'il réaliserait qu'elle l'avait trompé et qu'il n'y avait pas d'investisseur ?

Et surtout, comment réagirait-il si elle tentait enfin de le séduire ?

Cette femme méritait une augmentation, ou une substantielle prime de Noël, songea Luke.

Depuis qu'elle travaillait pour lui, Kelly Prentiss était restée à ses côtés contre vents et marées. Et pas seulement sur un plan professionnel. Elle était aussi là lorsqu'il avait rompu avec sa fiancée, lui prodiguant des conseils sans jamais le juger. Il y avait quelque chose d'infiniment réconfortant dans le fait d'avoir quelqu'un qui non seulement l'écoutait quoi qu'il arrive, mais aussi à qui il pouvait faire entièrement confiance.

Et puis, malgré le drame sordide qui avait frappé sa famille, elle n'avait pas faibli une seule fois. Elle avait travaillé autant d'heures que lui et avait aussi donné des conseils avisés quand c'était nécessaire. Elle était littéralement son bras droit ; il aurait été perdu sans elle.

Il n'avait jamais rencontré quelqu'un de plus loyal, de plus impliqué ou de plus fiable que Kelly.

Et voilà qu'elle était sur la piste d'un investisseur qui pourrait non seulement les aider à redresser la société mais aussi à redorer leur blason et récupérer leurs milliards.

Kelly ne lui avait rien dit de leur destination, mais il savait qu'elle ne lui aurait jamais parlé de cet investisseur si cela n'en valait pas la peine. Si elle n'avait donné aucun détail, c'était pour ne pas perdre de temps, car elle savait que c'était essentiel. Si elle était si enthousiaste et voulait rester discrète, c'était qu'elle avait de bonnes raisons de le faire, et il était résolu à la suivre les yeux fermés.

Il passait sa vie au bureau depuis des mois. Il n'en était sorti qu'une seule fois pour se rendre à Dallas. Oui, quitter Royal et le Texas allait être rafraîchissant, et peu importait l'endroit où Kelly l'emmenait.

Il se cala au fond du fauteuil en cuir souple de l'avion et parcourut ses mails. Il répondit à quelques-uns d'entre eux et classa les autres dans des dossiers pour y revenir plus tard. Il avait à peine dormi, la nuit dernière… C'était l'histoire de sa vie, ces derniers temps !

Porter une société vers de nouveaux horizons et devoir pratiquement recommencer de zéro généraient un stress lourd à porter. Mais il savait qu'il était capable de relever ce défi ; il n'avait pas l'habitude de s'avouer vaincu ou de renoncer. Sans compter qu'il avait une assistante tout aussi combative que lui.

Il jeta un œil de l'autre côté de l'allée, où Kelly était assise sur le canapé et travaillait sur son ordinateur portable. Ses lunettes en écailles de tortue soulignaient ses remarquables yeux verts, et elle avait relevé ses cheveux ondulés en chignon. Avec son air sérieux et ses ongles de pieds peints en rose visibles à travers ses sandales, elle ressemblait à la fois à une touriste et à une professionnelle accomplie. Il n'aurait pas dû trouver cela si séduisant, mais il ne pouvait nier que Kelly était une belle femme.

Non, « belle » était un mot trop faible pour décrire toutes ses complexités. « Ravissante » et « captivante » la décrivaient beaucoup mieux.

Un étrange sentiment l'effleura, qu'il mit sur le compte du manque de sommeil et d'un esprit surmené.

Rien d'ambigu ne devait se produire entre Kelly et lui. Parce qu'il était hors de question de prendre le risque de perdre la seule femme en qui il avait confiance pour une simple aventure. D'ailleurs, ce n'était absolument pas le moment de penser à une relation, alors qu'il avait la tête sous l'eau au plan professionnel.

Une relation ? Quelle absurdité ! De toute évidence, il était tellement stressé par le manque de sommeil qu'il délirait. Il n'avait aucune intention de devenir ce genre de patron. Il respectait Kelly au plus haut point. La beauté n'était qu'une partie de ce qui la rendait si singulière. Extrêmement intelligente, elle était dotée d'un esprit vif et créatif. Personne d'autre ne se battait avec autant de fougue pour les idées qu'il soumettait au conseil d'administration. Lorsqu'il en soumettait, évidemment… Parce que depuis un bon moment, il n'avait aucune vision miraculeuse qui aurait pu sauver l'entreprise.

À peine le mot « vision » lui eut-il traversé l'esprit qu'une multitude d'images troublantes de Kelly défilèrent devant ses yeux… Il n'avait jamais pensé à elle en termes amoureux mais, à présent, tout se passait comme s'il ne pouvait s'en empêcher. Peut-être était-ce à cause de la façon dont elle avait pris en main tout ce plan ?

— Ça va ?

La question de Kelly le prit au dépourvu, et il se demanda combien de temps il avait passé à la fixer. Elle ne devait surtout pas penser qu'il la trouvait plus qu'attirante.

Bon sang, Luke. Ressaisis-toi. C'est ta collaboratrice, et ce ne sont pas des vacances. C'est un voyage d'affaires, et rien d'autre.

— Oui, très bien, répondit-il avant d'étouffer un bâillement. J'ai juste hâte d'arriver.

Il ne l'avait pas questionnée au sujet de leur rendez-vous, essentiellement parce qu'elle connaissait la situation de la société aussi bien que lui.

— Parle-moi de cet investisseur, demanda-t-il d'un ton las, luttant désespérément contre le sommeil.

L'espace d'un instant, elle écarquilla les yeux avant de les abaisser de nouveau vers l'écran de son ordinateur.

— Oh ! Attendons d'être arrivés pour parler travail, répondit-elle. Je dois répondre à ces mails. Sutton me demande les résultats de cette fin de trimestre, et tu as l'air fatigué.

Luke n'avait pas l'habitude d'essuyer un refus de sa part, mais ils avaient tous deux travaillé si dur qu'il n'allait pas l'interrompre maintenant.

Sutton Wingate était le directeur financier de la société et Kelly, même si elle était son assistante personnelle, faisait beaucoup de choses pour beaucoup de gens au sein de la société familiale, y compris pour le jumeau de Sutton, Sebastian.

C'était une femme extrêmement occupée, et elle avait organisé tout cela pour lui. Il ne put s'empêcher de reprendre espoir en voyant l'enthousiasme que ce voyage inspirait à la jeune femme.

Le soutien d'un nouveau partenaire financier serait un coup de pouce crucial lorsqu'ils auraient mis au point un plan pour réorganiser l'entreprise. Naturellement, il y aurait de nombreuses étapes à franchir. Ce n'était pas un miracle qu'il leur faudrait mais plusieurs. Il fallait bien commencer quelque part pour obtenir ce premier coup de pouce vers la reconstruction.

Il se cala au fond de son fauteuil, s'efforçant de repasser en mode travail. Après tout, il avait lui aussi quelques pistes d'investisseurs potentiels. Hélas, les effets de ses multiples nuits sans sommeil se firent bientôt sentir et il sentit ses yeux le brûler. Aucune idée brillante ne lui viendrait dans cet état d'épuisement.

— Tu devrais t'allonger, suggéra Kelly en ôtant ses lunettes. Si tu veux, je te laisse le canapé. Nous avons encore quelques heures de vol.

Luke ferma son ordinateur portable et se leva.

— Ne bouge pas. Je vais m'asseoir ici, dit-il en s'installant à côté d'elle.

Il appuya sur un bouton et la partie du canapé où il était assis s'inclina en arrière tout en lui relevant légèrement les jambes.

— Je ne savais pas que ces canapés étaient aussi sophistiqués, fit remarquer Kelly en riant.

— C'est parce que nous sommes toujours en train de travailler, répondit-il en croisant les mains sur son ventre. Mais je ne dormirai sans doute pas, ça fait un moment que je suis insomniaque.

— Pas de problème si tu t'endors, assura-t-elle, le regard fixé sur son écran. Je te réveillerai avant l'atterrissage.

Il ferma les yeux, se laissant bercer par le cliquetis des touches du clavier de Kelly et le ronronnement des moteurs.

Elle avait dit qu'il restait quelques heures de vol, mais il ne connaissait toujours pas leur destination. Peut-être l'emmenait-elle dans un pittoresque village de montagne ou dans une station balnéaire. Où qu'ils aillent, Kelly semblait en tout cas persuadée que cela leur permettrait de prendre un nouveau départ.

— Luke.

Il se réveilla en sursaut et cligna des yeux, ébloui par la lumière de l'habitacle. Il s'était bel et bien endormi.

Se tournant vers Kelly, il redressa son siège.

— J'ai dormi combien de temps ?

Elle haussa les épaules tout en rangeant son ordinateur dans la mallette.

— Environ deux heures.

Bon sang ! C'était une bonne sieste. Au moins, il avait repris du poil de la bête.

Comment ça, deux heures ? Sans compter qu'il ne s'était pas endormi tout de suite. Où diable Kelly l'avait-elle emmené ?

Mais peu importait, après tout. Il avait hâte de rencontrer cet investisseur potentiel. Chaque fois qu'il approchait un prospect, il ne pouvait s'empêcher de penser que ce serait son sauveur.

Non qu'il risque de perdre son poste au sein de la société. Il était trop puissant et trop riche pour être écarté. Seulement les gens lui faisaient confiance pour ramener l'entreprise familiale sur le devant de la scène. À ses yeux, l'échec était donc impensable, et il avait bien l'intention de frapper un grand coup. Il trouverait les meilleurs investisseurs et rendrait Wingate Enterprises plus lucrative qu'elle ne l'avait jamais été.

Il boucla sa ceinture de sécurité alors que le jet amorçait sa descente.

— Tu dois avoir un effet apaisant sur moi parce que cela fait un moment que je n'ai pas dormi plus de deux heures d'affilée, fit-il remarquer.

Kelly se tourna vers lui avec ce regard sévère qu'elle lui lançait toujours avant de le sermonner. Il s'était habitué à ce regard. Au départ, il le terrifiait, mais aujourd'hui il savait que cela partait d'une bonne intention. Elle veillait sur tous ceux qui l'entouraient.

— Tu ne sauveras jamais la société si tu ne prends pas soin de toi, Luke. Ce qui m'amène à la raison de ce voyage...

— Que veux-tu dire ? demanda-t-il, notant qu'elle semblait un peu mal à l'aise, soudain.

Kelly se mordit la lèvre inférieure et soutint son regard.

Quelque chose clochait, comprit-il. Une brusque inquiétude le submergea. Qu'allait-elle donc lui annoncer ?

— Kelly ?

— C'est pour ton bien.

L'effroi se substitua à l'inquiétude.

— Qu'as-tu fait ? Où sommes-nous ? demanda-t-il sèchement.

Elle prit une profonde inspiration et redressa les épaules.

— Nous sommes à Oahu pour cinq jours de repos et de relaxation.

— Bon sang ! s'exclama-t-il. Qu'est-ce que tu racontes ?

— Et il n'y a pas d'investisseur, précisa-t-elle. Juste toi, moi, et un bungalow sur une plage privée.

2

Luke descendit de l'avion et reçut un collier de fleurs.

— Aloha, monsieur Holloway. Aloha, mademoiselle Prentiss. Bienvenue à Oahu.

Toujours furieux, Luke s'écarta tandis que le jeune Hawaïen, vêtu d'un costume blanc impeccable, passait un autre collier de fleurs autour du cou de Kelly.

— Par ici, je vous prie, ajouta le jeune homme avec un geste en direction d'un SUV gris métallisé. Nous allons récupérer vos bagages et je vous conduirai à votre villa. Vous devez avoir hâte de commencer cette escapade romantique.

— Je n'irai nulle part, grogna Luke. Qu'est-ce que c'est que ce cirque ? ajouta-t-il, exaspéré à la vue d'un autre homme qui approchait de l'avion, vraisemblablement pour prendre leurs bagages.

Kelly adressa au chauffeur un sourire embarrassé.

— Pouvez-vous nous excuser un moment ? demanda-t-elle. Vous pouvez aller chercher nos bagages.

Une fois les deux hommes à l'ouvrage, Kelly se tourna vers lui.

— Tu m'as menti, laissa-t-il sèchement tomber.

C'était ce qui l'agaçait le plus. Ce qu'elle avait fait était même au-delà du mensonge. Elle l'avait délibérément trompé. De plus, comment avait-elle pu planifier ce séjour, réserver le jet, briefer le pilote, le tout à son insu ? Ce n'était pas possible. Elle avait dû recevoir de l'aide, et ça sentait Zeke à plein nez. Jamais Kelly n'aurait pu gérer cela toute seule, sans parler de l'aspect financier. Lequel avait dû être pris en charge par quelqu'un de haut placé dans la société…

Comme son frère, qui se mêlait de tout, même si cela partait toujours d'une bonne intention.

— Je l'ai fait pour ton bien, Luke. Et c'est la première fois. Sérieusement, tu ne vois pas dans quel état tu es ? Tu as désespérément besoin de vacances.

Malgré ces explications, il était toujours aussi furieux. Quelle mouche avait piqué sa loyale assistante ?

— Mon frère est impliqué là-dedans ? demanda-t-il.

Kelly écarquilla les yeux tandis qu'une mèche auburn lui caressait le visage sous l'effet de la brise. Il comprit à son expression qu'elle ne voulait pas dénoncer Zeke. Seulement voilà, il n'était pas stupide.

— Il m'a chargée de veiller à ce que tu te détendes et m'a ordonné de ne pas te ramener à Royal avant la fin de ces vacances, expliqua-t-elle. Ce qui veut dire que toi et moi sommes là pour nous reposer et nous ressourcer. Tu t'es épuisé à la tâche, et Zeke et moi n'accepterons aucun refus de ta part. Maintenant, monte dans la voiture.

Luke cligna des yeux. Il savait que Kelly était une femme déterminée ; c'était l'une de ses grandes qualités en tant que collaboratrice. Mais jusqu'à présent, elle n'avait jamais tenté de lui imposer sa volonté avec autant d'autorité. Cet aspect de sa personnalité était nouveau, et il n'était pas sûr de l'apprécier.

Une femme autoritaire pouvait être sexy, mais pas lorsque cette femme était son assistante et le menait à la baguette comme un enfant soumis aux ordres de son frère. Une chose était sûre : Zeke ne l'emporterait pas au paradis !

— Tu ne peux pas m'obliger à rester, décréta-t-il.

Kelly fit un pas dans sa direction. Lorsqu'elle se trouva nez à nez avec lui, elle le foudroya de ses yeux verts.

— C'est vrai, dit-elle, très calme. Mais c'est Zeke qui m'a chargée de cette mission. Il s'est donné beaucoup de mal pour organiser tout ça pour toi et nous avons libéré ton emploi du temps de la semaine prochaine. Si tu ne veux pas le faire pour toi ou pour ton frère, fais-le pour moi, s'il te plaît. Prends soin de toi pour pouvoir prendre soin de Wingate.

Elle semblait si convaincue qu'il se calma un peu. L'idée d'avoir été ainsi piégé lui déplaisait toujours autant, mais il savait aussi que son frère n'aurait pas demandé l'aide de Kelly ou fait des pieds et des mains pour l'éloigner du bureau s'il n'avait pas été réellement inquiet.

Pourtant, l'attirance qui l'avait frappé comme une gifle dans l'avion et la sieste réparatrice qu'il avait faite à côté d'elle risquaient de les amener à franchir une limite dont ils ne se relèveraient jamais.

— On peut monter dans la voiture, maintenant ? demanda-t-elle.

Il réalisa que le chauffeur avait chargé leurs bagages et ouvert la portière arrière, auprès de laquelle il les attendait. Avec un profond soupir, il se dirigea vers le SUV, aidant Kelly à se hisser à l'intérieur avant de la rejoindre.

Une fois la portière fermée, il se tourna vers elle. Elle regardait droit devant elle, les jambes croisées et les lunettes sur le nez.

C'était une merveilleuse assistante, mais elle était bien plus que cela. Jamais, depuis cinq ans qu'elle travaillait pour lui, elle ne lui avait demandé quoi que ce soit. Elle avait fait preuve d'une remarquable noblesse d'âme, et voilà que, maintenant, elle s'inquiétait pour sa santé.

Il déglutit. Elle pensait manifestement que suivre les ordres de Zeke était la meilleure solution, mais Zeke ignorait tout ce qui se tramait en lui. À savoir que le côté institutrice de son assistante avait le don de le mettre dans tous ses états.

En même temps, Kelly semblait préoccupée de son bien-être au point de le supplier de prendre soin de lui. Et il n'était pas assez stupide pour ignorer ces efforts. De plus, ce n'était pas comme s'il s'absentait fréquemment du bureau, surtout dans une période aussi critique. En fait, son frère avait peut-être raison… Prendre du repos lui permettrait de recharger ses batteries et de repartir sur de bonnes bases.

C'est vrai qu'il avait tout essayé, et à ce stade, passer quelques jours au paradis avec une femme ravissante était sans doute ce qu'il y avait de mieux à faire. Évidemment, il ne pourrait rien se passer entre eux. Car prendre un tel risque serait un véritable désastre. Kelly était trop précieuse pour lui et pour la société.

Bon, il venait de décider de rester, mais cela ne signifiait pas qu'il se réjouissait qu'elle lui ait menti.

— Qui d'autre sait que tu m'as kidnappé ? s'enquit-il.

Elle se mit à rire.

— *Kidnappé* ? Vraiment, Luke, tu exagères...

— Tu appellerais ça comment ?

— Une escapade bien méritée.

Il ne se souvenait même pas de la dernière fois où il était parti en vacances, mais cela ne voulait pas dire qu'il avait envie de le faire avec sa torride assistante. Travailler avec elle dans un bureau était une chose, séjourner en sa compagnie dans un charmant bungalow était une tout autre histoire.

— Ce n'est peut-être pas une très bonne idée, que l'on partage une chambre..., reprit-il.

Elle le dévisagea un instant et il crut déceler dans son regard une lueur qu'il ne sut interpréter.

— Écoute, Luke, nous sommes des adultes. De plus, nous avons loué une maison, et non une chambre d'hôtel avec un seul lit. Tout ira bien, à moins que tu aies peur d'être incapable de résister à mes charmes, conclut-elle en lui adressant un clin d'œil.

Oh bon sang ! Ce clin d'œil et ce sourire en coin auraient dû le laisser de marbre, sauf que ce n'était pas le cas. Sans le savoir, son frère l'avait mis dans une situation délicate.

— Je plaisante, ajouta-t-elle. N'aie pas l'air si effrayé. Maintenant, je dois te parler d'une règle sur laquelle Zeke et moi sommes tombés d'accord.

— Comment ça, une règle ? Tu veux dire qu'après avoir concocté tout ce plan délirant vous n'avez établi qu'une seule règle ?

— Pour l'instant, répondit-elle en souriant toujours. Donc, première règle : pas d'écrans.

— Allons, arrête de me faire marcher ! lança-t-il en riant avant de se rembrunir quand il comprit qu'elle était sérieuse. Comment vais-je prendre des nouvelles du travail ou de mon frère ?

Ce frère qui s'était immiscé dans sa vie et à qui il lui tardait de dire ses quatre vérités !

— Je t'assure que Zeke s'occupe de tout au bureau et que tu n'auras aucun besoin de le contacter pour quoi que ce soit, répondit-elle. C'est d'ailleurs le but de ces vacances.

— Il n'est pas question que je me passe de téléphone !

Kelly inclina la tête et sourit.

— Oh que si. Il n'y aura ni téléphone ni ordinateur portable. Rien. Tu vas t'aérer l'esprit, tu m'entends ? Nous nous ferons masser, nous dégusterons des petits plats et des boissons livrés directement à notre bungalow. Et nous aurons une plage privée et un majordome à notre service. Le but du jeu est de t'extraire de la réalité.

Il la dévisagea, se demandant jusqu'où cela pourrait aller.

— Je te donne l'ordinateur, mais pas le téléphone, décréta-t-il.

Kelly se mit à rire, ce qui, une fois de plus, l'agaça au plus haut point. Il n'allait quand même pas se laisser infantiliser de la sorte.

— Je vais prendre *tout* ton matériel, le mettre dans le coffre-fort, et je serai la seule à connaître le code. Ce sera un redémarrage complet de ton système. Tu as compris ? Tu vas te détendre et prendre du bon temps. Je suis là pour m'en assurer.

Une fois de plus, l'idée de passer cinq jours dans un bungalow au bord de la mer sous la surveillance de sa torride assistante le troubla. Bien sûr, jamais il n'irait jusqu'à lui faire des avances. Il avait trop d'estime et de respect pour elle pour lui infliger cela.

Sauf que passer son temps sur une plage impliquait qu'il allait la voir… en maillot de bain. Déjà, la simple vue de ses petites lunettes et de ses ongles de pieds vernis lui avait retourné les sangs, dans l'avion. Alors comment réagirait-il à la vue de son corps pulpeux moulé de spandex humide ?

— Bon sang, marmonna-t-il. Je n'ai apporté que des costumes. Pas de maillot de bain.

— Ne t'inquiète pas. Je m'en suis occupée, répondit-elle avec, une nouvelle fois, un petit sourire en coin.

Quelque chose dans ce sourire effronté le terrifia et il comprit qu'il était dans de sales draps. Il aurait dû faire demi-tour et reprendre l'avion. Kelly aurait pu rester et prendre tous les congés qu'elle voulait. Il était même prêt à lui accorder une prime.

Seulement il était à bord d'un SUV en compagnie de sa ravissante assistante, en route vers ce que le chauffeur avait qualifié « d'escapade romantique ».

Mais non, se rassura-t-il. Il n'y avait aucune raison que les choses dérapent.

Le cœur de Kelly se mit à battre plus vite tandis que le gardien les escortait jusqu'à leur bungalow. Autour d'eux, les jardins et la palmeraie étaient encore plus luxuriants qu'elle l'avait imaginé.

Avant de réserver le bungalow, Zeke le lui avait montré pour avoir son avis. Comme si elle allait refuser des vacances gratuites avec l'homme qu'elle désirait depuis des années ! N'importe quel endroit aurait été parfait, puisqu'il lui donnait l'occasion de tenter sa chance avec Luke.

À présent, ils étaient seuls, et plus rien ne devait l'arrêter. Elle avait d'ailleurs appelé l'agence, donnant des instructions strictes pour s'assurer qu'ils ne seraient pas dérangés. Elle avait également fixé des horaires pour toutes les prestations : des livraisons du traiteur aux massages, en passant par les excursions prévues pour que Luke se détende encore plus.

Elle avait promis à Zeke qu'elle ferait tout pour que son frère décompresse, et elle ne le laisserait pas quitter cette île avant d'avoir constaté une amélioration.

À mesure qu'ils approchaient du bungalow, le doux clapotis des vagues lui remonta le moral et l'apaisa. Des hibiscus rose vif bordaient l'allée nichée dans un écrin de verdure luxuriante. Enfin, leur pavillon de rêve apparut au bout de l'étroit chemin.

La première chose qu'elle remarqua fut son ravissant toit de chaume. L'océan se trouvait manifestement derrière la maison, et elle imagina aussitôt une immense plage de sable blanc. Mais pour l'instant, elle brûlait d'impatience de visiter le bungalow.

— Je vous laisse découvrir la maison ou je vous la fais visiter ? demanda le gardien en s'arrêtant devant la porte.

— Nous nous en sortirons très bien tout seuls, répondit-elle, plongeant la main dans son sac pour lui donner un pourboire.

— Je vais faire apporter vos bagages, dit l'homme en prenant le pourboire et en la remerciant d'un signe de tête. Il suffit de taper le code pour déverrouiller la porte. Elle se verrouille automatiquement pour votre sécurité. N'hésitez pas à appeler, si vous avez besoin de quoi que ce soit. Bienvenue à la villa Malie.

La villa de la Tranquillité. C'était parfait ! Ce nom lui avait plu dès que Zeke l'avait mentionné, et elle avait eu un véritable coup de foudre en voyant les photos en ligne. Jamais elle n'aurait imaginé passer des vacances dans un tel paradis. Il est vrai qu'elle n'avait pas de compagnon avec qui s'évader. En même temps, elle devait bien admettre qu'elle n'en avait jamais cherché. Luke occupait beaucoup trop de place dans son esprit.

Elle tapa le code et ouvrit.

— Bienvenue au paradis, dit-elle en invitant Luke à entrer. Je vais même te laisser choisir ta chambre.

— Formidable, marmonna-t-il en lui emboîtant le pas.

Lorsqu'elle eut refermé la porte, elle tomba en arrêt. C'était encore plus beau que tout ce qu'elle avait pu voir en photo…

Le mur du fond était constitué d'une enfilade de baies vitrées que l'on avait ouvertes pour laisser entrer la brise venant de l'océan. Il y avait une piscine à débordement avec un espace aménagé pour les repas à l'extérieur. Le salon, avec ses meubles blancs rehaussés de touches de vert, était vaste et confortable. À droite se trouvait une cuisine ouverte avec un bar, à gauche les chambres. Dans l'entrée, elle remarqua un petit sapin de Noël décoré d'ananas et de flamants roses.

— Je dois admettre que cet endroit est magnifique, déclara Luke en se tournant vers elle.

Elle sourit.

— Pensais-tu que ton frère ou moi choisirions un endroit médiocre pour te rendre malheureux ? Tu mérites ce qu'il y a de mieux.

— À vrai dire, je ne pensais pas que vous m'emmèneriez où que ce soit, rétorqua-t-il.

— Eh bien, maintenant tu sais que nous sommes prêts à tout pour toi. Y compris te protéger de toi-même.

Luke la dévisagea quelques instants, et elle réalisa alors à quel point ils étaient seuls. C'était pourtant loin d'être la première fois, car entre les déjeuners de travail et les voyages d'affaires, ils faisaient beaucoup de choses ensemble. Mais jamais ils n'avaient été seuls dans de telles circonstances. Il y avait quelque chose de très intime dans le fait de se trouver dans ce ravissant bungalow donnant sur une plage exotique avec un homme sur lequel elle fantasmait depuis des années.

Allait-elle vraiment mettre son plan séduction à exécution ? Si Luke continuait de lui en vouloir pour lui avoir imposé ces vacances, ce serait sans doute difficile de se lancer à la conquête d'un homme dont elle voulait faire beaucoup plus qu'un patron.

Elle frémit à l'idée qu'elle allait dormir à quelques mètres de lui. Si proche, et pourtant si loin…

Elle aurait été incapable d'avouer ses sentiments à Luke dans un cadre traditionnel. Elle l'appréciait non seulement en tant qu'employeur, mais aussi en tant qu'ami, et elle ne voulait pas risquer de compromettre son emploi.

Lorsque Zeke lui avait proposé de faire sortir Luke du bureau sous prétexte de l'emmener voir un investisseur, elle avait sauté sur l'occasion. Ce serait la seule et unique fois où ils seraient ensemble pour des affaires autres que celles de Wingate. Ce serait l'occasion ou jamais… Et quel meilleur endroit qu'un décor romantique et tropical pour déployer une stratégie de séduction ?

— Va choisir ta chambre, dit-elle. Je vais attendre les bagages.

Il entra dans une chambre, puis dans l'autre.

Pendant ce temps, elle se posta dans l'entrée, espérant que le gardien arriverait vite afin qu'elle puisse se changer et explorer la plage. Elle mourait d'envie de plonger les pieds dans le sable et dans l'océan, et de commencer ses vacances. Malgré son stress, elle espérait ne pas perdre son sang-froid lorsqu'elle devrait passer à l'action. Celle à laquelle elle se préparait mentalement depuis des semaines.

Luke revint et soupira. Il remonta ensuite ses manches de chemise, révélant ses avant-bras musclés.

Si, déjà, le simple fait de voir ses bras la mettait dans cet état, comment réagirait-elle lorsqu'elle le verrait en maillot de bain ? Jusque-là, elle n'avait vu Luke qu'en tenue de ville, parfois en jean et chemise.

— Je te laisse la chambre avec vue sur l'océan, annonça-t-il. Je prends celle qui donne sur le jardin.

— Tu devrais prendre la chambre avec vue sur l'océan. Le bruit des vagues sera plus relaxant. Pour ma part, je suis tellement heureuse d'être ici que je ne vais certainement pas me plaindre d'avoir vue sur le jardin.

— Cette chambre a une baignoire jacuzzi, précisa-t-il. Je ne me vois pas utiliser ce genre de chose.

Elle n'avait pas pensé aux salles de bains. Mais ils n'allaient pas se chamailler pour si peu. Elle prendrait la chambre qu'il voudrait lui laisser.

On frappa à la porte, et Luke alla chercher les bagages.

Lorsqu'ils furent de nouveau seuls, Kelly prit sa valise et gagna sa chambre.

— Qu'est-ce que c'est que tout ça ? demanda Luke s'arrêtant pour lui montrer des sacs frappés du logo du domaine.

— Ce sont les vêtements de vacances que je t'ai commandés.

Luke secoua la tête et soupira.

— Qui les a payés ? Toi ou Zeke ? demanda-t-il.

— Arrête de t'inquiéter de tout. C'est Zeke qui a tout payé, mais ici c'est moi qui coordonne le séjour en fonction de tes besoins. Ton seul travail pour les cinq jours à venir sera de profiter de la vie, des petits plats et des vins, et de ne penser à rien.

Il soutint son regard, et elle retint son souffle, espérant qu'il n'aurait rien à redire. Elle n'aspirait qu'à une chose : passer un moment insouciant et relaxant avec lui. Égoïstement, elle voulait qu'il voie en elle beaucoup plus qu'une assistante, mais manifestement elle aurait beaucoup à faire pour atteindre ce but.

Luke l'avait attirée dès le premier jour. Mais il y avait beaucoup d'autres choses qu'elle appréciait chez lui. Il était loyal, attentionné, droit et dévoué à sa carrière et à sa famille. Jamais elle n'avait pu ignorer l'attirance qu'elle éprouvait pour lui, et le moment était venu de passer à l'action.

Évidemment, elle n'avait que cinq jours devant elle. Elle décida toutefois de ne pas se précipiter. Elle n'allait quand même pas tenter de le séduire dès le premier jour...

— Entendu, dit-il. Je suis tout à toi pour les cinq prochains jours.

À ces mots, elle le dévisagea, à la fois ravie et terrifiée à l'idée de ce qu'allait leur réserver ce séjour.

3

— Qu'est-ce que c'est que ce maillot de bain ? s'écria Luke, se plantant devant la chambre de Kelly.

Pas question qu'il mette un pied hors d'ici vêtu d'un short aussi grotesque !

N'était-il pas censé être là pour se détendre ? Or le contenu de ces sacs l'avait mis hors de lui. Si Zeke avait été là, il se serait sans doute bien moqué de lui.

Luke jeta un coup d'œil par la porte entrebâillée.

Enveloppée dans un paréo fleuri, Kelly avait relevé ses longs cheveux auburn en chignon. Une serviette de plage sous le bras et ses lunettes de soleil calées sur sa tête, elle était prête à sortir. Ça, c'était un look de plage ! Mais le sien était… juste inqualifiable.

Pourquoi avait-elle l'air de sortir d'un shooting de mode alors qu'il ressemblait à un vacancier de seconde zone ?

— Montre-moi ça, dit-elle. Ça ne peut pas être si terrible. Ce n'est qu'un maillot de bain. Et puis, nous sommes des adultes.

— C'est fou ce que ce maillot fait adulte ! Tu leur as dit de trouver la plus petite taille qu'ils avaient en stock, ou quoi ?

Kelly fronça les sourcils.

— C'est vraiment trop petit ? À vrai dire, je ne savais pas quelle taille… Quelle taille faisait ta… Euh, quelle taille tu prenais.

Dans d'autres circonstances, la rougeur qui lui était montée aux joues aurait été charmante. Sauf que là, il se sentait affreusement compressé, dans ce short ridicule.

— Oui, c'est vraiment trop petit, rétorqua-t-il. Il aurait fallu deux tailles au-dessus. Au bas mot !

— Vraiment ? Pourquoi n'essaies-tu pas les deux autres puisque je t'en ai commandé trois ?

— Eh bien, parce que hormis la couleur, ils sont tous *exactement pareils*.

Il y avait d'autres vêtements dans les sacs. Lorsqu'il les avait passés en revue, il n'avait pas trouvé cela folichon, mais au moins les bas étaient assez grands pour couvrir ses parties intimes.

— Je peux voir ? demanda Kelly. Je te jure que je ne posterai pas de photo sur les réseaux sociaux.

Il la foudroya du regard lorsqu'elle éclata de rire.

— Je dois dire que je ne te fais absolument pas confiance en ce moment, répliqua-t-il. Premièrement, tu m'as kidnappé...

— Tu devrais vraiment revoir ta terminologie. Tu es en vacances, voilà tout.

— Deuxièmement, tu me commandes des shorts de plage taille enfant.

— Si je t'avais dit d'emporter des vêtements d'été, tu aurais compris qu'il se tramait quelque chose, expliqua-t-elle. Écoute, tu vas devoir te contenter de ce maillot, pour l'instant. Je te jure que je ne me moquerai pas.

— Tu t'es déjà fichue de moi alors que je ne suis même pas encore sorti.

— Ça m'a échappé, désolée. Je ne recommencerai pas, promit-elle, haussant les épaules.

À ce geste, son paréo glissa, révélant le haut de son maillot de bain. Il essaya de toutes ses forces de ne pas prêter attention au renflement de sa poitrine sous le tissu mais ne put s'en empêcher.

Il n'aurait pas dû. Cela ne se faisait pas de fixer la poitrine de son assistante. Ou de reluquer sa tenue de plage. Comment diable allait-il réagir lorsqu'elle ôterait ce fichu paréo ? Une chose était certaine, elle saurait vite à quel point il l'appréciait s'il sortait avec un maillot aussi *moulant* !

Retournant dans sa chambre, il se mit en quête d'une serviette de bain. Lorsqu'il en trouva une, il l'enroula autour de sa taille avant de ressortir.

— Allons-y, dit-il, tenant le nœud de la serviette comme si sa vie en dépendait. Tu n'auras qu'à fermer les yeux quand j'entrerai dans l'eau et quand j'en sortirai.

Elle contempla un instant son torse puis son regard s'égara un peu plus bas avant de revenir à son visage. Était-ce du désir qu'il avait perçu dans ce regard ? Impossible. Kelly travaillait avec lui depuis cinq ans et elle n'avait jamais semblé attirée par lui. Il devait ignorer sa tenue dénudée et garder en tête qu'ils étaient des adultes et travaillaient ensemble. Ce n'était rien d'autre que des vacances relaxantes qu'elle s'était donné beaucoup de mal à organiser.

— Donc, pas de téléphone ? demanda-t-il.

Elle leva la main.

— Je te promets que je mettrai aussi le mien au coffre. Et que je ne posterai aucune photo de toi en mini-short.

Il lui lança un regard noir.

— Arrête de te moquer de moi, marmonna-t-il.

— Allons, du calme. Par chance, ce n'est que le premier jour. Je suis sûre que tu vas apprendre à t'amuser, toi aussi. C'est mon objectif, en tout cas.

— Je préférerais que tu te fixes l'objectif d'appeler la boutique pour demander s'ils ont de vrais maillots pour homme.

— Très bien, je m'en occupe, répondit-elle en se dirigeant vers le salon, où elle décrocha le téléphone fixe.

Lorsqu'elle eut raccroché, elle se tourna vers lui.

— C'est fait. Ils nous envoient la commande par livreur.

— C'est moi qui paierai, cette fois, dit-il.

— La carte de crédit de Zeke est enregistrée dans le dossier. Donc, pas besoin. Bon, je vais tester la piscine, annonça-t-elle en se dirigeant vers la terrasse. Rejoins-moi quand tu seras prêt.

Il resta planté là, incapable de détacher son regard de sa trop sexy assistante qui s'éloignait… Et à cet instant précis, il ne voyait ni l'océan ni les palmiers.

Lentement, Kelly ôta son paréo, révélant ses courbes affolantes, et le jeta sur un transat. Elle chaussa ses lunettes de soleil et plongea un orteil dans l'eau.

Ce bikini aurait dû être interdit...

Bien que de couleur sobre, noir, il était réduit à sa plus simple expression, en termes de tissu. À côté, son mini-short paraissait immense !

Kelly s'approcha de la piscine et plongea. Elle émergea de l'autre côté et, posant les bras sur le rebord, s'absorba dans la contemplation de l'océan.

Luke tressaillit. On avait sonné. Tenant sa serviette d'une main, il ouvrit la porte de l'autre.

— Voilà, monsieur.

Le livreur lui tendit un sac et le salua d'un signe de tête.

De retour dans sa chambre, Luke sortit le nouveau maillot de bain et gémit. Il ne savait pas lequel était le plus moche, celui qu'il portait ou le nouveau, mais au moins ce dernier était un peu plus grand.

Il l'enfila à contrecœur et attrapa sa serviette. Lorsqu'il arriva sur la terrasse, Kelly avait regagné son transat. Allongée sur le ventre, elle était plongée dans la lecture.

Il en profita pour admirer ses fesses parfaitement galbées. Ce n'était pas bien. Il n'aurait pas dû. C'était son assistante et il la respectait infiniment. Ses pensées étaient en train de prendre une tournure complètement inappropriée, et il ne savait pas comment les faire revenir en terrain neutre.

Il expira longuement. Il ferait comme s'ils étaient au bureau, voilà tout. Ce n'était quand même pas si difficile.

Seulement au bureau, Kelly n'était pas en maillot de bain... Si elle l'avait été, il n'aurait jamais survécu.

— Ils doivent quand même avoir d'autres modèles de maillots de bain que ceux qu'ils m'ont envoyés, non ? lança-t-il.

Kelly jeta un œil par-dessus son épaule et éclata de rire.

— Quoi ? Tu n'aimes pas ces grosses lèvres rouges sur ton... Hum... Tes...

Il résista à l'envie de cacher l'ignoble imprimé, posant au dernier moment les mains sur ses hanches.

— Franchement, ai-je l'air d'être le genre de mec à porter un short noir avec des lèvres rouges sur les fesses ?

Elle se tourna sur le côté, ce qui fit onduler joliment ses seins sous le minuscule soutien-gorge.

Il fit un effort surhumain pour garder les yeux dans les siens.

— Au fait, tu as de la crème solaire ? demanda-t-il.

— Je me suis déjà vaporisée, mais je n'ai pas réussi à faire mon dos. Tu pourrais m'en mettre, s'il te plaît ?

Luke prit le flacon et lui aspergea le dos, s'aventurant jusqu'à la naissance de ses fesses largement dénudées. Il espéra qu'elle ne prendrait pas de coup de soleil à cet endroit, car il aurait du mal à se dominer si elle lui demandait de l'enduire d'aloès en fin de journée !

Lorsqu'il eut terminé – par chance, grâce au vaporisateur, il n'avait pas eu à étaler la crème –, il se dirigea vers la piscine.

— Ça fait un bien fou, dit-elle avant de reprendre sa lecture. Mais on peut aller à la plage, si tu préfères. Ou tu peux y aller seul. Je ne veux pas t'étouffer pendant ces vacances.

Au moment précis où elle prononça le mot « étouffer », une vision d'elle couchée sur lui surgit dans son esprit… Elle avait raison : il allait vraiment devoir garder ses distances s'il ne voulait pas se mettre dans l'embarras.

— Je crois que je vais aller faire un tour sur la plage, annonça-t-il. J'ai besoin de me vider la tête. Bonne lecture.

Il gagna la plage à une vitesse record, espérant de toutes ses forces qu'elle n'avait pas remarqué l'état d'excitation flagrant dans lequel il se trouvait. Il comprit alors qu'il allait avoir bien du mal à ne pas dépasser les bornes avec son assistante avant la fin des vacances.

Comme s'il n'avait pas assez de soucis professionnels comme ça, il ne rêvait déjà plus que d'une seule chose : lui ôter son minuscule bikini et leur faire oublier leurs problèmes.

4

Une fois Luke hors de vue, Kelly expira longuement, soulagée.

Lorsqu'il était arrivé sur la terrasse, elle avait failli avoir une crise cardiaque en voyant à quel point il était sexy. Elle savait qu'il était bien bâti, mais elle n'imaginait pas à quel point.

Et ce short noir ajusté mettait merveilleusement en valeur sa peau hâlée et ses muscles sculptés. Même l'épouvantable imprimé n'enlevait rien à son puissant sex-appeal. Au contraire, cette grosse bouche rouge imprimée sur ses fesses faisait totalement écho à ce qu'elle avait envie de lui faire…

Plus l'idée de le séduire prenait corps dans son esprit, plus elle comprenait qu'elle s'apprêtait à prendre le plus grand risque de sa vie. Mais c'était plus fort qu'elle. C'était maintenant ou jamais. Peu importaient ses craintes, elle devait les mettre de côté et aller chercher ce qu'elle désirait depuis si longtemps.

Même si elle regrettait le départ de Luke, c'était probablement mieux qu'il aille à la plage seul. La façon dont il avait caressé son corps du regard ne lui avait pas échappé. Il aurait fallu qu'elle soit aveugle pour ne pas le voir. Le désir qu'elle lui inspirait était évident, vu la taille réduite de son short. Peut-être le mettre dans son lit ne serait-il pas aussi difficile, après tout…

Elle sourit en tournant la page de son livre.

Ce nouveau bikini faisait son effet, comme elle l'avait prévu. Les hommes étaient somme toute des créatures assez prévisibles, même ceux mariés à leur travail. Ils avaient du mal à résister, dès qu'une femme exhibait ses charmes.

Oui, une petite aventure ne pourrait pas leur faire de mal. Ils étaient adultes et pourraient garder cela séparé du travail. Elle ne cherchait pas à ce qu'il lui passe la bague au doigt ou lui fasse des promesses. De toute façon, la seule chose qui intéressait Luke était son travail. Un état d'esprit qu'elle ne connaissait que trop bien car c'était celui de son propre père. Des années durant, sa mère avait dû batailler pour obtenir l'attention de son mari. Elle, elle ne voulait pas d'une vie comme celle-là. Elle savait qu'elle méritait beaucoup mieux.

C'est pourquoi elle se contenterait d'une simple aventure, avec comme décor les palmiers et la plage.

Lorsqu'un peu plus tard quelqu'un sonna de nouveau à la porte, Luke n'était toujours pas rentré. Elle se leva donc pour aller ouvrir.

— Aloha, mademoiselle, dit le majordome en poussant à l'intérieur un chariot chargé de plats et de boissons. Où dois-je préparer la table ?

Kelly jeta un œil autour d'elle, indécise.

— Que diriez-vous de laisser ça ici ? Nous nous en occuperons, merci.

L'homme hocha la tête.

— N'hésitez pas à nous appeler si vous avez besoin d'autres choses ce soir.

Kelly le remercia et le raccompagna.

S'approchant du chariot, elle souleva les cloches. Terre-mer de viandes et de crustacés, asperges grillées, riz au chou-fleur. Vin, bières, plus la bouteille de bourbon qu'elle avait commandée spécialement.

Il y avait aussi le programme des divertissements de la soirée organisés par l'hôtel. Encore fatiguée du voyage et peu désireuse de se mêler à la foule des clients, elle décida de ne pas le montrer à Luke.

Pour ne pas manquer le coucher de soleil, elle apporta les plats dans le patio et mit la table. Elle se servit un verre de vin et prépara une bière pour Luke. Elle rangea ensuite les bouteilles dans le réfrigérateur, exception faite du bourbon qu'elle laissa sur le comptoir.

Luke n'étant toujours pas rentré, elle regagna sa chambre et enfila un short et un débardeur. Elle se démêla les cheveux puis les rattacha en chignon. Ce faisant, elle sentit une douleur au niveau des épaules et jeta un œil dans le miroir. Apparemment elle avait déjà pris pas mal de couleurs. Elle devrait être plus prudente. Absorbée par ses fantasmes et son livre, elle avait complètement oublié de remettre de la crème solaire aujourd'hui.

Lorsqu'elle sortit de sa chambre, Luke était sur la terrasse. Il venait manifestement de piquer une tête. Des gouttes d'eau perlaient sur son large torse, ses cheveux courts et sa barbe. Il s'arrêta un instant pour s'essuyer avec sa serviette. Comme il ne l'avait pas encore vue, elle en profita pour admirer le spectacle, suivant le moindre mouvement de la serviette sur son corps élancé...

Elle toussota et le rejoignit.

— Tu arrives juste à temps, dit-elle. J'espère que tu es prêt pour le dîner.

— Je me change et j'arrive.

Il passa à côté d'elle sans lui adresser un regard, et elle ne put s'empêcher d'être déçue. Il semblait contrarié. Mais pourquoi ? Qu'est-ce qui pouvait bien contrarier qui que ce soit sur une île paradisiaque ?

Peut-être était-il agacé par l'attirance qu'il ressentait pour elle. Il détestait perdre le contrôle en général, surtout en matière de sentiments. Jamais il ne mélangeait travail et plaisir. Même lorsqu'il était fiancé, il avait privilégié sa carrière.

Elle n'en demandait pas tant. Elle voulait simplement passer quelques jours seule avec lui pour lui prouver qu'elle était plus que son assistante. Partager une aventure torride dans un lieu de rêve, tels deux adultes consentants et heureux d'être ensemble. Voilà tout. Elle ne demandait quand même pas la lune.

Vu la tête qu'il faisait, ce n'était pas gagné...

Se rappelant à quel point il la trouvait attirante, elle reprit vite espoir et s'efforça de surmonter sa nervosité. Cela pouvait marcher. Encore fallait-il qu'il soit prêt pour ce qu'elle avait en tête.

Lorsque Luke fut de retour, il était toujours aussi fermé, mais elle ne put s'empêcher de rire en voyant sa tenue.

— Je t'assure que je ne leur ai pas demandé de t'envoyer les vêtements les plus moches de la boutique ! dit-elle vivement. J'ai simplement donné ta taille et commandé des maillots, des shorts et des chemises. Plus des sandales et des lunettes de soleil.

— Oh ! Il ne manque rien. Et cette tenue était la plus *sobre* de toutes.

De nouveau, elle se mit à rire à la vue du short à carreaux vert et blanc et du T-shirt blanc barré de la mention « BEAU GOSSE » en lettres noires.

— J'ai été à deux doigts de mettre un costume, grommela-t-il en s'asseyant à la table. Un de ceux que j'ai apportés, évidemment.

— Bon, arrête de râler. Il est temps que tu comprennes que nous nous apprêtons à passer quelques jours sur une île paradisiaque et déserte. Allons, souris ! Personne d'autre que moi ne te verra dans cette tenue.

Il croisa son regard.

— Il ne t'est jamais venu à l'idée que j'avais besoin de me sentir respecté ? demanda-t-il.

— Comment ça ? Tu crois que je ne te respecte pas ? répliqua-t-elle, vexée qu'il puisse en douter.

— C'est impossible de respecter quelqu'un qui porte ce genre de... *vêtements*. La prochaine fois que tu kidnappes quelqu'un, dis-lui au moins ce qu'il doit emporter ou ne confie pas le stylisme à une boutique de souvenirs.

Elle but une gorgée de vin, retenant un sourire.

— Désolée. C'est mon premier kidnapping. Je ferai mieux la prochaine fois.

Il haussa les épaules et commença à manger en silence.

L'espace d'un instant, elle se demanda s'il lui en voulait vraiment de lui avoir imposé ces vacances et cette garde-robe. Elle souhaitait simplement qu'il passe un bon moment, et que, d'ici la fin du séjour, il apprenne à la connaître dans une ambiance plus détendue et la voie autrement qu'une simple collaboratrice.

Était-ce trop demander ?

— Comment était la plage ? s'enquit-elle.

Il fronça les sourcils comme s'il essayait de se remémorer sa journée.

— Déserte, répondit-il. Disposer d'une plage privée est certainement un avantage qui compenserait presque le fait que je sois condamné à m'habiller comme un clown. Je te conseille d'y aller demain. Comment était ton livre ?

— Je l'ai presque terminé.

Il la dévisagea, étonné.

— En un jour ?

— Quand je prends des vacances, j'en profite pleinement, figure-toi, répondit-elle. Et puis j'adore lire.

— Combien de livres as-tu apportés ?

— Sept. Cinq, soit un par jour, plus deux au cas où je finirais les autres plus vite.

Il la fixa intensément et hocha lentement la tête.

— Tu prends vraiment ce moment de détente très au sérieux, dis donc, fit-il remarquer.

— Toi aussi, tu verras. J'ai prévu quelques surprises, durant notre séjour.

Le regard de Luke se teinta de méfiance.

— Je ne sais pas si je survivrai à d'autres *surprises* de ta part, marmonna-t-il.

Elle ne put s'empêcher d'éclater de rire.

— Je te promets que tu vas les adorer ! Je cherche juste à t'aider à te changer les idées. Tu as besoin de t'amuser un peu et d'oublier le bureau. Crois-moi, Luke, tous les problèmes seront là, à notre retour.

Il continua de la scruter, et soudain son regard s'arrêta sur sa poitrine.

Elle frémit. Apparemment, la tension sexuelle n'avait pas totalement disparu entre eux.

— Tu as pris un coup de soleil, remarqua-t-il en désignant sa poitrine. Je te conseille de ne pas lésiner sur la crème solaire.

— Je sais. C'est un peu douloureux. C'est à cause de mon livre, j'ai oublié de remettre de l'écran solaire. Ça va aller.

Luke saisit sa fourchette à crustacés.

— En ce qui me concerne, je n'ai jamais lu de bouquin qui me fasse perdre la notion du temps, dit-il.

— Il faut avouer que tu passes ta vie à lire des tableaux de chiffres...

Il se mit à rire.

— Ce que tu peux être sarcastique. Apparemment, tu es encore plus sûre de toi depuis que tu as réussi à me faire venir ici.

Elle sourit et jeta un regard vers l'océan.

— C'est vrai que je me sens merveilleusement bien ici, murmura-t-elle. J'étais un peu stressée de devoir te mentir, mais je savais que c'était pour ton bien.

— Pour mon bien, ça, tu ne le sauras qu'à la fin du séjour, répliqua-t-il en s'attaquant à ses fruits de mer.

Lorsqu'ils eurent terminé leur repas, ils empilèrent les plats sur le chariot, que Luke laissa devant la porte d'entrée. Leur majordome le récupérerait plus tard.

— J'ai commandé ton bourbon préféré, dit-elle dès qu'il eut refermé la porte. Je te sers un verre ?

— En fait, je suis fatigué. Je crois que je ne vais pas tarder à me coucher.

Une fois de plus, un sentiment de déception s'insinua en elle. Qu'avait-elle cru ? Qu'il suffirait de quelques verres de bourbon pour qu'il se soumette à ses fantasmes ? De plus, elle n'appréciait guère ce genre de méthode. Ce qu'elle voulait, c'était qu'il vienne à elle de son propre chef. Elle lui montrerait alors qu'ils avaient beaucoup plus à partager que le travail.

Bien sûr, elle voulait qu'il prenne du recul par rapport aux problèmes de l'entreprise, mais elle voulait surtout qu'il réalise ce qu'il avait sous les yeux depuis cinq ans.

La verrait-il un jour comme autre chose qu'une collaboratrice ?

Et si oui, serait-il prêt à l'admettre ? Ou refuserait-il de prendre ce genre de risque ?

Elle soupira. Quoi qu'il se passe entre eux, cela n'arriverait pas le premier soir. Peut-être même pas le cinquième. Quoi qu'il en soit, elle devait essayer. Voir s'il existait une étincelle entre eux et s'il partageait ne serait-ce qu'un peu l'attirance qu'elle ressentait pour lui depuis si longtemps.

Quand Luke se retira, elle alla se doucher puis enfila son pyjama. Peut-être commencerait-elle un autre livre. Elle aurait sûrement du mal à dormir, cette nuit... Comment pourrait-elle se détendre alors que l'homme qui habitait tous ses fantasmes dormait à quelques mètres d'elle ?

Demain, elle devrait passer à l'action. Le temps passait vite.

Luke se retourna dans son lit pour la énième fois. Bon sang ! Il n'arrivait pas à fermer l'œil. Les visions de Kelly en bikini ne cessaient de se télescoper dans son esprit.

Peut-être devrait-il aller se servir un verre de bourbon, comme elle le lui avait proposé tout à l'heure. Cela lui ferait peut-être du bien. Il était presque minuit, et il ne l'avait pas entendue depuis un moment. Lorsqu'elle s'était douchée, il n'avait pu penser à autre chose qu'à son corps nu si proche, ruisselant de mousse...

Convoiter ainsi son assistante était impardonnable. Certes, il avait toujours trouvé Kelly attirante. N'importe quel homme normalement constitué aurait trouvé Kelly Prentiss attirante. Mais jamais au grand jamais il n'avait posé sur elle un regard lubrique. Or aujourd'hui, il ne pouvait plus la regarder autrement.

Il la maudit de l'avoir attiré dans ce traquenard et fait naître en lui de telles émotions. Avait-elle prémédité tout cela depuis le début ? S'était-elle mis en tête de le séduire ? Si c'était le cas, elle y réussissait sacrément bien !

Il n'avait jamais mélangé travail et plaisir. Il n'avait même pas pu sauver ses fiançailles. Son travail était prioritaire, et la loyauté envers sa famille essentielle. Cela signifiait qu'il devait tout donner à Wingate.

Il se leva brusquement et sortit de sa chambre.

Il portait l'un des caleçons noirs qu'il avait glissés dans sa valise. Au moins, c'était plus décent que les mini-shorts de la boutique, et plus confortable, même si chez lui il avait l'habitude de dormir nu. Mais seule une mince cloison le séparait de Kelly, et mieux valait être prudent.

Il s'apprêtait à entrer dans la cuisine lorsqu'il s'arrêta net. Une faible lueur éclairait la pièce. Il fit un pas, puis encore un autre, le souffle court.

Bon sang ! Comme s'il avait besoin de ça !

Devant lui, Kelly se tenait dans la pénombre, vêtue d'un mini-short bleu. Pire, elle était en train de s'enduire les fesses d'aloès.

La façon dont elle se contorsionnait pour tenir l'ourlet de son shorty presque transparent d'une main et se masser de l'autre était sacrément... envoûtante.

Instantanément, une foule de visions d'elle dans diverses autres positions envahit son esprit, et il se maudit de ne pas avoir fait demi-tour quand c'était encore possible.

Lorsqu'elle croisa enfin son regard, elle rabaissa aussitôt son short et se redressa.

— Luke ! s'exclama-t-elle. Qu'est-ce que tu fais debout ? Je t'ai réveillé ?

Réveillé ? Non. Empêché de dormir, plutôt ! Comment aurait-il pu envisager de dormir alors que des images d'elle en bikini ou de son corps dégoulinant au sortir de la piscine ne cessaient de défiler dans son esprit ?

Sans compter la vision d'elle se massant les fesses...

Il n'était pas sûr de trouver le sommeil, le temps de son séjour ici.

— Je n'arrivais pas à dormir, répondit-il. Je voulais me servir un verre de bourbon, comme tu me l'avais suggéré tout à l'heure.

À présent, il avait besoin de *deux* verres.

Il avança vers elle.

— C'est un coup de soleil ? s'enquit-il.

Kelly soupira.

— Oui. J'avais mis de l'écran solaire, mais ensuite j'étais

tellement captivée par ma lecture que j'ai oublié d'en remettre. C'est assez douloureux surtout sur les… Enfin à cet endroit.

Il avança encore d'un pas et vit les yeux de Kelly s'agrandir de surprise. D'inquiétude ? Il s'en voulait de ressentir une telle excitation, mais n'importe quel homme aurait réagi de la même façon en tombant sur une femme en petite tenue au beau milieu de la nuit… Même si cette femme était son assistante.

— Tu as besoin d'aide ? demanda-t-il.

Pourquoi sa voix était-elle si rauque ? Et pourquoi diable avait-il proposé de l'aider ?

— Oh ! Euh… Non merci, murmura-t-elle. J'ai déjà fait le nécessaire.

Ils restèrent tous les deux silencieux un long moment, et il regretta d'être sorti de sa chambre. Ces vacances le mettaient dans un état anormal, au point qu'il ne reconnaissait même plus ses propres pensées. Généralement, il ne faisait que penser à la société et aux moyens de résoudre ses problèmes, mais depuis quelques heures, il était habité de fantasmes plus torrides les uns que les autres où sa fidèle collaboratrice tenait le premier rôle.

Son frère avait-il voulu jouer les entremetteurs, maintenant qu'il avait trouvé l'amour de sa vie ? Avait-il voulu le pousser dans les bras de son assistante ?

Zeke venait d'épouser Reagan lors d'un mariage éclair à Las Vegas. Le couple était tellement amoureux que c'en était presque indécent. Seulement tout le monde n'était pas capable d'éprouver quelque chose d'aussi intense, Luke en était persuadé.

Car l'amour n'était pas pour lui. Il n'avait même pas le temps pour une simple liaison !

— Tu veux que je te serve un verre ? demanda Kelly avec sa douceur habituelle.

Il s'arracha à ses pensées et secoua la tête.

— Je m'en occupe, répondit-il. Je vais m'asseoir dans le patio pour prendre l'air.

Kelly hocha la tête.

— Très bien. Alors, bonne nuit.

Elle le fixa encore un instant, et il vit son regard dériver vers son torse nu. Presque aussi vite, elle se ressaisit et le contourna pour regagner sa chambre.

Il ne reprit son souffle que lorsqu'il entendit sa porte se fermer.

Bon sang ! Il allait devoir réagir, sinon il n'arriverait jamais au bout de ce séjour sans céder à la tentation.

5

Kelly ramassa un coquillage et plongea la main dans une vague pour le rincer avant de le glisser dans son sac de plage. Enfant, elle avait toujours aimé ramasser des coquillages lorsqu'elle était en vacances avec ses parents.

Luke et elle avaient une chose en commun : ils avaient tous deux perdu leurs parents lorsqu'ils étaient à l'université. Ses parents à elle étaient morts à quelques années d'intervalle. Luke avait perdu les siens en même temps, dans un accident de voiture. Bien que déjà adultes, son frère Zeke et lui avaient emménagé chez leur oncle et leur tante, Trent et Ava Wingate. C'est ainsi qu'ils avaient fini par travailler pour la société.

Hélas, Trent avait disparu, et Ava s'était rapprochée de Keith Cooper… Lequel avait causé la perte de Wingate Enterprises.

Depuis, la situation de l'entreprise n'avait fait que s'aggraver, entre les fausses accusations portées contre les membres de la famille Wingate, la saisie de leurs propriétés et les détournements de fonds. Mais Keith paierait certainement pour ses crimes.

Sutton Wingate, le directeur financier de Wingate Enterprises, faisait tout ce qu'il pouvait pour réduire les coûts, mais il semblait impossible de redresser la société sans un projet d'envergure qui lui donnerait le coup de fouet dont elle avait besoin.

C'est pourquoi Zeke et Luke travaillaient sans relâche pour guider le bateau familial hors de la tempête.

Quand le stress était devenu presque ingérable, Zeke avait

trouvé en Reagan une bulle d'air salvatrice. Luke, lui, n'avait rien d'autre dans la vie que son travail.

Au-delà de ses déboires professionnels, Luke n'avait pas été épargné sur le plan personnel puisqu'il s'était séparé de sa fiancée quelques années auparavant. Kelly n'avait jamais été aussi heureuse que lorsque Lily était enfin sortie de la vie de son patron. De son point de vue, la jeune femme n'avait jamais été à la hauteur. Elle se montrait trop exigeante et ne semblait jamais comprendre que Luke jouait un rôle central au sein de l'entreprise. Elle ne s'était jamais souciée des sentiments de Luke ou de son travail. Elle ne semblait s'intéresser qu'à la taille de la bague, ou à celle de leur fête de mariage ou de la maison dans laquelle ils emménageraient.

De plus, Kelly ne pouvait supporter la façon dont Lily la prenait de haut à chaque fois qu'elle passait au bureau. Comme si se destiner à une vie d'épouse oisive était plus glorieux que d'être une simple assistante.

Finalement, cette rupture avait été une excellente chose pour Luke, qui n'était de toute façon pas le genre d'homme à se marier. Ce que Lily n'avait jamais compris. Kelly, en revanche, savait exactement à qui elle avait affaire. C'était du reste la raison pour laquelle elle n'envisageait rien d'autre qu'une aventure avec lui aujourd'hui, malgré les sentiments qu'elle éprouvait pour lui.

Sentant un autre coquillage sous son pied, elle le ramassa. Elle en était à cinq et comptait bien rapporter sa petite collection au Texas. En souvenir de ce lieu magnifique. Et de son séjour avec Luke.

Luke... Ce matin, elle ne l'avait pas vu. Le petit déjeuner avait été livré à 9 heures et elle avait dégusté ses fruits frais et son mimosa en solo. Lorsqu'elle était sortie, la chambre de Luke était toujours silencieuse.

Peut-être était-il gêné, après leur rencontre nocturne. Peut-être cherchait-il un moyen de faire bonne figure après l'avoir surprise en train de s'enduire les fesses d'après-soleil.

Une chose était certaine, en tout cas : il l'avait dévorée des yeux. Malgré le faible éclairage, la passion brute qui avait animé son regard ne lui avait pas échappé. Pas plus que son érection, clairement visible sous son caleçon ajusté.

Certes, croiser une femme à demi nue au beau milieu de la nuit en aurait excité plus d'un, mais Luke n'avait jamais eu ce genre de réaction à son égard. Du moins à sa connaissance.

Elle décida de regagner le bungalow.

Aujourd'hui, elle avait mis son bikini jaune et noué un paréo autour de sa taille pour se protéger du soleil. Ce qui ne l'empêcherait pas de se repasser de la crème solaire sur le haut du corps en rentrant.

Elle se rinça les pieds dans la douche extérieure et déposa sac et sandales sur le transat au bord de la piscine. Le soleil tapait déjà fort et elle avait hâte de parfaire son bronzage.

Lorsqu'elle entra dans le salon, Luke mangeait une tranche de bacon, debout devant le chariot du petit déjeuner. Il se tourna vers elle et croisa son regard.

— Tu as bien dormi ? demanda-t-elle, pour tenter de briser la glace.

Quel était le protocole lorsqu'un patron surprenait son employée en train de s'enduire les fesses d'après-soleil ? Faire une blague ? Lui proposer un massage au même endroit ?

Du calme, Kelly. C'est toujours ton patron, et tu dois le traiter avec le respect qu'il mérite.

Luke était assez perturbé comme ça sans qu'elle ajoute encore à son stress en faisant des blagues de mauvais goût. Et puis, elle ne voulait pas le mettre mal à l'aise, mais le séduire.

— J'ai bien dormi, finalement, marmonna-t-il.

Bon. Apparemment, il n'était pas du matin. Pourtant, il arrivait toujours de bonne heure au bureau. Alors pourquoi semblait-il si abattu ici ? Dans cet endroit de rêve ? Pour elle, c'était tout l'inverse. Ce séjour lui faisait oublier tous ses soucis. Sauf, peut-être, sa frustration sexuelle…

— Je suis désolée pour hier soir, reprit-elle, ne trouvant pas d'autre solution que de mettre les pieds dans le plat. Mais j'ai trouvé l'aloès dans le frigo. Si j'avais su que tu étais réveillé, je n'aurais jamais…

Il la fixa de ses yeux sombres, comme s'il essayait de découvrir ses pensées les plus secrètes. Il portait un short vert et une chemise hawaïenne d'un goût douteux, qu'il avait laissée ouverte. Comment cet homme pouvait-il rendre aussi sexy quelque chose d'aussi kitsch ?

Mais peut-être était-ce ses paupières mi-closes, sa barbe naissante et son torse nu qui lui donnaient soudain envie de toucher ses muscles et de plonger les doigts dans le fin duvet qui parsemait sa poitrine, réalisa-t-elle.

C'était bien fait pour elle. Après tout, c'était elle qui l'avait amené ici sous prétexte d'arrêter de travailler. Et à présent, elle perdait les pédales parce que ses vêtements de plage laissaient entrevoir certaines parties de son anatomie. Si seulement il lui avait donné le feu vert pour toucher ladite anatomie, elle n'aurait pas été aussi paniquée.

Elle s'éclaircit la gorge.

— De toute façon, cela ne se reproduira pas. Je tâcherai de ne plus sortir de ma chambre en pleine nuit, dit-elle en s'approchant pour prendre une tranche d'ananas. Au fait, la plage est magnifique. J'ai trouvé de très jolis coquillages. J'en ramasse toujours à chaque fois que je vais à la plage. Je les mets dans un grand bol, chez moi, ça me calme quand je suis stressée.

Il la dévisagea, et elle se demanda pourquoi elle s'était mise à raconter n'importe quoi.

— Nous avons quelque chose de prévu, aujourd'hui ? demanda-t-il, visiblement indifférent à son bavardage.

— En fait, oui. Je nous ai réservé un massage.

— Un massage ?

— C'est la clé de la relaxation, Luke. Je suis sûre que tu vas adorer.

— Je ne crois pas, non. Ce que j'adorerais, en revanche, c'est que tu me rendes mon téléphone pour que je puisse vérifier mes mails professionnels.

Elle leva les yeux au ciel.

— C'est hors de question, rétorqua-t-elle. Alors, tu veux nager, aller à la plage ou te promener dans les jardins ?

— Je n'en ai aucune idée.

— C'est précisément pour ça que je suis là, dit-elle en riant. Pour t'apprendre à profiter de l'instant présent.

— Je me détendrai quand j'aurai trouvé une solution pour Wingate.

Elle ne put s'empêcher de le plaindre. Il était tellement à cran qu'il était incapable de penser à autre chose qu'au travail. Elle avait vraiment du pain sur la planche.

— Laisse-moi te donner un conseil, Luke. Tu trouveras la solution pour Wingate quand tu cesseras d'y penser. Je sais que cela peut paraître paradoxal, mais c'est la vérité.

Il prit une autre tranche de bacon et se servit un café, sans répondre.

— Pourquoi ne mets-tu pas un maillot de bain ? Nous pourrions faire une balade sur la plage, suggéra-t-elle.

— Je croyais que tu venais d'en faire une.

— C'est vrai, mais c'est plus amusant à deux.

— Que fais-tu de ton temps libre à Royal ?

Elle travaillait pour lui depuis cinq ans, et il savait bien des choses à son sujet. Cependant, c'était la première fois qu'il la questionnait sur ses loisirs.

— Dernièrement, presque rien, répondit-elle. J'étais trop fatiguée pour faire autre chose que travailler, faire les courses et la lessive. Mais j'adore lire et voyager quand je le peux. Et j'ai toujours aimé la plage. Quand j'étais enfant, mes parents en choisissaient une nouvelle chaque année, pour nos vacances. Je suppose que c'est d'eux que je tiens ma passion pour les voyages.

— Tu veux dire que tu n'as pas pris de vacances depuis que tu travailles pour moi ?

— Effectivement, répondit-elle en se versant un autre mimosa. Quand j'ai été embauchée, je tenais à être là pour faire bonne impression. De plus, je n'avais pas les moyens de voyager. Ensuite, il y a eu cette terrible affaire pour Wingate Enterprises. Je n'allais pas partir en vacances alors que tu étais dans la tourmente. Depuis, ça s'est un peu calmé, et nous sommes en train de reconstruire. Mais je ne peux toujours pas partir.

— C'est pourtant ce que tu viens de faire.

— Pour toi, pas pour moi, même si je suis ravie d'être là. Tu t'épuisais à la tâche, ce qui n'aidait personne. Tu étais même désagréable avec le personnel.

— Tu veux dire avec toi, corrigea-t-il.

Elle haussa les épaules.

— Je peux gérer tes sautes d'humeur, mais quand je vois que cela devient vraiment répétitif, je me dois d'intervenir, comme je l'ai fait cette fois. Je tiens à toi, Luke.

Voilà. Elle avait laissé tomber un petit caillou blanc le long du chemin. Il ne restait plus à Luke qu'à le ramasser et à en faire ce qu'il voudrait. S'il daignait le ramasser...

— Tu te prends pour mon ange gardien ? demanda-t-il, amusé.

— Non. Pour ton assistante. Et à ce titre, je porte plusieurs casquettes. Que cela te plaise ou non.

— Mon frère et toi avez eu une longue discussion à mon sujet ?

— Oui. Et il partage complètement mon inquiétude.

Luke soupira et passa la main sur sa barbe naissante.

Ce simple geste déclencha en elle un véritable incendie. Et elle l'imagina frottant son menton contre la peau tendre de son cou tandis qu'il lui donnait du plaisir...

— Alors pourquoi ne m'a-t-il rien dit ?

La question de Luke la ramena sur Terre.

— Pourquoi ? Tu aurais préféré partir avec lui ? répliqua-t-elle.

Les yeux de Luke parcoururent lentement son corps, attisant le feu qui couvait en elle. Comment parvenait-il à produire un tel effet sur elle sans même la toucher ?

— Mon frère et moi ne pouvons pas nous absenter de l'entreprise en même temps, déclara-t-il. Ava vient de se remettre dans le bain et nous devons la soutenir au maximum.

Elle comprenait très bien. Elle admirait beaucoup Ava Wingate. Lorsque cette dernière avait appris que Keith avait fait main basse sur l'argent de l'entreprise et que la justice allait saisir sa maison, elle avait décidé de réintégrer Wingate et de lutter pour sa survie. Bien que fragilisée par cette terrible affaire, elle demeurait un modèle pour Luke et Zeke.

— Justement, reprit-elle. Ava a besoin que tu sois au mieux de ta forme, et Wingate ne va pas s'effondrer parce que tu prends une semaine de vacances. Zeke et elle veillent au grain, de toute façon. Après ce que ta famille a enduré, je pense que tu devrais profiter de cette parenthèse pour reprendre vraiment du poil de la bête.

À ces mots, Luke contourna le chariot et s'arrêta à quelques centimètres d'elle, la fixant comme s'il avait la faculté de lire dans ses pensées. Ce qui était assez terrifiant vu la quantité de fantasmes qui peuplaient son esprit.

— Très bien, déclara-t-il. Pour les cinq prochains jours, je suis à toi. Fais de moi ce que tu voudras.

Vraiment ? Elle eut soudain une irrésistible envie de le dépouiller de ses vêtements mais, par chance, revint sur Terre avant de se ridiculiser.

Les cinq prochains jours allaient certainement réserver quelques surprises, et peut-être bien plus que cela...

6

— Alors, c'est ça, s'amuser ?

Kelly pouffa, et Luke réalisa à quel point elle pouvait être sexy quand elle riait. Peut-être parce qu'il était étendu à quelques centimètres d'elle dans le patio ou qu'il avait les yeux fermés, ce qui aiguisait ses autres sens. Peut-être aussi parce qu'elle portait aujourd'hui un bikini encore plus réduit que le précédent.

— Absolument, répondit-elle.

— Mais on ne fait rien hormis rester couché sans bouger, marmonna-t-il.

— C'est précisément l'intérêt des vacances.

Cela n'avait aucun sens pour lui. Il avait besoin de son téléphone, il avait besoin d'organiser des réunions avec des investisseurs potentiels, il avait besoin… Bon sang ! Il avait besoin de faire quelque chose. C'était la première fois qu'il restait immobile. À quoi cela rimait-il ?

Et non seulement il ne faisait rien, mais il devait juguler les bouffées de désir qui l'assaillaient sans relâche dès qu'il était près de Kelly.

— Si j'ai bonne mémoire, Zeke a rendez-vous avec…

— Interdiction de parler du travail, décréta-t-elle.

Il se redressa et s'assit sur le bord de son transat pour faire face à Kelly. Laquelle resta allongée, les yeux fermés, s'offrant à sa vue alors qu'elle savait pertinemment qu'il la regardait. De fait, il s'abîma dans la contemplation de ces petites ficelles jaunes tendues sur ses hanches. Que voulait cette femme ? Le rendre fou ? Le tuer ?

À croire qu'elle le faisait exprès.

— Comment se fait-il que tu ne sois pas aussi despote au bureau ? demanda-t-il.

Cette fois, elle se tourna vers lui. Un bras sur le front pour se protéger du soleil, elle lui sourit.

— Parce qu'au bureau tu es le chef. Alors qu'ici c'est moi. Si tu t'ennuies, on peut aller se balader dans les jardins ou sur la plage.

— D'accord, je n'en peux plus de toute cette oisiveté.

Aussitôt, elle se leva et lui fit signe d'en faire autant.

— Allons, va te changer, ordonna-t-elle. Tu verras, le domaine est superbe. On pourra même boire un verre.

Il se sentit soulagé. Au moins, elle porterait des vêtements dignes de ce nom, ce qui lui permettrait de calmer ses ardeurs croissantes. Il ne devait absolument pas voir en Kelly autre chose qu'une amie ou une collaboratrice.

C'est pourquoi il allait censurer toutes ces visions d'elle en bikini et bien s'enfoncer dans le crâne qu'il était son patron. S'il transgressait cet interdit, il ne pourrait jamais revenir en arrière.

Kelly aurait largement préféré s'installer sur la plage pour parfaire son bronzage, mais si Luke avait envie de se promener, elle devait l'accompagner.

Ils traversèrent les jardins luxuriants parsemés de bungalows et croisèrent quelques couples qui déambulaient bras dessus bras dessous ou en se tenant la main. Kelly se mordit l'intérieur de la joue pour ne pas pouffer. Sans doute n'y avait-il pas beaucoup de couples patron-assistante parmi eux.

— On fait un tour à la boutique de souvenirs ? proposa-t-elle. Tu trouveras peut-être quelques vêtements à ton goût.

Luke hocha la tête.

— C'est vrai que ce ne serait pas du luxe.

— Cela dit, tu as vraiment une dégaine de touriste. Ce qui prouve que tu es sur la bonne voie. Mais si tu es vraiment allergique aux shorts écossais et aux chemises hawaïennes, alors on peut tout à fait te trouver autre chose.

— Décidément, cette situation t'amuse beaucoup trop, remarqua-t-il en riant. Je suis sûr que tu as hâte de rentrer pour raconter tout ça à mon frère.

Kelly éclata de rire.

— Oh ! Il sera évidemment informé de la façon dont nous avons dépensé son argent, dit-elle. Ce qui est normal.

Ils passèrent devant deux restaurants, l'un mexicain, l'autre italien. Il y avait aussi, dans une autre partie du domaine, un buffet et plusieurs restaurants à thème. Ils pouvaient d'ailleurs commander leurs repas dans n'importe lequel d'entre eux, ou même panacher, ce que Kelly trouvait très appréciable. Jusque-là, ils s'étaient régalés.

Ils croisèrent encore quelques employés aussi polis que chaleureux. Tout était si décontracté et facile à vivre ici.

— Aloha, dit une jolie vendeuse en les voyant entrer dans la boutique. Comment puis-je vous aider ?

— Merci, nous regardons, pour l'instant, répondit Kelly avec un sourire.

— Faites-moi signe si vous avez besoin d'aide.

Luke se dirigea aussitôt vers le rayon homme et se mit à examiner les maillots de bain. Presque tous étaient petits, étriqués, et extrêmement criards.

Kelly fut attirée par un boxer imprimé de petites lèvres qui, affirmait l'étiquette, brillaient dans le noir.

Elle ne put s'empêcher de le lui brandir sous le nez.

— Que dirais-tu d'un boxer assorti à ton short de bain ? suggéra-t-elle.

Il la foudroya du regard.

— Merci, mais cette fois, c'est moi qui choisis.

Haussant les épaules, elle remit le boxer en rayon.

— Si c'est comme ça, je vais faire un tour au rayon femme.

— Profites-en pour trouver un maillot un peu plus couvrant, marmonna-t-il.

Elle tressaillit.

— Pardon ?

— Un maillot une pièce ou quelque chose comme ça, précisa-t-il.

— Tu veux vraiment que j'achète un autre maillot de bain ?

— Oui, ce serait bien.

— Tout ce que tu voudras. Si ça peut t'aider à te détendre.

Elle se mit en quête du maillot parfait. Elle en trouva un blanc qui, selon elle, ferait parfaitement l'affaire. Elle choisit également une jolie petite robe dos nu rose pâle et des boucles d'oreilles en verres de mer multicolores.

Elle paya ses achats avec sa propre carte. Il n'était pas question de les mettre sur le compte de Zeke. Prenant le sac, elle se retourna pour voir où en était Luke. Mais celui-ci avait les mains vides.

— Tu n'as rien trouvé ? demanda-t-elle.

— Non. Je me contenterai de ce que j'ai.

— Figure-toi que j'ai trouvé le maillot idéal, annonça-t-elle en sortant de la boutique. Et maintenant, si on allait chercher des boissons ? On pourrait les boire sur notre terrasse. Ensuite, il nous restera quelques heures pour profiter de la plage.

— Ça marche.

Gagnant le bar le plus proche, ils se firent servir des cocktails tropicaux.

Sur le chemin du retour, Kelly décida d'en avoir le cœur net.

— Alors comme ça, tu as un problème avec mes deux-pièces ? demanda-t-elle

— Des deux-pièces ? Quels deux-pièces ? Moi, j'appelle ça des « zéro-pièce ».

Elle se demanda si elle devait s'énerver ou s'amuser de sa réponse. En tout cas, cela voulait dire qu'il prêtait attention à son apparence. Peut-être son plan allait-il fonctionner, finalement…

— Je suis en vacances, lui rappela-t-elle. Tout le monde a une garde-robe de ville et une autre pour les vacances.

— Pas moi.

Elle leva les yeux au ciel et prit une gorgée de son cocktail.

— Cela n'a rien d'étonnant, rétorqua-t-elle. Puisque tu ne prends jamais de vacances.

S'arrêtant devant leur bungalow, Luke tapa le code. Mais alors qu'il lui tenait la porte, elle le frôla en passant. Ce n'était pas intentionnel, simplement le vestibule était un peu étroit. À ce bref contact, un léger frisson la parcourut. Et elle perçut clairement l'inspiration fébrile de Luke, ainsi que le durcissement de ses muscles. Cela n'avait duré qu'une fraction de seconde, mais elle en déduisit qu'il commençait peut-être à la voir autrement.

— Je vais me changer, annonça-t-elle en se dirigeant vers sa chambre. Je te retrouve sur le patio dans cinq minutes.

— Je n'ai jamais connu de femme capable de se changer aussi vite.

— Nous sommes à la plage, Luke. Il n'y a pas grand-chose à faire. De plus, tu n'as jamais connu de femme comme moi.

7

Luke sortit de sa chambre au moment précis où Kelly sortait de la sienne. Il n'aurait jamais dû lui demander d'acheter un autre maillot de bain. Ce serait encore pire, si elle réalisait l'effet qu'elle produisait sur lui.

Toutefois, il espérait qu'elle avait trouvé quelque chose de plus *couvrant*. Une de ces combinaisons pour surfeur avec un col montant et des manches aurait été l'idéal.

— Tu es prêt ? s'enquit-elle, glissant un sac en paille sur son épaule.

Au moins, elle portait un paréo opaque, pour une fois. Elle l'avait noué à la taille et s'était relevé les cheveux en chignon. Il remarqua qu'elle avait oublié quelques mèches, qui ondulaient dans son cou sous l'effet de la brise.

Il se maudit. Il devait absolument arrêter de la dévorer du regard et apprendre à détourner son attention. Sinon, il ne ferait que dévoiler son point faible. Sans compter que son short de bain était trop ajusté pour masquer quoi que ce soit.

— Oui.

— J'ai demandé au majordome de nous apporter d'autres boissons et de quoi grignoter sur la plage, dit-elle.

Décidément, elle pensait à tout. S'il n'avait pas été aussi occupé à lutter contre ses ardeurs, il aurait été impressionné par la façon dont elle s'occupait de ces vacances.

C'était indéniable. Elle était une femme indispensable. Tous les patrons devraient avoir une assistante de cette envergure. Il faudra qu'il pense à l'augmenter, dès qu'il rentrerait à Royal.

Il la suivit jusqu'à la plage. Une fois arrivée à leur cabine, elle déposa son sac et étendit une serviette sur le sable. Lorsque, ayant ôté ses tongs et chaussé ses lunettes de soleil, il releva la tête, il faillit s'étouffer.

— Qu'est-ce que tu fais ? s'exclama-t-il.

Kelly lui lança un coup d'œil surpris.

— Je cherche ma crème solaire, répondit-elle, sortant son spray.

— Qu'est-ce que c'est que ce maillot ?

Elle baissa les yeux puis les releva.

— Tu ne m'as pas dit d'en acheter un nouveau ? Il te plaît ? demanda-t-elle.

Elle se retourna lentement. Le haut couvrait à peine les mamelons et le bas, constata Luke, effaré, était... un *string* !

— Pas du tout ! Il ne t'est jamais venu à l'esprit que tu étais mon assistante ?

Kelly se mit à rire en s'aspergeant les bras de lotion solaire.

— Pourquoi ? Il existe des maillots spéciaux pour assistantes ?

— Tu ne peux pas... Je ne peux pas...

Elle cessa un instant de se pulvériser et le regarda, attendant la suite.

— Ce n'est pas bien, articula-t-il enfin avec peine.

— Qu'est-ce qui n'est pas bien ?

Il fit un geste du bras, désignant son corps dénudé.

— Tout ça, marmonna-t-il. Toi, moi... Tout cet étalage de nudité. Alors que tu es mon assistante.

Elle esquissa un sourire.

— Arrête de répéter ça, Luke. Je suis parfaitement consciente de mon statut professionnel, mais jusqu'à preuve du contraire, nous ne sommes pas au bureau. D'ailleurs, je suis sûre que si tu passais ces vacances avec une autre femme, son maillot de bain ne te poserait aucun problème.

Sur ce, elle continua de s'enduire de lotion solaire, l'ignorant souverainement.

Il serra les dents. Comment ça, elle l'ignorait ? Pour qui se prenait-elle, tout à coup ? Essayait-elle de lui faire perdre la tête ?

Il se dirigea vers elle, les yeux rivés sur son corps magnifique. Lorsqu'il ne fut plus qu'à quelques centimètres d'elle, elle releva la tête et plongea dans son regard.

— Tu veux un peu d'huile solaire ? demanda-t-elle en lui tendant le flacon.

— Je veux que tu arrêtes ton cirque ! s'exclama-t-il. Pourquoi m'imposes-tu ça ?

— Vacances forcées, tu as oublié ?

Il ôta ses lunettes de soleil d'un coup sec et les jeta sur la couchette de la cabine de plage, puis lui enleva les siennes avec la même brusquerie. Il comptait lui dire le fond de sa pensée, et pour cela, il devait voir ses yeux pour essayer de décrypter ses réactions.

— Tu as acheté ce maillot par pure provocation, dit-il.

— Et alors ?

Ses yeux verts étaient encore plus éclatants au soleil. Ils le captivaient avec une intensité qu'il n'avait jamais remarquée auparavant.

— Tu ne supportais pas mon autre maillot, poursuivit-elle. Tu m'as dit de prendre quelque chose de différent.

— Je t'ai dit de prendre un une-pièce *décent*.

Elle releva la tête d'un air provocant.

— Ce n'est pas toi qui donnes les ordres ici, répliqua-t-elle en pointant un doigt sur son torse. Si tu n'aimes pas ce que je porte, alors arrête de me regarder.

À cet instant précis, il perdit les pédales. Attrapant son doigt, il écarta sa main et se pencha vers son visage, s'arrêtant à quelques millimètres de ses lèvres.

— Tu crois que c'est toi qui commandes ? rétorqua-t-il. Ou que je peux arrêter de te regarder ? Eh bien, tu te trompes sur toute la ligne !

Il l'étudia un instant, juste pour s'assurer de son consentement. Le désir dévorant qu'il vit dans ses yeux ne lui donna aucune raison de reculer.

Il s'empara de ses lèvres. Il était grand temps pour elle d'en faire meilleur usage que de lui lancer des sarcasmes.

Jamais dans sa vie il n'avait ressenti une telle envie d'embrasser une femme. En l'espace de quelques heures, Kelly l'avait réduit à l'état de bête lubrique. Jamais dans ses rêves les plus fous, il n'aurait imaginé désirer son assistante avec une telle ardeur.

Bon sang, cette femme savait embrasser. Son corps presque nu se pressait contre le sien et elle répondait à son baiser avec une passion débridée. Elle posa sa main libre sur sa nuque, comme pour l'empêcher de bouger la tête...

Avait-elle toujours eu ce côté tigresse ? Avait-elle des sentiments pour lui ou profitait-elle simplement de la situation parce qu'il lui avait fait du rentre-dedans ?

Pour l'instant, il s'en fichait éperdument. Seul comptait le désir dévorant qu'elle faisait naître en lui. Et qu'il avait réprimé pendant trop longtemps.

Les hanches de Kelly ondulaient contre les siennes, et il était devenu impossible de nier à quel point il était excité. Depuis le début du séjour, il jouait au Père la pudeur, mais elle connaissait la vérité, à présent.

— Mademoiselle Prentiss ?

Ils se séparèrent brusquement, et il jeta un coup d'œil derrière lui sans pour autant lâcher la main de Kelly. Le majordome se tenait là avec un grand plateau chargé d'en-cas et de boissons.

— Désolé de vous déranger, poursuivit ce dernier. Je voulais juste savoir où vous vouliez que je pose votre plateau.

— Merci beaucoup. Posez cela ici, répondit aimablement Kelly en désignant une table près de la cabine.

Lorsque le majordome se fut éclipsé, elle se retourna.

Luke vit ses lèvres gonflées de leur baiser, il serra les poings pour l'enlacer de nouveau et finir ce qu'il avait commencé.

— On prend un verre ? demanda-t-elle.

Allait-elle vraiment passer à la case rafraîchissements comme si ce qui venait de se passer ne les avait pas fait basculer irrémédiablement en territoire inconnu ?

— Depuis combien de temps as-tu envie de m'embrasser ? demanda-t-il.

— C'est *toi* qui m'as embrassé le premier. Ce serait plutôt à moi de te poser la question.

C'était de bonne guerre.

— Environ vingt-quatre heures, répondit-il.

Elle croisa les bras sur sa poitrine, posant sur lui son regard vert émeraude.

— Pour ma part, cela fait un peu plus longtemps, dit-elle. Et j'avoue que je n'ai pas été déçue.

Sur ce, elle prit un verre de piña colada orné d'une fleur rose vif qu'elle mit de côté avant de boire.

— Hum... Délicieux, murmura-t-elle avant de prendre une autre gorgée. Tu ne goûtes pas ?

— Depuis combien de temps ?

Le verre à la main, elle contempla l'océan un instant avant de répondre :

— Des années.

Il se figea, abasourdi. Des *années* ? Comment avait-il pu ne pas s'en apercevoir ? Comment avait-il pu ne pas décrypter les signaux qu'elle ne manquait sans doute pas de lui envoyer ? Jamais elle n'avait dit un mot ou même tenté le moindre geste.

— Et pendant tout ce temps tu as gardé ça pour toi ? demanda-t-il. Comment est-ce possible ?

— Je travaillais pour toi, et puis tu t'es fiancé. Sans compter tous les ennuis de l'entreprise. Ce n'était pas vraiment l'idéal pour te révéler mes désirs secrets.

Il ne retint qu'un mot : désirs. Ce mot, en franchissant le seuil des lèvres de la jeune femme, accrut son propre désir presque douloureusement.

Il avait toujours vu en Kelly la collaboratrice brillante, indépendante, déterminée. La femme sexy, jamais. Mais à présent, cet adjectif était le seul qui lui venait à l'esprit pour la décrire.

— Tu n'as jamais pensé que je méritais de le savoir ? demanda-t-il en faisant un pas vers elle.

— Et quand cette conversation aurait-elle pu avoir lieu, Luke ?

Lors d'une réunion, alors que nous cherchions désespérément une solution pour redresser l'entreprise ? Lorsque tu as rompu tes fiançailles ? Quand aurais-je pu, selon toi, te confier mes pensées les plus intimes ?

Il se sentit complètement idiot. Elle n'avait pas tort. Prenant une grande inspiration, il posa ses mains sur ses hanches pour éviter de la toucher à nouveau.

— Tu me l'aurais dit, un jour ? demanda-t-il doucement.

— Je laissais mes maillots de bain parler pour moi.

Il ne répondit pas. Qu'y avait-il à dire ? Il était en train de couler et il n'y avait pas de bouée de sauvetage en vue.

— Écoute, reprit-elle. On s'est embrassés. Rien ne nous oblige à aller plus loin. Ce que je ressens pour toi ne doit rien changer. Tu n'es pas le seul homme que je trouve sexy.

À cette déclaration, il fit un pas vers elle, s'arrêtant à quelques centimètres.

— Et tu les embrasses aussi comme ça ? demanda-t-il.

Lorsqu'une fois de plus elle inclina la tête et lui jeta ce regard narquois qu'il commençait à bien connaître depuis leur arrivée sur l'île, il réalisa à quel point il avait envie de beaucoup plus.

Il avait appris beaucoup de choses au cours de cette journée, et il ne savait pas encore ce qu'il en pensait. Toutefois il devait apaiser ce désir qui le rongeait.

— Cela ne te regarde pas, répondit-elle.

— C'est toi qui m'as parlé d'autres hommes. Donc ça me regarde.

Elle lui adressa un grand sourire, posant sur lui un regard pétillant de malice.

— Alors, que vas-tu faire, maintenant que tu sais tout ? s'enquit-elle.

Lui lançait-elle un défi ? Il ne savait pas s'il était amusé, excité ou agacé. Probablement une bonne dose des trois.

— Je te laisse imaginer..., répondit-il.

Sur ces mots, il se dirigea vers l'océan, se jetant dans l'eau fraîche pour tenter d'apaiser ses hormones déchaînées.

Elle lui avait demandé ce qu'il allait faire. Il n'en avait aucune idée, mais il avait encore quatre jours à passer ici en tête à tête avec elle. Et ce baiser l'avait laissé sur sa faim...

8

Kelly aurait adoré se baigner avec Luke, mais mieux valait qu'ils gardent leurs distances pour l'instant.

S'installant dans la cabane de plage, à l'ombre, elle sortit son livre. Étendue sur le ventre, elle lut, dégusta quelques fruits frais tout en sirotant les deux cocktails.

Et en pensant au baiser qu'ils avaient échangé...

Son patron savait y faire... La façon dont il s'était approché sans un mot, la clouant sur place de son regard impérieux avant de s'emparer de ses lèvres... Jamais dans ses fantasmes les plus fous, elle n'avait imaginé un baiser aussi torride. Que se serait-il passé s'ils n'avaient pas été interrompus ?

Si un simple baiser avait la faculté de la mettre dans un tel état, serait-elle capable d'en supporter davantage ?

Oh que oui. Cela faisait si longtemps qu'elle en rêvait... Elle trouvait Luke attirant, sexy et intelligent – en un mot, parfait sous tous rapports – mais elle savait aussi qu'un bourreau de travail tel que lui ne partagerait jamais sa vie avec une femme. C'est pourquoi elle s'était toujours dit que, si elle avait un jour sa chance avec lui, leur relation ne pourrait être que physique. Rien de plus.

Elle tourna une page de son livre et prit une autre gorgée de cocktail. Une gerbe de gouttes d'eau lui éclaboussa soudain les jambes.

Jetant un œil par-dessus son épaule, elle vit Luke se passer énergiquement la main dans les cheveux. Elle aurait voulu feindre l'indifférence, mais un corps comme celui-là méritait vraiment que l'on s'y attarde.

Ses larges épaules étaient constellées de gouttes qui dégoulinaient sur son torse et ses abdos admirablement dessinés. Son short ajusté semblait plus ajusté encore…

À ce stade, elle ne savait plus lequel des deux tentait de séduire l'autre et se demandait combien de temps encore ce bras de fer allait se poursuivre.

— Comment était l'eau ? demanda-t-elle.

— Rafraîchissante. Tu as bu mon cocktail ? ajouta-t-il après avoir jeté un coup d'œil vers la table.

Elle se retourna sur le ventre et glissa la paille entre ses lèvres en guise de réponse. Après quoi, elle tourna une page de son livre d'une main tremblante, feignant de s'absorber dans la lecture.

— Je vais nous chercher d'autres boissons, dit-il.

— Pas besoin, répondit-elle, toujours concentrée sur sa lecture, comme si leur petit monde n'avait pas explosé une demi-heure auparavant. J'ai déjà passé commande.

— J'espère que tu me laisseras mon cocktail, cette fois.

Elle ferma son livre, prit sa piña colada puis se redressa lentement pour faire face à Luke. Elle sourit malgré la boule de stress qui dansait dans son ventre à l'idée de la somme d'inconnues qui les attendaient dans les prochains jours.

— Pas de souci, j'ai commandé des doubles.

— Comment se fait-il que tu boives autant ? demanda-t-il.

Elle haussa les épaules.

— Je suis en vacances, non ? Et puis j'adore les cocktails à base de fruits. Et je prendrai peut-être du vin au dîner. Mais ne t'inquiète pas, je bois aussi beaucoup d'eau.

Elle se leva, son verre presque vide à la main.

— Tu t'inquiètes pour moi, Luke ?

— Je ne veux surtout pas que tu sois déshydratée.

Elle se mit à rire.

— Si tu le dis… Le déjeuner sera également livré dans une heure environ, donc si tu veux en profiter pour nager ou te détendre, n'hésite pas. Pour ma part, je vais me baigner.

Alors qu'elle parlait, le regard de Luke ne cessait d'aller et venir entre son corps et son visage. Apparemment, il faisait un effort surhumain pour se contrôler, et elle avait hâte qu'il cède à l'évidente tentation qui le tenaillait. Après le baiser torride qu'ils avaient échangé, elle n'allait sans doute pas attendre trop longtemps.

Honnêtement, elle ne cherchait pas à se faire passer la bague au doigt même si, bien sûr, elle aurait pu tomber amoureuse d'un homme aussi intelligent, déterminé et loyal que lui. Pour l'instant, seule comptait la façon dont il exacerbait ses fantasmes par sa seule présence. En la matière, les hommes qu'elle avait connus jusque-là ne lui arrivaient pas à la cheville. Mais il n'était surtout pas question de le lui dire. Son ego enflait à vue d'œil, et ce n'était pas la peine d'en rajouter.

Elle s'apprêtait à s'éloigner quand il la retint.

— Je suis perplexe, murmura-t-il. Après ce qui s'est passé, je ne sais pas comment réagir.

Alors qu'il la faisait pivoter pour lui parler face à face, elle trébucha dans le sable et, se rattrapant comme elle le pouvait, posa les deux mains sur le torse de Luke. Il posa les siennes sur ses bras pour la stabiliser. Elle n'avait pas d'autre choix que de le regarder, pressée contre son corps dur et humide.

— La balle était peut-être dans ton camp depuis tout ce temps, mais maintenant que je connais la vérité, c'est à mon tour d'être à la manœuvre, dit-il.

À la façon dont il prononça cette délicieuse menace, elle sentit une vague de chaleur déferler dans son corps.

— Quel suspense..., murmura-t-elle. J'ai hâte de voir ce que tu vas inventer.

Sur ce, elle se dégagea et se dirigea vers l'océan, sachant parfaitement que le regard de Luke était rivé sur ses fesses.

— Je pense que nous devrions trouver des investisseurs pour nos hôtels à l'étranger.

Kelly jeta un bref coup d'œil à Luke qui, attablé face à elle dans le patio, venait d'attaquer son poisson grillé. Pensait-il réellement qu'elle allait parler boutique avec lui ? Alors qu'elle avait passé toute la journée sur des charbons ardents à attendre qu'il agisse, comme il le lui avait annoncé ?

— Garde ta proposition pour le conseil d'administration, répondit-elle en croquant dans un morceau d'ananas. Pas question de parler travail en vacances.

— C'est la seule chose que je sais faire, marmonna-t-il.

Elle prit son verre de thé glacé, en but une gorgée avant de reprendre :

— Tu sais, Luke, tu devrais vraiment te trouver un hobby ou une quelconque activité. Cela t'aiderait vraiment à te changer les idées.

— Jusqu'à maintenant, la seule chose qui m'a fait oublier le travail, c'est ton fichu maillot de bain. Et ce baiser.

— Ravie de t'avoir rendu service ! répliqua-t-elle en riant. Tiens-moi au courant si tu as encore besoin de mon aide.

Luke soupira, se carrant au fond de sa chaise.

Si elle s'était enveloppée dans son paréo pour le déjeuner, Luke était toujours torse nu. Elle réalisa que c'était la première fois qu'elle partageait un tel niveau d'intimité avec lui.

— Tu crois vraiment que c'est une bonne idée ? demanda-t-il d'un ton bourru.

— Peu importe. Bonne idée ou pas, cela ne change rien à la tension sexuelle qui existe entre nous.

— Il ne devrait pas y en avoir, décréta-t-il.

S'en voulait-il d'être excité ou regrettait-il de ne pas l'avoir remarqué plus tôt ? Elle aurait été bien incapable de le dire.

— Je sais que cela fait longtemps que tu me ranges dans la catégorie « assistante », mais il ne tient qu'à toi de redistribuer les cartes.

Il continua de la fixer, et ses yeux sombres, pénétrants virèrent presque au noir. Visiblement, il était excité et mécontent de l'être. Elle s'en réjouit, songeant qu'il ne résisterait sans doute plus très longtemps au désir qui le consumait. Quoi qu'il se passe, elle comptait bien être là pour en profiter.

— Je n'aime pas le changement, reprit-il. Je n'ai pas le temps pour ça. J'ai une entreprise à sauver et une famille qui compte sur moi.

— Tu es incapable de faire autre chose que travailler. Pas étonnant que tu sois à cran.

— Détrompe-toi.

— Et que fais-tu ?

Il haussa les épaules.

— Différentes choses, répondit-il.

— Comme t'acheter une voiture neuve ? Un autre jet ? Cela ne compte pas, figure-toi.

— Très bien. Alors sache que je fais de la musculation. De plus, je participe à des marathons.

Voilà qui était nouveau ! Certes, la partie « musculation » n'avait rien d'étonnant. Personne ne pouvait avoir un corps aussi sculpté sans y consacrer du temps et des efforts. Qu'il participe à des marathons, en revanche, était étonnant.

— Comment se fait-il que tu ne m'aies jamais parlé de ton goût pour le marathon alors que je travaille avec toi depuis cinq ans ? demanda-t-elle.

— Tu aurais voulu que j'accroche mes médailles sur les murs de mon bureau ?

Effectivement, ce n'était pas son genre. Quand Luke Holloway était au travail, il ne pensait qu'à cela. Il n'avait jamais été du genre à se vanter, ce qui le rendait encore plus séduisant.

— Alors, combien de marathons as-tu couru ? s'enquit-elle.

— Quelques-uns.

Elle se mit à rire.

— Allons, combien ? Un homme qui mémorise les chiffres aussi facilement que toi doit forcément le savoir.

— Quarante-sept.

Elle le dévisagea, bluffée. Elle s'attendait à ce que cela tourne autour de cinq ou dix. Mais *quarante-sept* ?

— Impressionnant, murmura-t-elle. En tout cas, si c'était moi, je n'hésiterai pas à accrocher au mur mes quarante-sept médailles. La seule chose qui me fasse courir, c'est mon café du matin.

À présent plus détendu, Luke lui sourit.

— Courir est une thérapie pour moi, dit-il.

— Hélas, pour ma part, je ne fais pas de sport. J'essaie de compenser en m'efforçant de manger sainement.

— Ton corps est très bien comme il est.

Levant les yeux de son assiette, elle croisa son regard fixé sur elle. La tension sexuelle, qui s'était légèrement atténuée, rejaillit de plus belle... Comment pouvait-elle à la fois rougir comme une écolière et nourrir des fantasmes classés X ?

Le suspense. C'était la seule explication. Elle ignorait tout de ce qui allait se passer entre eux, ce qui perturbait complètement son ressenti.

— D'ailleurs, à ce propos, n'oublie pas que nous avons rendez-vous pour un massage, reprit-elle, détournant habilement la conversation avant de se lever de table. Bon, je vais prendre une douche. Je suis couverte de sable et de crème solaire.

Il se carra sur sa chaise, l'air aussi détendu que sexy.

— Tu sais, je n'ai pas vraiment besoin de...

— Stop ! l'interrompit-elle, levant les deux mains. Sache que tu n'échapperas pas à ce massage. Et non seulement tu vas adorer ça, mais tu me remercieras. Fin de la discussion.

Il esquissa un petit sourire.

— Bien, m'dame.

Ravie qu'il ne pousse pas la discussion plus loin, elle le remercia d'un signe de tête et se dirigea vers la douche.

Bien que consciente qu'elle aurait pu l'inviter à se joindre à elle, elle comprit qu'elle appréciait beaucoup cette situation de flirt et tous les sous-entendus coquins qui allaient avec. De plus, elle voulait qu'il fasse le premier pas. Après tout, elle avait dévoilé ses sentiments, et il savait très bien à quoi s'en tenir. Oui, la balle était dans son camp.

Ce qui ne voulait pas dire qu'il allait décider de tout.

Une fois dans sa chambre, elle se déshabilla et se glissa dans la douche à l'italienne équipée d'un large pommeau façon eau de pluie. Oui, elle devait garder le contrôle durant ce séjour. Car il était absolument crucial qu'elle ne tombe pas amoureuse de Luke, sachant que celui-ci était de la même trempe que son propre père. Deux bourreaux de travail qui n'avaient de temps pour rien d'autre.

Lorsqu'elle se lançait dans une relation sérieuse, c'était pour devenir la priorité de son partenaire. Rien de moins. Et même si l'aventure sur laquelle elle fantasmait depuis des années semblait à portée de main, il n'était pas question pour elle de renoncer à son désir d'avoir une vie de couple équilibrée.

9

Luke était contre les massages. Ou n'importe quel autre soin du corps ou du visage. Comment les gens trouvaient-ils le temps de faire ce genre de choses ? Pour lui, il n'y avait qu'une façon de se relaxer : la course à pied. Et encore, quand son emploi du temps le lui permettait.

Il se sentait vulnérable, ici. Les masseuses avaient installé les tables dans leur cabane de plage. Mais personne ne l'avait prévenu qu'il serait nu, avec une simple serviette sur les fesses !

Par chance, Kelly était allongée à côté de lui. Une délicieuse distraction qui lui permettait d'oublier qu'il était lui-même dévêtu. Il devait bien admettre que le bruit des vagues avait un côté apaisant. Du moins en partie.

De temps à autre, Kelly laissait échapper un gémissement et, à chaque fois, il était saisi d'un désir fulgurant qu'il n'aurait jamais dû ressentir pour son assistante. Il devait penser à autre chose, n'importe quoi, s'il ne voulait pas se ridiculiser lorsqu'il devrait se retourner. Cette serviette était bien trop petite pour dissimuler quoi que ce soit.

Bien que Kelly lui ait interdit de parler travail, rien ne l'empêchait d'y penser. Il se mit donc à réfléchir à différents moyens de relancer l'entreprise. Cela l'aiderait sans nul doute à refroidir ses ardeurs, car les perspectives n'étaient guère réjouissantes. Où qu'il soit, il portait ce poids, cherchant désespérément des réponses qui permettraient à l'entreprise de prendre un nouveau départ.

Il soupira. Tous ses collaborateurs comptaient sur lui, son

frère et sa tante aussi. Certes, tous les membres de la famille travaillaient dans le même sens. Mais en qualité de directeur du département Recherche et Développement, il savait que c'était avant tout à lui de trouver une solution innovante pour sortir la société de la tempête.

Ava l'avait recueilli à la mort de ses parents, et à ce titre il lui était redevable. Elle avait traversé tant d'épreuves qu'elle méritait aujourd'hui que quelqu'un prenne soin d'elle.

Lorsque la masseuse attaqua ses épaules, il réprima un gémissement. Certes, il était contre les massages, mais les mains de cette femme étaient vraiment magiques. Soudain, une vision de Kelly lui prodiguant un massage intégral surgit dans son esprit. Il lui aurait volontiers rendu la pareille…

Bon sang ! N'était-il pas censé se concentrer sur autre chose que le corps sublime de Kelly ?

La beauté de cette femme n'était pas seulement physique, il en était conscient. Il avait toujours su à quel point elle était intelligente et perspicace, c'est pourquoi il n'assistait jamais à une réunion sans elle. Elle était en quelque sorte la seconde moitié de son cerveau. Lorsqu'il oubliait un détail, c'était elle qui le lui rappelait. Et souvent, elle réfléchissait plus vite que lui.

Mais ce n'était que la veille qu'il avait découvert à quel point elle pouvait être patiente, endurante et même tenace. Et ces qualités la rendaient encore plus irrésistible.

Il devait résister. Elle travaillait pour lui. S'ils avaient une aventure et que celle-ci tournait mal, que se passerait-il ? Il devait absolument garder cela à l'esprit. Il ne pouvait pas risquer de la perdre, que ce soit comme assistante ou comme amie. Elle avait toujours été là pour lui, et il y avait autour de lui peu de gens en qui il avait réellement confiance. Il devait donc continuer de la voir uniquement comme son assistante. Redistribuer les cartes, comme elle l'avait suggéré, aurait complètement bouleversé sa vie.

— Vous pouvez vous retourner maintenant, murmura la masseuse.

Elle souleva légèrement la serviette alors qu'il se mettait sur le dos.

À côté de lui, Kelly se retourna également. L'espace d'un instant, il aperçut un de ses seins, et ses hormones se mirent à s'agiter de plus belle.

En fait, ce massage faisait tout sauf le détendre. Au contraire, il était plus excité que jamais. Il désirait Kelly avec une avidité absolument inavouable, mais pour toutes les raisons qu'il venait d'énumérer, coucher avec elle était impossible.

Il décida de se concentrer sur Noël. La période des cadeaux approchait, et il devrait bien offrir quelque chose à Kelly. Il était très mauvais en cadeaux. Ces cinq dernières années, il s'était contenté de lui verser une prime substantielle. Lorsque la société était dans le rouge, il puisait même sur son compte personnel. Il était hors de question de ne pas lui exprimer sa reconnaissance.

À présent, tout avait changé, et il était complètement désemparé.

Il se mit à respirer lentement, s'efforçant de calmer son esprit qui partait dans tous les sens. Cependant, essayer de ne pas penser à Kelly alors qu'elle était presque nue à ses côtés relevait de l'exploit.

Mais il saurait se montrer héroïque car, oui, l'enjeu était trop important. Ils avaient encore quatre jours devant eux, et il comprit qu'il allait devoir faire preuve d'une volonté à toute épreuve pour résister aux charmes de Kelly.

Le massage était absolument fabuleux. Et au bout d'une heure de ce traitement de choix, Kelly se sentait non seulement détendue mais prête à relever tous les défis.

Les masseuses les laissèrent seuls, Luke et elle, sur la plage pour qu'ils se rhabillent. Elle sourit en songeant qu'elles avaient probablement dû les prendre pour un couple. D'ailleurs, pour rien au monde, elle ne les aurait détrompées.

S'asseyant sur la table de massage, elle attrapa son paréo et enfila une petite robe moulante en coton noir.

Lorsqu'elle se leva, Luke était allongé sur le côté et la regardait fixement. À la vue de la minuscule serviette qui recouvrait son entrejambe et sa peau luisante d'huile relaxante, elle prit une profonde inspiration pour se calmer. Cela devenait un véritable tour de force de se comporter normalement lorsqu'il était là.

— Qu'est-ce que tu as prévu maintenant ? demanda-t-il d'une voix rauque, cette voix qu'elle connaissait si bien pour l'avoir entendue si souvent dans ses fantasmes.

— Tu as une envie particulière ?

Il eut un sourire coquin, auquel elle ne put s'empêcher de répondre.

— Arrêtons les sous-entendus, dit-elle sans lui laisser le temps de poursuivre. Comme il nous reste quelques heures avant le dîner, voici les options. Soit on loue une voiture pour faire le tour de l'île, soit on reste ici à se détendre sans penser au travail.

Luke laissa errer ses yeux sur son corps, ce qu'il faisait de plus en plus souvent. L'avidité de son regard était si évidente qu'elle se demanda s'il n'allait pas suggérer qu'ils retournent au bungalow. Ou lui demander de partager le même transat. Ce n'était pas un problème puisqu'ils disposaient d'une plage privée.

Elle aurait accepté, bien sûr. Elle le désirait plus que jamais. Et à présent, c'était réciproque. La ferveur qu'elle voyait dans son regard ne laissait plus la place au doute : il avait envie d'elle autant qu'elle avait envie de lui.

Malgré tout, elle pressentait que Luke n'avait pas réglé son dilemme. Il ne voulait pas mélanger vie professionnelle et vie personnelle. Et leur position hiérarchique respective demeurait un frein pour lui. Toutefois elle espérait qu'au moins pour cette fois il ferait une exception à ses principes...

— Allons visiter l'île, marmonna-t-il d'un ton bourru. Cela vaut mieux que de rester seuls ici.

Elle retint un soupir. Elle serait bien volontiers restée seule avec lui, mais elle était aussi partante pour une petite exploration.

— Très bien. Je vais me préparer, je te retrouve dans trente minutes, dit-elle. Je sais exactement où je vais t'emmener.

— J'espère que ce n'est pas sur une plage naturiste.

— Pourquoi ferais-je une chose pareille alors que nous disposons d'une plage privée ? C'est une surprise, alors va te préparer.

— Je commence à avoir peur de tes surprises.

Elle se mit à rire.

— J'aime entretenir le suspense.

Sans lui laisser l'occasion de commenter, elle remonta vers leur bungalow, ravie de s'être déjà renseignée sur les zones les plus tranquilles de l'île. Cela leur éviterait de se mêler à la foule des touristes puisqu'ils étaient là pour se relaxer.

Après une douche rapide, elle noua ses cheveux. Elle enfila son bikini noir, un short en jean et un débardeur blanc. Après avoir chaussé ses espadrilles, elle mit quelques affaires dans son sac de plage et commanda une voiture qui les attendrait à l'entrée du domaine.

Zeke avait demandé à l'hôtel de lui procurer tout ce dont elle pouvait avoir besoin en qualité d'organisatrice du séjour. Ce qui était très appréciable, même si cela devait lui coûter une petite fortune.

Tout comme elle, Zeke était prêt à tout pour que Luke puisse se détendre. D'ailleurs, elle ne regrettait même plus de lui avoir menti au sujet de ces vacances. Elle voulait qu'il se purifie l'esprit et prenne un nouveau départ au travail.

Pour autant, elle n'oubliait pas son propre objectif. Si tout se passait bien, peut-être la verrait-il autrement que comme son assistante ou son amie. Elle voulait qu'il la voie comme elle l'avait vu durant toutes ces années.

D'ailleurs, plus le temps passait et plus ce rêve était en train de devenir réalité. Quelque chose se développait entre eux mais elle ne savait pas si c'était une attirance physique ou davantage. Cette incertitude ne faisait qu'ajouter à l'excitation, et elle était impatiente de voir ce que cette nouvelle journée leur réserverait.

Toutefois, plus elle apprenait à connaître Luke en dehors du travail, plus elle appréciait sa personnalité. Si liaison il y avait, pourrait-elle éviter que les sentiments s'en mêlent ? Du moins de son côté ?

Elle sortit de sa chambre et trouva Luke assis sur le canapé du salon. Lorsqu'il se leva, elle ne put s'empêcher de rire.

— Oh ! Encore une nouvelle tenue, fit-elle remarquer en hochant la tête. Je rêve de te voir habillé comme ça au bureau !

Il jeta un œil morne à son short rose vif et au T-shirt barré de la mention « Je peux pas, j'ai plage ».

— Je compte bien brûler cette ignoble garde-robe avant de reprendre l'avion, marmonna-t-il.

— Tu aurais un succès fou au conseil d'administration avec ce T-shirt. Pourquoi vouloir absolument porter un costume et une cravate ?

Il lui jeta un regard noir.

— Parce que je suis l'un des dirigeants de cette société et que ce T-shirt n'a rien de professionnel.

— Mais il est drôle ! Drôle, tu te souviens de ce mot ?

Luke soupira et se dirigea vers la porte.

— Je ne connais que lui, rétorqua-t-il.

Retenant un sourire, elle le suivit et sortit du bungalow.

La chaleur du soleil de l'après-midi lui caressa le visage, et elle se réjouit à l'idée de passer le reste de la journée en compagnie de Luke sans se soucier du monde. Son plus grand fantasme était sur le point de se réaliser et, pour l'instant, elle comptait profiter pleinement de l'instant présent, sans s'inquiéter de ce qui se passerait une fois qu'ils auraient quitté ce paradis.

Lorsqu'ils arrivèrent à l'entrée du domaine, un groom les accueillit et leur ouvrit les portes de la jeep blanche qui les attendait.

— Comment diable as-tu fait pour obtenir une voiture si rapidement ? demanda Luke.

— La vie avec moi est toujours une surprise, tu devrais le savoir, à présent. Je plaisante. Zeke a créé un compte à l'hôtel et m'a dit de ne pas hésiter à l'utiliser.

Contournant la jeep, elle s'installa au volant et remercia le groom pour son aide. Lorsque Luke fut assis à ses côtés, il se tourna vers elle.

— Alors, où allons-nous ?

Elle enclencha la première vitesse, ravie de conduire une jeep décapotable, et ajusta ses lunettes de soleil.

— Tu me fais confiance ? demanda-t-elle.

Luke se contenta de sourire tandis qu'ils quittaient le domaine, en route pour un après-midi de plaisirs.

10

Laissant le choix de l'itinéraire à Kelly, Luke admirait le paysage. C'était un plaisir de prendre l'air, et il regretta soudain de ne pas s'évader plus souvent du bureau.

Il essayait bien d'aller courir régulièrement, mais parfois c'était impossible. À l'occasion, il retrouvait des amis au Texas Cattleman's Club pour boire un verre et jouer aux fléchettes. Seulement ces soirées devenaient de plus en plus rares.

Il n'avait ni le temps de s'amuser, ni de prendre des vacances. C'était un fait. Et maintenant qu'il était ici, il comprenait pourquoi Kelly en avait été réduite à conspirer avec Zeke pour le kidnapper.

Ce qui ne l'empêchait pas d'en éprouver une profonde culpabilité. Non seulement il n'était pas au bureau et n'avait toujours pas trouvé le moyen de sauver Wingate, mais il adorait flirter avec Kelly.

Détachant son regard de l'océan, il se tourna vers sa conductrice. Ses longs cheveux auburn flottaient au vent, et elle affichait un petit sourire tout en tapotant le volant comme si elle avait une chanson rythmée en tête. Jamais il ne l'avait vue si détendue, si libre et pleine d'entrain.

Un trouble étrange s'empara de lui. Un trouble difficile à identifier. Tout ce qu'il savait, c'est qu'il trouvait Kelly de plus en plus attirante. Elle était plus enjouée, plus vivante, plus vibrante... et bien plus sexy qu'il ne l'avait imaginé.

Pour l'instant, elle paraissait totalement insouciante. Alors qu'au bureau elle était toujours au maximum de sa concentration.

Tout comme le sien, son intellect fonctionnait à toute allure, et ils travaillaient en parfaite harmonie. Pourtant, en ce moment même, elle avait clairement chassé Wingate de son esprit et vivait pleinement l'instant présent. De plus en plus, il l'enviait d'être capable de compartimenter sa vie de cette façon.

Kelly aimait Wingate autant que lui. Son insouciance actuelle ne voulait donc pas dire qu'elle ne prenait pas son travail au sérieux. Officiellement, elle était son assistante, mais en réalité elle était bien plus que cela. Elle faisait tout ce qu'elle pouvait pour le valoriser devant les investisseurs potentiels. À chaque réunion du conseil d'administration, ses diaporamas étaient si précis, si impeccables qu'il faisait toujours en sorte de lui accorder tout le crédit qu'elle méritait.

Il se concentra de nouveau sur le paysage, les montagnes qui se dressaient au loin. Il y avait quelque chose d'infiniment apaisant à Oahu. C'était la première fois qu'il y mettait les pieds, mais il est vrai que, d'habitude, il ne voyageait jamais pour le plaisir, que ce soit seul ou avec une compagne.

Tout dans ce séjour le dépaysait. Y compris les émotions nouvelles qu'il éprouvait pour Kelly. Devait-il se laisser guider par ces émotions ? Elles étaient si intenses... Était-ce parce qu'ils étaient seuls sur cette île tropicale qui semblait n'exister que pour la romance et le sexe ?

La romance et le sexe... Deux mots qu'il n'aurait jamais imaginé associer à Kelly et qui semblaient à présent gravés dans son esprit.

Ce qui avait commencé comme un piège fomenté par son frère et Kelly s'était vite transformé en une incroyable aventure. Comment aurait-il pu ne pas s'amuser ici avec Kelly ? S'il s'accordait plus de temps pour décompresser, peut-être son esprit serait-il encore plus affûté.

Kelly essaya de coincer ses mèches derrière ses oreilles, mais le vent ne cessait de la décoiffer. Subitement, une vision de sa chevelure glissant sur son corps tandis qu'elle l'embrassait de la tête aux pieds lui traversa l'esprit. Aussitôt, il se sentit durcir dans son short ajusté.

Kelly s'engagea sur une route étroite qui s'enfonçait dans les terres en direction de la montagne. Il aurait voulu lui redemander où ils allaient, mais il savait qu'elle ne le lui dirait pas. Elle semblait adorer le surprendre et, hormis ces ignobles vêtements de touriste, il appréciait de plus en plus ce séjour. Sans compter que le massage l'avait vraiment aidé à se détendre.

Se garant au bord de la route, elle coupa le moteur. Il explora du regard la zone rocheuse qui les entourait.

— C'est ici ? demanda-t-il.

Kelly sortit de la jeep et attrapa son sac à l'arrière.

— C'est ici. Allons-y.

Il ne savait toujours pas où elle l'emmenait, mais il la suivit docilement. Il n'aimait certes pas recevoir des ordres. Cependant, une fois de plus, il ne pouvait nier que cela faisait partie du charme de Kelly et de l'attrait de ce voyage improvisé.

Il entendit soudain un puissant bruit d'eau. Ils poursuivirent leur chemin, et au détour d'un virage, ils s'immobilisèrent, le souffle coupé par la beauté de la vue.

— C'est encore plus magnifique que ce que l'on m'avait dit, murmura Kelly.

Il hocha la tête, admirant la cascade qui dégringolait dans une eau turquoise. Elle semblait si proche qu'il eut l'impression qu'il lui suffirait de tendre la main pour la toucher.

— Quelqu'un m'a parlé de cet endroit, dit-elle, les yeux toujours écarquillés. Seuls les gens du coin le connaissent et généralement c'est assez peu fréquenté.

Elle se dirigea vers le sentier menant à la retenue d'eau au pied de la cascade, et il lui emboîta le pas.

Outre la stupéfiante beauté des lieux, il était surpris du mal que Kelly s'était donné pour le trouver. Zeke réglait peut-être les factures, ce dont il discuterait d'ailleurs à son retour, mais c'était Kelly qui organisait tout. Ce n'était que leur première journée complète à Oahu, et il se demanda quelles surprises elle lui réserverait encore.

Une fois au pied de la cascade, elle déposa son sac et ôta ses espadrilles. Lorsqu'elle enleva son débardeur, apparaissant soudain en short et haut de bikini, il dut combattre une puissante envie de l'attirer à lui pour vérifier si ses baisers étaient aussi passionnés que ceux qu'ils avaient échangés précédemment.

— On va se baigner ? demanda-t-elle avec un sourire radieux.

— Tu ne m'as pas dit de prendre un maillot.

Elle le dévisagea, stupéfaite.

— Vraiment ? Oups !

Elle déboutonna son short, et il le regarda glisser le long de ses jambes bronzées. Lorsqu'elle se retrouva en bikini, il lutta de toutes ses forces pour ne pas la toucher.

— Peut-être que tu pourrais te baigner en caleçon, suggéra-t-elle. C'est presque comme un maillot.

Il fit un pas vers elle, puis un autre, s'arrêtant à quelques centimètres d'elle. Elle dut lever le menton pour continuer de le regarder.

— Je ne porte pas de sous-vêtements, déclara-t-il.

Une jolie teinte rosée se répandit sur les joues de Kelly, et pour la première fois depuis qu'il la connaissait, elle sembla avoir perdu la parole.

— Eh bien, alors..., balbutia-t-elle. Tu peux juste... Euh... Je suppose que tu peux aller te baigner sans rien. Il n'y a personne ici.

Il fit un pas en arrière et posa la main sur le bouton de son short tandis qu'elle suivait son geste du regard avec une telle avidité qu'il sentit son sang bouillonner dans ses veines. Songeant que quelqu'un pouvait quand même se promener dans le coin, comme eux, il s'ordonna de se calmer.

Ce qui ne l'empêcherait pas d'aller au bout de sa petite blague.

Après avoir déboutonné son short, il ôta vivement son T-shirt et le jeta par terre. Une bouffée d'orgueil déferla en lui lorsqu'il vit les yeux brillants de Kelly se poser sur son torse nu.

Il n'aurait pas dû éprouver tant de plaisir à voir son assistante le dévorer ainsi du regard, mais il ne pouvait nier qu'il adorait ça. Et qu'il aurait aimé qu'elle pose les mains et la bouche sur lui... Bon sang ! Il la désirait comme un fou... C'était une véritable catastrophe.

Que dirait sa famille si, après ces vacances, il y avait un changement de dynamique entre Kelly et lui ? Car s'ils finissaient par coucher ensemble, rien ne serait plus jamais comme avant à Wingate. Et vu la somme de fantasmes qui peuplaient son esprit, pourrait-il même revenir un jour à la situation antérieure ?

Il ouvrit la fermeture Éclair de son short et, lorsqu'il commença à le baisser, Kelly retint son souffle, les yeux écarquillés.

— Espèce de menteur ! s'écria-t-elle en lui assénant une petite tape sur le bras. Tu as un caleçon !

— Oh ! vraiment ? Oups !

Elle continua à sourire, visiblement amusée par sa blague, mais son regard était toujours chargé de désir.

— Allez, on fait la course ! dit-elle avant de s'élancer vers la retenue d'eau.

Débarrassé de son short, il se lança à sa poursuite. Elle le battit de peu, et il fut surpris par la tiédeur de l'eau lorsqu'il y entra à son tour.

Toujours riant, Kelly s'immergea entièrement puis réapparut. Jamais il n'aurait pu imaginer qu'il serait un jour jaloux de simples gouttes d'eau. Elles dégoulinaient sur ses épaules nues, entre ses seins, sur son ventre… Et il rêvait de la lécher à tous ces endroits.

— C'est incroyable ! s'exclama-t-elle. Je suis si heureuse d'avoir découvert ce lieu !

Elle devait crier car sa voix était presque couverte par le fracas de la cascade. Il avait voyagé dans le monde entier, mais jamais il n'avait rien vu d'aussi beau que Kelly, à demi immergée, avec cette spectaculaire chute d'eau en arrière-plan.

Attiré par sa peau humide et luisante, il s'approcha. Elle le fixa, le souffle court, posant sur lui son regard vert émeraude, qui, en cet instant, n'avait jamais été aussi intense.

C'était Kelly. *Sa* Kelly. Qui passait plus de temps avec lui que n'importe quelle autre femme. Même lorsqu'il était fiancé, il passait la majeure partie de ses journées au bureau avec elle, ce que son ex n'avait jamais pu comprendre.

Finalement, ce fut le courant qui les rapprocha, et ils se retrouvèrent bientôt face à face.

— Tu as l'air détendu, remarqua-t-elle en posant le doigt

entre ses sourcils. Pas la moindre ride d'inquiétude. C'est une première pour toi.

Cet infime contact réduit à néant la dernière parcelle de volonté qui lui restait. Prenant la main de Kelly, il la plaqua sur son torse tandis qu'il posait la sienne sur la courbe de sa hanche. Il resserra son étreinte, l'attirant contre lui.

Lorsque les doigts de Kelly griffèrent son torse et qu'elle inclina la tête en arrière, il ne put résister plus longtemps et posa ses lèvres sur les siennes.

Avec l'effet de succion de l'eau, ce fut comme si leurs torses s'embrassaient aussi. Il resserra son étreinte, soudant ses hanches aux siennes, et s'empara entièrement de sa bouche, se préparant à l'impact du désir qui, il le savait, allait s'abattre sur lui.

Kelly s'ouvrit à lui comme elle l'avait fait la première fois.

Quittant son torse, la main de Kelly se posa sur sa nuque puis se mit à lui agripper doucement les cheveux, décuplant son excitation… qui n'en avait pas besoin. Il ne connaissait rien de plus excitant que d'être livré à une femme aussi sûre d'elle et capable de prendre le contrôle à n'importe quel moment.

Il s'emparait des fesses de sa compagne. Nouant ses jambes autour de ses hanches, elle se mit à onduler contre son entrejambe comme pour le supplier d'aller plus loin.

Bien que conscient qu'ils risquaient d'être surpris à tout instant, il s'en fichait éperdument. Il désirait Kelly avec une férocité qu'il n'aurait jamais cru avoir en lui.

— Luke…

Malgré le grondement de la chute d'eau, il entendit sa prière et se demanda s'il devait répondre à ce désir lancinant qu'il percevait dans sa voix. S'ils avaient été dans leur bungalow, il lui aurait montré sur-le-champ ce qu'il voulait lui faire.

— Pas ici, murmura-t-il contre ses lèvres. J'ai envie de toi, Kelly. Mais… pas ici.

Elle recula, les yeux étincelant de désir.

— Comment peux-tu me dire ça et en même temps me demander d'attendre ? C'est impossible, Luke. Cela fait trop longtemps que j'attends.

Elle avait raison. Et elle méritait d'être soulagée de toute cette tension. Il décida de le faire pour elle. Quant à lui, il attendrait de pouvoir la mettre dans son lit, où il pourrait lui montrer exactement à quel point il avait envie d'elle.

Resserrant son étreinte autour de sa taille, il effleura du bout du doigt l'élastique du bikini. À ce simple contact, ses hanches ondulèrent de plus belle contre lui.

S'offrant à son exploration, elle glissa les bras autour de son cou et appuya son front contre le sien. Lorsqu'il glissa le doigt sous l'élastique, elle poussa un cri et il comprit que plus rien ne pourrait l'empêcher de lui donner le plaisir qu'elle réclamait avec autant de force.

Il glissa le doigt en elle, serrant les dents pour tenter de contrôler sa propre excitation. Il devait penser avant tout à Kelly. Ils auraient tout le temps de s'explorer mutuellement plus tard, se promit-il.

Soudain, toutes les bonnes raisons pour lesquelles il aurait dû s'abstenir disparurent de son esprit. Plus rien n'avait d'importance, hormis Kelly et le désir qui le tenaillait de lui offrir le plaisir qu'elle attendait depuis si longtemps.

Approfondissant sa caresse, il se mit à lui titiller le clitoris. Cela devait être parfait pour elle, et il voulait que cette étreinte soit gravée dans son esprit pour toujours.

Comment diable en était-il arrivé là ? Sans doute n'avait-il pu résister à l'emprise aussi puissante qu'invisible que Kelly exerçait sur lui. Bon sang ! Il avait envie d'elle comme jamais il n'avait eu envie d'une autre femme, et il regretta amèrement qu'ils ne soient pas restés au bungalow.

Le corps de Kelly tremblait de plus en plus sous l'effet de ses caresses. Il n'avait certes pas prévu qu'il la connaîtrait de manière aussi intime… Mais à présent, il savait qu'il ne pourrait plus s'en passer.

Lorsque le plaisir la submergea, elle s'agrippa à lui de toutes ses forces en gémissant, et il intensifia ses caresses pour prolonger son extase aussi longtemps que possible. Il aurait voulu lui offrir tellement plus…

Peu à peu, le corps de Kelly s'apaisa entre ses bras et elle plongea son regard dans le sien.

— Luke, je...

L'interrompant d'un rapide baiser, il recula.

— Ne dis rien, murmura-t-il. Quoi qu'il se passe ici entre nous, nous laisserons les choses se produire.

Jamais il n'aurait imaginé qu'il prononcerait un jour de telles paroles, mais cette femme l'avait changé en si peu de temps.

Kelly prit une profonde inspiration et secoua la tête. Dénouant les jambes de ses hanches, elle se redressa et lissa les mèches qui s'étaient collées sur son visage.

— Très bien, dit-elle. Mais sache que lorsque nous serons de retour au bungalow, je compte bien te rendre la pareille.

Et sur cette promesse affolante, elle plongea dans l'eau et se mit à crawler en direction de la cascade.

11

Le corps de Kelly fourmilla de plaisir tout le reste de la journée.

Lorsqu'ils quittèrent la cascade, ils poursuivirent leur tour de l'île, s'arrêtant dans quelques boutiques locales pour acheter des souvenirs. Jamais elle n'aurait cru qu'elle passerait une journée aussi mémorable.

Après l'épisode torride de la cascade, voilà qu'elle sillonnait une île pittoresque aux côtés d'un homme qui faisait battre son cœur. Elle se demanda ce que réserverait encore la suite de leur séjour.

Elle soupira. Elle ne voulait pas tomber amoureuse de Luke, et elle avait cru au départ qu'elle pourrait maîtriser ses sentiments. Apparemment, certaines choses échappaient à son contrôle. Malgré tout, il y avait trop de ressemblances entre Luke et son père. Elle avait vu la façon dont sa mère avait souffert de ne pas obtenir l'attention de l'homme qu'elle aimait, et elle s'était toujours promis de ne pas se laisser enfermer dans une telle situation.

Elle devait absolument garder à l'esprit qu'il n'y aurait jamais de vie possible avec Luke, après cet épisode. Il retournerait à son travail et elle redeviendrait son assistante. Cela ne se terminerait ni par des fiançailles, ni par un mariage de conte de fées. Ce qu'elle acceptait. Certes, elle était en train de réaliser son plus grand fantasme, mais elle devait bannir de son esprit la réalité qui s'imposerait à eux à leur retour au Texas.

Après avoir rendu la jeep à l'hôtel, ils se dirigèrent vers leur bungalow. La tension sensuelle devenait de plus en plus intenable, et elle n'avait plus qu'une seule envie : ôter à Luke ces stupides vêtements et explorer la moindre parcelle de son corps.

D'où venait cet incroyable tatouage en forme de dragon qui lui couvrait le dos ? Elle l'avait remarqué pour la première fois quand il était allongé sur la table de massage. Cela n'avait fait qu'aiguiser la curiosité qu'elle éprouvait pour cet homme qui l'intriguait depuis des années.

Luke s'arrêta devant la porte et tapa le code. Dès qu'ils entrèrent, elle remarqua que le dîner avait été livré et la table dressée dans le patio. Le chariot chargé de différents plats se trouvait dans la salle à manger. Des pétales de rose allaient de la porte d'entrée jusqu'au patio, encerclant joliment la table. Qu'ils le veuillent ou non, leur séjour ressemblait de plus en plus à une escapade romantique. C'est en tout cas ce que semblait penser le personnel de l'hôtel, même si rien n'avait été indiqué dans ce sens.

— Je n'avais pas réalisé que nous étions partis si longtemps, fit-elle remarquer.

Lorsque, après avoir déposé ses sacs dans sa chambre, elle fut de retour au salon, Luke était toujours dans l'entrée mais ne la quittait pas du regard. Le moment était venu. Elle avait espéré que le désir qu'elle avait vu dans ses yeux à la cascade ne résultait pas simplement du plaisir qu'il lui avait offert et qu'il tiendrait sa promesse, à savoir de reprendre là où ils s'étaient arrêtés à leur retour.

Apparemment, il était un homme de parole.

— Tu veux dîner ? demanda-t-elle.

En guise de réponse, Luke ôta sa chemise, et elle réalisa qu'elle ne se lasserait jamais d'admirer ce corps magnifique. Il y avait tant d'endroits à regarder, à admirer et à toucher chez lui. À commencer par ce fin duvet qui parsemait son torse lisse et satiné, formant une fine ligne qui descendait jusqu'à ses abdominaux délicatement sculptés.

— Le dîner peut attendre, répondit-il.

Il s'approcha telle une panthère de sa proie, et elle fit un pas en arrière. Plus il approchait, plus elle reculait, excitée par le frisson de la chasse. Jamais elle n'aurait imaginé qu'il serait aussi déterminé, aussi animal. Il semblait habité par un désir si intense qu'elle éprouva une hâte presque indécente à l'idée de réaliser enfin tous ses fantasmes.

Fantasmes... C'était le mot sur lequel elle devait se concentrer pour se protéger de ses sentiments. Si les instants incroyables qu'elle vivait étaient bien réels, ils ne le seraient jamais à long terme.

Lorsque son dos heurta le mur près de la porte de sa chambre, Luke s'arrêta devant elle et posa une main puis l'autre de part et d'autre de sa tête, la piégeant entre ses bras.

Tandis que ce torse nu et musclé se frottait contre elle, elle fut saisie d'une folle envie qu'il la déshabille. Elle voulait le sentir contre elle, comme à la cascade. Sauf que rien ne risquait plus de les arrêter, à présent.

Luke posa sur elle son regard sombre et intense et glissa une main vers sa taille. Sans la quitter des yeux, il défit le bouton de son short et elle se tortilla pour le faire descendre. Quand celui-ci tomba à ses chevilles, elle l'écarta d'un coup de pied.

Souriant de pure satisfaction masculine, Luke saisit le bas de son débardeur et le lui ôta. Elle ne portait plus rien d'autre que son bikini et lui son boxer noir.

Échanger quelques baisers enflammés au pied d'une cascade était une chose, mais ce qui s'annonçait en cet instant était totalement différent. Ils ne s'étaient encore jamais vus nus, et elle n'avait plus qu'une seule envie : que ce boxer disparaisse afin de pouvoir, elle aussi, tenir sa promesse de lui rendre la gâterie qu'il lui avait prodiguée à la cascade.

Elle attendait ce moment depuis une éternité et avait hâte de passer aux choses sérieuses, sachant toutefois qu'elle devait aussi prendre son temps et savourer chaque caresse.

Elle se cambra, passant la main dans son dos pour ôter le haut de son bikini, mais Luke la devança, dénouant les ficelles en un temps record. À son tour, le minuscule soutien-gorge tomba au sol, dévoilant ses seins au regard avide de Luke. Elle frémit lorsqu'il dénoua les ficelles de la culotte.

Soudain elle fut nue devant lui, et plus excitée qu'elle ne l'avait jamais été.

Luke recula d'un pas et, sans vergogne, la contempla de la tête aux pieds.

Ce regard qui ne cachait rien de ce désir brut et tellement viril ne la gêna absolument pas. Elle était ravie qu'il la regarde. Devant lui, elle adorait s'exhiber. Et à en croire l'avidité qu'elle voyait dans ses yeux, il semblait adorer ça, lui aussi.

— Enlève ça, ordonna-t-elle, désignant son boxer.

Esquissant un sourire malicieux, il continua à la fixer, glissant les pouces sous l'élastique du boxer avant de s'en défaire. Lorsqu'il le jeta par terre, il se planta devant elle, les mains sur les hanches.

À son tour, elle le dévora du regard, mais contrairement à lui, elle fut saisie d'une sorte de gêne. Luke était si beau, si parfait, qu'elle se prit soudain à douter de son propre corps.

Voyant qu'elle croisait pudiquement les bras sur sa poitrine, Luke bondit vers elle et lui saisit les poignets, plaquant ses bras contre le mur pour la regarder tout entière.

— Ne te cache jamais de moi, dit-il. Un corps aussi beau que le tien ne devrait jamais être caché. Tu mérites toutes les caresses du monde.

Elle déglutit, soulagée mais toujours embarrassée.

— Je ne m'attendais pas à ce que tu sois si..., balbutia-t-elle, sentant la rougeur lui monter aux joues et parfaitement consciente d'être ridicule. Si parfait et si... vigoureux.

— J'apprécie le compliment mais tu dois savoir que tu as un corps sublime et que tu m'as rendu complètement fou. Une femme qui ne craint pas de porter un string devant son patron ne devrait pas être gênée d'être nue.

Elle esquissa un sourire.

— Ce n'est pas que je sois gênée, en soi, j'ai juste envie d'être parfaite à tes yeux...

Il l'étreignit, emprisonnant leurs mains jointes.

— Tu l'es, affirma-t-il. Tu es tout ce que je désire en cet instant.

En cet instant... Voilà qu'il lui rappelait à quel point tout cela n'était que temporaire.

— Ce doit être la nervosité, reprit-elle. Cela fait si longtemps que j'ai envie de toi, que...

Luke lui coupa la parole, posant ses lèvres sur les siennes.

Elle s'offrit à son baiser, heureuse qu'il ait pris l'initiative car, en cet instant, oui, elle n'avait envie que d'une seule chose : s'abandonner à la passion.

Alors il la souleva, comme il l'avait fait à la cascade, et attendit qu'elle noue les chevilles autour de ses hanches pour l'emporter dans sa chambre.

Soudain elle bascula en arrière et atterrit sur le lit moelleux. Luke tomba sur elle, l'écrasant délicieusement de sous son poids. Lorsque son érection se logea entre ses cuisses, elle se mordit les lèvres pour ne pas crier.

L'orgasme qu'il lui avait offert tout à l'heure l'avait certes soulagée, mais elle comprenait à présent qu'elle avait envie d'aller beaucoup plus loin. Elle avait envie d'explorer le corps sublime de Luke et de prendre tout le temps nécessaire pour découvrir tout ce qu'il aimait, jusqu'à ce qu'il perde la tête entre ses bras.

— Tu as un préservatif ? murmura-t-elle contre ses lèvres.

Il se hissa sur les coudes et secoua la tête.

— Désolé, non. Je n'avais pas prévu ça au départ.

— J'en ai, dit-elle. Moi, j'avais prévu ça.

— Où sont-ils ?

— Dans ma chambre. Dans le tiroir de la table de nuit.

Lorsqu'il s'éclipsa, elle se perdit un instant dans la contemplation de la mer et des derniers feux du couchant. Son rêve le plus fou allait enfin prendre vie, et elle voulait graver cet instant dans son esprit. Leur aventure allait être éphémère, et elle voulait ne rien oublier. Elle avait besoin de faire provision de souvenirs.

Luke revint dans la chambre, entièrement nu mais portant un préservatif. Lorsqu'il se dirigea vers le lit, elle se souleva sur les coudes, s'ouvrant à lui pour qu'il revienne se loger entre ses cuisses.

— Tu es tellement sexy, murmura-t-il alors qu'il la dominait de toute sa taille.

Lorsqu'il passa la main entre ses jambes, elle frémit de plaisir et se mordit la lèvre. Puis, interrompant la caresse, il glissa les bras sous ses genoux pour la soulever, lui écartant largement les cuisses.

Sans le quitter du regard, elle s'offrit tout entière à son assaut, criant et se cambrant à chaque vigoureuse pénétration.

Lorsqu'il se mit à aller et venir en elle, elle s'agrippa à ses bras, ressentant un plaisir encore plus intense en sentant ses muscles se contracter sous ses doigts.

Bientôt, elle ne fut plus que gémissements et soupirs, car oui, ce que Luke lui offrait était encore plus délicieux que ce qu'elle avait imaginé dans ses rêves les plus torrides.

À cet instant, Luke lui empoigna les fesses et, l'attirant contre lui, s'enfonça plus profondément encore tout en accélérant le rythme. Cette nouvelle position la prit complètement de court, et en l'espace d'une seconde, elle fut emportée par un orgasme d'une force inouïe. S'abandonnant totalement au plaisir, elle planta les ongles dans les bras de son amant et cria son nom, l'implorant de ne pas s'arrêter.

À peine eut-elle joui qu'il s'immobilisa. Lorsqu'il l'étreignit, presque désespérément, elle comprit qu'il jouissait à son tour.

Il resta en elle jusqu'à ce que son corps cesse de trembler, puis il s'étendit à ses côtés, posant une jambe et un bras sur elle.

Elle soupira d'aise. Jamais elle ne s'était sentie aussi protégée, aussi aimée. Bien sûr, ce n'était que du sexe, mais pour elle, c'était beaucoup plus…

Elle garda les yeux fermés comme si elle pouvait prolonger cette euphorie pour toujours. Ouvrir les yeux la ramènerait à la réalité, à savoir que ce séjour n'était pas une escapade romantique et que Luke et elle ne formaient pas un vrai couple. Ils n'étaient ensemble que parce qu'elle l'avait piégé.

Elle n'avait cependant aucun regret. Luke avait réellement besoin de faire une pause, et elle en avait simplement profité pour tenter sa chance. Comment aurait-elle pu s'en vouloir d'être allée chercher ce qu'elle désirait vraiment ?

Elle frémit en sentant le souffle chaud de Luke sur son épaule. Le bourdonnement du ventilateur fixé au plafond l'aida à s'apaiser. Certes, elle avait toujours voulu que cela se produise, mais elle n'en avait jamais eu la certitude, et surtout, elle n'avait jamais anticipé la façon dont elle réagirait après coup.

— Et si on allait dîner ? murmura-t-il contre son épaule.

Elle fut soulagée que ce soit lui qui rompe le silence. Elle glissa les doigts le long de son bras puis sur son torse.

— Je ne suis pas pressée de sortir de ce lit, répondit-elle sincèrement.

Luke se redressa et la regarda. Ses yeux sombres étaient à présent chargés de tendresse. Elle se demanda ce qu'il pensait, mais elle n'avait aucune envie de lancer un débrief postcoïtal, comme le faisaient certaines femmes. Elle n'avait pas besoin de savoir s'il avait aimé ça ou s'il avait ou non des regrets. Elle le connaissait suffisamment pour savoir qu'il n'avait aucune envie de s'enfuir.

— Et si j'apportais le dîner ici ? suggéra-t-il.

Dîner au lit avec Luke aurait été le rêve… Seulement elle ne pouvait pas se laisser emporter dans ce monde imaginaire. Bien que désirant plus que tout que ce soit la réalité, elle savait aussi qu'elle devait se montrer raisonnable.

— Mangeons dehors, proposa-t-elle. J'ai envie de profiter du paysage avant de rentrer à Royal.

Il esquissa un sourire.

— Et moi qui croyais que tu voulais simplement profiter de moi.

Elle ne put s'empêcher de rire.

— C'est *toi* qui as profité de moi, tu te rappelles ? répliqua-t-elle. C'est *toi* qui m'as déshabillée dès qu'on est rentrés.

— Et toi, tu m'as séduit pour m'emmener en voyage.

Du bout du doigt, elle caressa son menton ombré d'une barbe naissante.

— Et toi, tu me séduis depuis des années, murmura-t-elle.

Il retrouva son sérieux et se pencha vers elle.

— Comment ai-je pu ne pas le voir ? murmura-t-il contre ses lèvres. Comment ai-je pu ne pas *te* voir ?

Il la prit dans ses bras et, roulant sur le dos, la hissa sur lui.

Elle se redressa et s'assit à califourchon sur ses hanches, posant les mains sur son torse.

— Eh bien moi, je dis que le dîner peut attendre. Qu'en penses-tu ? demanda-t-elle avec un sourire.

Pour toute réponse, il lui saisit la nuque et l'embrassa.

Oui, le dîner pouvait attendre.

12

— Alors, comment en êtes-vous venus à choisir cet endroit, Zeke et toi ? demanda Luke.

Étendue sous la cabane de plage, Kelly contemplait l'océan sombre et le ciel étoilé. Enveloppée par une douce brise, elle ne put s'empêcher de penser à quel point cet instant était juste et parfait.

Tant qu'ils seraient sur cette île paradisiaque, elle vivrait l'instant sans s'inquiéter de Wingate, de son travail ou de ce qui se passerait à leur retour. Pour l'instant, rien ne comptait hormis Luke.

Leur temps était compté, cependant, et elle savait qu'il n'y aurait plus de soirées romantiques après ce voyage. Son patron replongerait tête baissée dans le travail, ignorant le reste du monde. Elle devait s'y préparer, car ce séjour n'avait pas été prévu pour qu'il tombe amoureux... Bien sûr elle comptait sur ces cinq jours pour le séduire et devenir sa maîtresse, et si elle avait réussi, il était à présent hors de question pour elle de risquer son cœur. C'était un pari qu'elle était sûre de perdre.

Elle jeta un œil par-dessus son épaule pour regarder Luke, étendu à ses côtés. Il portait un simple boxer noir, et elle était nue sous son paréo. Ils avaient dîné sur la terrasse et étaient descendus sur la plage après le coucher du soleil.

— Zeke a trouvé l'hôtel et me l'a montré. Dès que je l'ai vu, j'en suis tombée amoureuse et j'ai commencé à tout planifier. Il savait que tu avais besoin de vacances et m'a demandé de t'accompagner sous prétexte d'un voyage d'affaires. Je savais que ce serait ma seule chance de te révéler ce que je ressentais pour toi. Jamais je n'aurais pu le faire à Royal ou au bureau.

Luke lui sourit. Elle ne se lasserait jamais de le voir comme ça. Si détendu, si... libre. Certes il était terriblement sexy en costume, mais le voir sur une île, hâlé et torse nu, lui faisait un tout autre effet.

Bien sûr, l'attirance physique avait toujours été là, mais en apprenant à le connaître, elle en était venue à apprécier sa loyauté envers sa famille. Sans parler du fait que lorsque les choses avaient mal tourné, il était monté au créneau. Ce qui n'était pas si courant. Elle était elle-même sortie avec quelques hommes qui s'empressaient de fuir les difficultés au lieu de tenter de les régler.

Quant à elle, sa vie personnelle n'avait pas été très stable, ces dernières années. Sa carrière était la seule garantie à laquelle elle pouvait s'accrocher, et Luke l'avait toujours soutenue. Cependant elle savait qu'elle ne pourrait pas compter sur lui pour une relation à long terme. Il ne fonctionnait pas comme ça, hélas.

— Cet endroit est parfait, murmura-t-il. Alors... Tu es prête à me dire pourquoi tu ne m'as jamais révélé tes sentiments ?

— Nous en avons déjà parlé. Ce n'était jamais le bon moment, et je ne pouvais pas prendre ce risque.

— Pourtant tu n'es pas le genre de femme à renoncer à ce qu'elle veut.

Elle sourit et, se tournant vers l'océan, remonta les genoux et glissa les bras autour de ses jambes.

— Je n'ai pas renoncé, répondit-elle. J'ai simplement pris mon temps. Tout vient à point à qui sait attendre.

Luke s'assit à côté d'elle, faisant trembler le plancher de la cabine. Décidément, cet homme n'était pas seulement impressionnant en conseil d'administration, il émanait de lui une force incroyable partout où il se trouvait. Il était grand, imposant et absolument parfait. Elle ne pouvait lui trouver un seul défaut.

— Je me souviens que tu as eu une liaison pendant un temps,

reprit-il après un court silence. Tu recevais même des fleurs au bureau.

— C'est vrai. Je suis sortie avec quelqu'un pendant quelques mois il y a environ un an, mais je n'y croyais pas vraiment. J'aurais voulu y croire. Cela m'aurait peut-être permis de te sortir de mon esprit et de cesser de culpabiliser. C'est quand même complètement cliché de vouloir coucher avec son patron, tu ne trouves pas ? En tout cas, ce n'est pas très pro. D'ailleurs, je me demande comment l'équipe réagirait si nous étions… enfin, tu vois ce que je veux dire…

Le rire de Luke la fit frissonner.

— Tu crois vraiment que je vais envoyer un mail à tout le monde pour les informer que nous avons couché ensemble ?

— Bien sûr que non ! répondit-elle en riant. Mais notre relation a changé et quelqu'un pourrait s'en rendre compte à notre retour. Je n'ai pas envie que l'on me regarde de travers.

Luke glissa un doigt sous son menton et lui fit tourner la tête.

— Personne n'en saura rien, assura-t-il. Nous sommes partis en voyage d'affaires, c'est tout.

Un voyage d'affaires tout à fait particulier, songea-t-elle. Comment réagirait-elle lorsqu'elle le verrait au travail après avoir été si intime avec lui ? Alors qu'elle savait comment il caressait et aimait être caressé, et comment le faire jouir…

— Cela paraît assez facile, à t'entendre, fit-elle remarquer. Mais je ne suis pas sûre que je pourrais m'empêcher…

— De me sauter dessus sur la table du conseil d'administration ?

— Que tu es bête ! s'exclama-t-elle en lui donnant une petite tape sur l'épaule. J'allais dire que je ne pourrai pas m'empêcher de te regarder et j'espère que personne ne le remarquera.

— Peut-être que c'est moi qui me ferai surprendre en train de te dévorer du regard, répondit-il avec un sourire. Tu n'as jamais pensé à ça ?

Elle déglutit et secoua la tête.

— Je n'ai jamais vraiment cru qu'il y aurait un jour quelque chose entre nous, tu sais, avoua-t-elle. J'en avais envie, mais je me disais que tu ne verrais jamais en moi que ton assistante.

Il lui saisit doucement le menton.

— Premièrement, tu as toujours été beaucoup plus qu'une assistante. Je n'arriverais à rien sans toi. Tu ne devrais pas douter autant de toi-même.

Ses mots lui réchauffèrent le cœur. Elle savait qu'il avait beaucoup d'estime pour elle. Et en tant que patron, il l'avait toujours traitée avec le plus grand respect. Même si elle n'avait pas eu le béguin pour lui, elle l'aurait apprécié, ne serait-ce que pour sa prévenance.

— Deuxièmement, poursuivit-il, depuis ma rupture, je ne fais pas beaucoup de rencontres et je ne cherche même pas à en faire. Je suis concentré sur Wingate et déterminé à développer notre gamme de produits.

— Ton ex n'était pas la femme qu'il te fallait.

Elle regretta aussitôt ses paroles, mais maintenant que c'était fait…

— Mes fiançailles ont-elles affecté tes sentiments ? demanda-t-il.

— Non. Cela n'a rien changé au désir que j'avais pour toi, et je n'ai jamais été jalouse. Je pensais simplement que Lily n'avait pas sa place dans ton monde. Elle paraissait… je ne sais pas. Intéressée.

— Elle l'était. Je me réjouis de l'avoir compris avant que l'on se marie. Je n'étais pas amoureux, et la seule chose qui l'intéressait chez moi était le statut social que je pouvais lui offrir. Cela se passait relativement bien au début, mais aujourd'hui, je sais que je l'ai échappé belle.

Épouser quelqu'un comme Luke Holloway aurait été effectivement un bon moyen d'acquérir un statut social. D'être invitée aux réceptions de la jet set, de faire partie de l'élite du Texas Cattleman's Club et, bien sûr, de ne jamais manquer d'argent. De plus, Luke était généreux et aurait donné à sa femme tout ce qu'elle désirait. Oui, il l'aurait traitée comme une reine.

Kelly n'avait jamais souhaité être entretenue par un homme ; elle était parfaitement capable de le faire elle-même. De plus, elle ne cherchait pas à épouser Luke, elle voulait simplement l'avoir dans son lit. Se sentir vivante entre ses bras et réaliser les fantasmes qu'elle nourrissait pour lui depuis des années.

Maintenant que c'était chose faite, elle savait qu'ils auraient pu faire une équipe d'enfer non seulement dans la salle de réunion mais dans la chambre à coucher. Allons ! Il était inutile qu'elle s'engage sur cette voie. C'était une voie sans issue. Ils ne partageaient pas les mêmes aspirations.

— Apparemment, elle n'avait aucune envie de travailler, fit-elle remarquer.

— Elle voulait le prestige et l'argent, mais sans le travail.

— Hélas, c'est impossible, surtout en temps de crise.

Luke glissa un bras autour de sa taille et l'attira vers lui.

— Je n'ai plus envie de parler de mon ex, dit-il brusquement.

Elle ne put qu'acquiescer. Elle préférait largement parler boulot plutôt que de la femme à qui Luke avait failli passer la bague au doigt.

— Et dire que je ne me rendais même pas compte à quel point j'avais besoin de vacances, déclara-t-il après une minute de silence. Tu avais raison.

Elle se blottit contre lui.

— J'ai toujours raison.

Le rire de Luke vibra contre sa joue.

— Quoi ? C'est vrai, assura-t-elle, feignant d'être vexée. Où serais-tu sans moi ? Tu as toi-même admis que tu ne pouvais pas te passer de moi au bureau et, à présent, tu reconnais que tu avais besoin de ces vacances, ce que j'ai toujours dit.

— Si tu ne m'avais pas dit que c'était pour rencontrer un investisseur, je ne serais jamais parti.

C'était une évidence, et c'était précisément la raison pour laquelle elle n'avait pas eu d'autre choix que de lui mentir pour qu'il monte dans l'avion.

— Je devrais me sentir coupable de t'avoir menti, reprit-elle. Mais honnêtement... pas vraiment.

— Tu aurais pu me séduire à Royal.

— Comme je l'ai dit, ce n'était jamais le bon moment, répondit-elle en se reculant pour le regarder. Mais ce n'est pas la seule raison pour laquelle je t'ai amené ici. J'étais vraiment inquiète pour toi, et ton frère aussi.

— Zeke est un véritable bourreau de travail, lui aussi.

— C'est vrai. Vous avez ça dans le sang. Seulement ton frère, lui, prend parfois un jour de congé pour se détendre. Tout le monde a besoin de se ressourcer de temps à autre. De plus, il a Reagan.

Il repoussa ses cheveux derrière son oreille et lui caressa la joue. Elle ne s'était jamais remise de l'étreinte de la cascade, et à présent elle avait envie de lui chaque fois qu'il lui lançait un de ses regards chargé de désir et qu'il posait la main sur elle.

— Combien de jours nous reste-t-il ? demanda-t-il.

— Trois. Ce n'est pas beaucoup. J'ai prévu une sortie demain, mais si tu as envie de rester ici à traîner au lit, nu de préférence, je peux annuler.

Il sourit.

— Tu t'es donné tellement de mal pour tout organiser…

— Considère cela comme une avance sur ton cadeau de Noël, répondit-elle. Même si cela ne m'a pas coûté un sou.

Il se mit à rire. Elle ne pouvait se lasser de ce rire rauque et saccadé qu'elle entendait si rarement lorsqu'il travaillait. Oui, elle voulait qu'il soit heureux. Pour elle, mais aussi pour lui.

Non… Cela ne pouvait pas arriver. Elle ne pouvait pas tomber amoureuse de son patron. Il n'y avait pas de place pour elle dans sa vie et elle ne tomberait pas dans le même piège que sa mère. Jamais elle ne pourrait se satisfaire d'un amour à sens unique.

— Je ne sais pas si je serai à la hauteur, dit-il. Je n'ai même pas commencé mon shopping de Noël. De plus, je t'offre la même chose chaque année.

— Je ne m'inquiète pas pour mon cadeau, Luke.

Elle n'attendait rien d'autre de lui que ce qu'il lui avait déjà donné. Rien que ce séjour était le plus beau des cadeaux.

— Ce que j'aimerais, reprit-elle, c'est que tu me promettes de prendre plus de temps pour toi à ton retour. Ça, ce serait un super cadeau. Tu me montrerais que tout ce que j'ai fait pour organiser ce séjour n'a pas été vain.

À ces mots, il la poussa en arrière et vint s'allonger sur elle.

La façon dont il parvenait toujours à la positionner exactement comme il le voulait ne faisait qu'ajouter à son sex-appeal. Comment cet homme pouvait-il être encore plus sexy que tout ce qu'elle avait imaginé ?

— Demande-moi ce que tu veux, dit-il. Et tu l'auras.

Ce qu'elle voulait ? Continuer à coucher ensemble à leur retour. Parce qu'à ce stade elle doutait de pouvoir éteindre l'interrupteur et faire comme si rien ne s'était passé entre eux...

Mais une simple liaison sexuelle serait-elle seulement possible ?

Luke serait-il partant ? Pensait-il même à l'avenir ? Elle savait cependant qu'elle devait lui donner du temps pour se projeter. Si elle avait nourri des sentiments pour lui depuis plusieurs années, tout cela était encore nouveau pour lui.

— Pas besoin de cadeau de Noël, répondit-elle. Je n'ai besoin de rien.

Sauf, peut-être...

Elle écarta les jambes pour qu'il vienne s'y étendre puis lui caressa la nuque.

— Ou peut-être, reprit-elle, pourrions-nous trouver ensemble ce que tu pourrais m'offrir...

Il hocha vigoureusement la tête et glissa la main sous son paréo. Elle poussa un petit cri à ce contact.

— Ma foi, je suis sûr que je peux faire quelque chose pour toi..., murmura-t-il.

Elle n'oublierait jamais leur nuit d'amour sur la plage. Ce moment intense qui marquait peut-être le début d'une liaison intime.

Si toutefois son patron voulait poursuivre cette liaison lorsqu'ils seraient de retour à Royal.

13

— Jamais je n'aurais imaginé que tu avais le vertige.

Luke s'agrippa à la rambarde de la plate-forme et parcourut du regard la vaste étendue d'arbres traversée de tyroliennes. Il n'avait aucune envie de passer pour une mauviette aux yeux de celle qui s'était donné tant de mal pour organiser cette sortie.

— Je n'ai pas le vertige, répliqua-t-il, bien que nauséeux. Je m'acclimate, voilà tout.

— Monsieur, vous n'êtes pas obligé de le faire, lui assura leur moniteur. Beaucoup de clients renoncent, vous savez.

— Je ne suis pas venu jusqu'ici pour ça, répliqua Luke.

C'était hors de question. Il dirigeait une très grosse entreprise et n'avait jamais reculé devant un défi. Et cette fois, il était bien décidé à impressionner Kelly. Sauf... qu'il avait un vertige épouvantable.

— Tu veux que j'y aille la première ? demanda Kelly en posant doucement la main sur son bras.

Il lui jeta un coup d'œil. Elle était absolument adorable avec son équipement de protection et son regard brillant d'inquiétude. Décidément, elle était prête à tout pour lui, comme elle l'avait déjà prouvé à maintes reprises. Et aujourd'hui, il devait être à la hauteur et lui montrer qu'il n'était pas complètement allergique aux loisirs.

Seulement voilà, être suspendu dans le vide n'était pas ce qu'il y avait de plus amusant. Il aurait mille fois préféré faire du jogging ou de la musculation. Ou n'importe quoi d'autre, mais sur la terre ferme.

Prendre l'avion ne lui avait jamais posé de problème. *Ça*, c'était une tout autre paire de manches...

Il examina avec inquiétude le câble qui lui semblait bien trop fin pour supporter un homme de sa stature.

— J'y vais le premier, déclara-t-il, ignorant les protestations de son estomac. C'est parti.

Le moniteur lui répéta les règles de sécurité ainsi que les conseils pour se réceptionner à l'arrivée. Il hocha la tête. Les techniques, il les avait comprises. Quant à les mettre en pratique...

S'approchant du bord, il s'efforça de faire abstraction de sa peur et se lança dans le vide, fermant les yeux de toutes ses forces.

Dès qu'il se mit à filer à toute allure, une sorte de déclic se produisit en lui. L'exaltation se substitua à l'appréhension, et la traversée lui parut soudain presque libératrice. Ouvrant les yeux, il admira l'étendue arborée en contrebas et l'océan au loin. Quelques instants plus tard, il atterrit sur la plate-forme d'arrivée, où un autre moniteur lui tapa dans le dos, le félicitant de sa performance.

Il se retourna à temps pour voir le grand sourire de Kelly qui, suspendue au câble, glissait vers lui à toute allure, d'une beauté à couper le souffle. Apparemment, elle avait, tout autant que lui, besoin de cette poussée d'adrénaline.

Un nouveau déclic se produisit en lui. Il y avait chez elle quelque chose qui le poussait à prendre des risques, qui lui donnait envie de mieux comprendre encore ce qui la faisait sourire comme si elle n'avait pas le moindre souci en ce bas monde.

— Tu as réussi ! s'exclama-t-elle. Ça t'a plu ?

— Oui, c'était vraiment impressionnant.

— Je suis désolée de t'avoir mis dans cette situation.

Il ne supportait pas la compassion, c'était pour lui comme verser du sel sur une plaie. Et un affront à sa virilité.

— Honnêtement, je ne savais pas que j'avais autant le vertige, admit-il.

— Tu veux recommencer ?

Il y avait dans les yeux de Kelly une étincelle irrésistible. Cette femme avait le goût du risque, et il trouvait cela infiniment excitant. Il voulait voir ce sourire plus souvent. Il voulait qu'elle soit heureuse. Et surtout, être celui qui serait perpétuellement la cause de ce bonheur.

Il n'avait pas l'habitude de la voir sous ce jour au bureau, et il comprit qu'il avait envie de continuer à découvrir ce qui se cachait derrière cette façade pour toucher à l'essence véritable de sa personnalité.

Il déposa un baiser sur ses lèvres.

— Allons-y, dit-il.

Après plusieurs heures de tyrolienne et de randonnée sur les sentiers à flanc de montagne, ils regagnèrent l'hôtel en jeep. Kelly aimait conduire capote ouverte sur la route longeant l'océan, et la présence de Luke à ses côtés rendait le trajet encore plus agréable.

— Que dirais-tu d'une promenade sur la plage ? proposa-t-elle lorsqu'ils furent de retour à leur bungalow.

— Parfait.

Elle glissa les bras autour de sa taille et plongea son regard dans le sien.

— Je suis vraiment désolée de t'avoir fait subir cette épreuve, Luke. Je croyais...

— Que j'étais courageux ? Ne le dis à personne, mais j'ai failli m'évanouir en regardant la cime des arbres.

— Ne t'inquiète pas. Nous avons tous peur de quelque chose.

Il fronça les sourcils et la dévisagea un instant.

— Tu as trouvé ma kryptonite, dit-il. Quelle est la tienne ?

Le cœur de Kelly se serra. Ce qu'elle voulait, plus que tout au monde, c'était avoir une famille à elle, un jour. Et une relation solide et pleine d'amour avec un homme qui ferait d'elle sa priorité. Un homme qui ne pouvait être Luke, hélas. Elle travaillait pour lui depuis cinq ans, et il n'y avait aucune chance que cette aventure d'une semaine, aussi torride soit-elle, transforme le bourreau de travail qu'il était en amoureux transi.

— Toutes les femmes ont leur secret, répondit-elle. Mettons nos maillots et allons à la plage. Pourquoi ne mettrais-tu pas celui que tu avais le premier jour ?

— Le mini-short ? J'ai bien peur qu'il ne coupe la circulation dans certaines parties cruciales de ma personne...

Elle glissa la main vers son entrejambe, caressant les parties en question.

— Tu as raison, nous ne pouvons pas prendre ce risque, dit-elle. D'autant que j'ai des projets pour ce soir.

Il se frotta contre sa main.

— Ce soir ?

Elle esquissa un sourire, plongeant la main dans son short pour accentuer la caresse.

— Maintenant, ça me va aussi, murmura-t-elle.

Luke gémit, renversant la tête en arrière.

C'était exactement ce qu'elle voulait. Qu'il soit à sa merci et libère toute la passion qu'il avait en lui. Pour l'instant, il était à elle, et elle comptait bien en profiter pleinement...

Baissant son short jusqu'aux chevilles, elle s'agenouilla à ses pieds.

— Kelly...

— Laisse-moi faire.

Il glissa la main dans ses cheveux lorsqu'elle aspira son sexe dans sa bouche et se mit à le lécher. Il était le premier homme avec qui elle avait envie de partager un tel degré d'intimité. Accélérant la cadence, elle sentit les mains de Luke s'agripper à ses cheveux, et elle comprit qu'il était au bord de l'orgasme. Elle accrut encore le rythme, espérant qu'elle s'y prenait bien. Apparemment oui, car quelques instants plus tard, elle sentit son corps trembler comme une feuille. Lorsque l'orgasme le submergea, il grogna plusieurs fois son nom et elle trouva cela follement excitant. Qui aurait cru que donner du plaisir à un homme de cette façon serait aussi jouissif ?

Ils échangèrent un sourire tandis qu'il se rhabillait.

— Je te devais une faveur, expliqua-t-elle. Je sais que ce n'est pas la cascade, mais je ne pouvais plus attendre.

Il prit son visage entre ses mains et l'attira vers le sien.

— Tu vas me faire mourir, murmura-t-il. Qu'est-ce que je vais faire de toi ?

Était-ce prématuré de lui demander s'il désirait poursuivre cette aventure à leur retour ? Il commençait seulement à s'habituer à cette nouvelle donne.

De retour à Royal, serait-il toujours marié à son travail ou trouverait-il un moyen de lui faire une place dans sa vie ? Était-il capable de changer ?

Un souvenir hantait toujours l'esprit de Kelly. Son père, lui, n'avait jamais changé. Sa mère et elle passaient toujours après les réunions du conseil d'administration ou les voyages d'affaires. Certes, il les aimait à sa manière, mais il ne leur avait jamais accordé la priorité.

Luke s'était comporté exactement de la même manière avec sa fiancée, même s'ils n'étaient pas vraiment faits l'un pour l'autre. Serait-il capable d'agir différemment avec une autre femme ? Avec elle, par exemple ?

Croire qu'autre chose qu'une aventure était possible était d'une telle naïveté… Mais elle ne pouvait s'empêcher de nourrir cet espoir. C'était humain, après tout. Et puis cela faisait si longtemps qu'elle attendait que Luke ouvre les yeux… Seulement à présent, elle était dans de sales draps. Pourrait-elle étouffer les sentiments qu'elle sentait s'intensifier en elle ?

— Hé…, murmura Luke, la tirant de ses pensées.

— Désolée. Je rêvassais.

Du bout du pouce, il lui effleura la lèvre inférieure.

— J'aimerais tant connaître tes rêves.

Elle le regarda, étonnée. Se pouvait-il qu'il s'intéresse à ses rêves ? De toutes les fibres de son être, elle espérait trouver quelqu'un avec qui partager ses espoirs et ses projets, quelqu'un en qui elle pourrait avoir confiance, avec qui elle pourrait discuter de sa journée.

Elle ne put s'empêcher de sourire en les imaginant tous les deux allant ensemble au travail et rentrant chez eux pour se détendre autour d'un verre, confortablement installés sur le canapé…

Seigneur ! Pourquoi persistait-elle à nourrir ce genre d'illusions ? Elle devait bien se mettre dans la tête que c'était impossible ! Une aventure, c'était tout ce qu'elle pourrait espérer lorsqu'ils seraient de retour. En demander davantage, c'était s'exposer à une lourde déception et risquer d'avoir le cœur brisé.

— Allons nous balader sur la plage, suggéra-t-elle. Ensuite, nous pourrons peut-être piquer une tête dans la piscine après le dîner.

— Au coucher du soleil. J'ai l'impression que je n'en avais jamais vu avant de venir ici avec toi.

Évidemment ! Il était tellement pris par ses problèmes familiaux et par l'entreprise.

Oublierait-il tout de ces nouvelles sensations une fois qu'ils seraient de retour ? Reprendrait-il ses activités comme si de rien n'était ? Garderait-il le secret sur leur liaison ?

Tant de questions se bousculaient dans l'esprit de Kelly. Des questions qui restaient sans réponses pour l'instant. Ce qu'elle pouvait faire était de se garder de ses sentiments tout en montrant à Luke qu'elle n'était pas prête à ce que leur histoire se termine.

— Je pense que nous sommes encore en retard pour le dîner.

Assis sur le sable face au coucher de soleil, Luke étreignit Kelly qui, blottie entre ses jambes, avait posé la tête contre sa poitrine. De toute sa vie, il ne s'était jamais senti aussi apaisé, aussi serein. Il ignorait s'il devait cela à la tranquillité des lieux, à la présence de Kelly à ses côtés ou aux moments absolument torrides qu'ils partageaient, mais une chose était sûre : quelque part, il aurait voulu que cette parenthèse enchantée ne s'arrête jamais.

Toutefois, il savait aussi qu'il devait rentrer à Royal et aider sa famille à redresser l'entreprise. De plus, une quantité de collaborateurs comptaient sur lui pour garder leur emploi. C'est pourquoi il était déterminé à frapper un grand coup. Non, Ava ne perdrait pas son entreprise bien-aimée. Elle ne méritait pas cela. Il serait le sauveur de Wingate.

Pourtant, ces deux derniers jours, il avait tout oublié : son téléphone, ses mails professionnels et la somme écrasante de travail qui l'attendrait à son retour.

Il n'avait plus qu'une seule envie : s'immerger dans l'instant présent avec Kelly. Sur cette île où elle l'avait emmené par ruse, sachant exactement ce dont il avait besoin pour le sortir du cercle infernal dans lequel il était en train de sombrer au travail.

Une situation qu'il n'avait même pas vue lui-même, ou qu'il n'avait pas voulu voir mais qui n'avait pas échappé à Kelly. Elle avait toujours été en phase avec lui et prête à répondre à ses besoins. Ce qu'il ne comprenait toujours pas, c'est comment il avait pu ne pas voir qu'elle avait des sentiments pour lui.

Sans doute parce qu'il était obnubilé par l'idée qu'il allait sauver le monde. C'était en tout cas ce qu'il ressentait la plupart du temps. Comment avait-il pu vivre avec une vision aussi étroite des choses ?

C'était cette attitude qui l'avait amené à rompre ses fiançailles, même s'il n'avait aucun regret à cet égard. Les sentiments qu'il éprouvait pour Kelly ces derniers jours dépassaient de loin tout ce qu'il avait pu ressentir pour Lily.

Et cela l'effrayait au plus haut point.

— Tu es en pleine réflexion, dis-moi, murmura-t-elle en se blottissant contre lui. Je t'entends pratiquement penser.

— Je pensais au travail.

Kelly renversa la tête en arrière et le dévisagea.

— C'est interdit.

Il l'embrassa sur le front.

— Je sais, mais je me demande comment j'ai pu ne pas me rendre compte que tu avais des sentiments pour moi alors que tu étais si attentive à mes besoins.

— Qui a dit que j'avais des sentiments ? Peut-être que j'avais juste envie de te sauter dessus…

Il éclata de rire.

— Je commence à te connaître un petit peu, et je sais que tu ne te serais pas donné tout ce mal pour m'emmener dans cet endroit et que tu n'aurais certainement pas entamé une liaison avec moi si tu n'éprouvais pas de sentiments, fit-il remarquer.

Elle posa la tête contre son épaule.

— C'est vrai, admit-elle. Et je sais aussi que c'est la seule forme d'intimité que nous pouvons avoir. Il n'est pas question pour moi de m'attacher à un homme qui fait passer son travail avant tout le reste. Je voulais juste profiter de ce moment pour que tu me voies autrement. Je savais que ce serait ma seule et unique chance de le faire.

Il la dévisagea, étrangement bouleversé par sa déclaration. S'il comprenait qu'elle ne souhaite pas être quantité négligeable dans un couple, il ne pouvait s'empêcher d'être déçu qu'elle se refuse à aller plus loin avec lui. Certes, c'était très proche de ce qu'il pensait lui-même, mais entendre Kelly le dire aussi ouvertement avait quelque chose de tristement définitif.

Qu'en était-il d'une relation physique ? Qui avait dit qu'ils devaient y mettre fin après leur retour à Royal ?

Seul l'avenir le dirait. En attendant, il leur restait un peu de temps pour décider ce qui se passerait à leur retour.

Pourrait-il faire de la place à Kelly dans sa vie pour autre chose que pour le travail ?

14

Kelly regagna le bungalow après avoir fait un tour à la boutique de souvenirs. Elle avait vu une robe en vitrine mais n'avait pas trouvé le temps de l'acheter. Après le déjeuner, elle avait donc laissé Luke dans le patio pour aller faire son emplette.

Elle n'arrivait pas à croire qu'ils partaient le lendemain matin. Elle aurait voulu rester ici pour toujours… Seulement ils devaient rentrer et reprendre le travail. Sans parler des fêtes de Noël qui approchaient à grands pas, et puis du nouvel an, ce qui se traduisait toujours, chez Wingate, par une kyrielle de réunions durant lesquelles les décisionnaires proposaient de nouvelles idées pour développer l'entreprise.

De retour au bungalow, elle se rendit dans sa chambre où elle avait laissé ses vêtements même si elle passait ses nuits dans le lit de Luke. Elle enfila sa nouvelle robe. Blanche, sans bretelles, elle épousait ses courbes à la perfection et était fendue de la cheville jusqu'à mi-cuisse.

Lorsqu'elle rejoignit Luke dans le patio, celui-ci se tenait face à l'océan, le dos tourné. Il venait manifestement de piquer une tête dans la piscine car il était encore trempé.

— Eh bien, qu'en dis-tu ? demanda-t-elle en écartant les bras.

Il se retourna et resta bouche bée.

— Superbe et diaboliquement sexy…

Son compliment eut beau lui faire plaisir, elle ne put s'empêcher de remarquer ce qu'il tenait à la main.

— Comment as-tu fait pour récupérer ton téléphone ? s'enquit-elle.

Il lui adressa un grand sourire.

— Je t'ai vu taper le code du coffre, et tant mieux car j'ai eu une idée géniale. J'avais hâte d'en parler à Zeke par texto.

— Quelle idée ?

Elle aurait voulu oublier le travail le plus longtemps possible, mais leurs vacances s'achevaient et le réel commençait à refaire surface. Inévitablement.

— Je pense que nous devrions spécialiser nos hôtels, c'est-à-dire les réserver aux couples, expliqua-t-il. Au lieu d'essayer d'attirer les familles ou les entreprises, je crois que nous devrions nous intéresser aux escapades romantiques. Lunes de miel, anniversaires de mariage, voyages en amoureux. En termes de marketing, nous devons faire en sorte que les clients se sentent comme toi et moi en ce moment. Leur donner l'impression que le travail n'existe pas et que, dans nos hôtels, ils oublieront leurs problèmes.

Mais le travail existait, il venait d'en faire l'implacable démonstration. Elle eut soudain envie de lui reprendre son téléphone et de se concentrer de nouveau sur eux-mêmes. Ce qui lui semblait perdu d'avance car, après ces quatre jours de vacances, Luke brûlait manifestement de remettre le pied à l'étrier.

— C'est génial, répondit-elle, se forçant à sourire.

— Tu trouves ? Tu crois vraiment que ça peut marcher ?

C'était une autre particularité de Luke. Il accordait toujours de l'importance à son avis et la sollicitait à chaque phase de l'évolution d'un projet.

Elle sentit les rouages de son esprit se mettre en route, même si c'était la dernière chose qu'elle souhaitait.

— Si nous arrivons à créer les conditions d'une parfaite intimité, je pense que nos hôtels verront leurs réservations exploser, répondit-elle. Il faudrait penser non seulement aux chambres et à leur agencement, mais aussi au personnel. On pourrait attribuer à chaque couple un majordome ou une gouvernante, qu'ils appelleraient par leur prénom et à qui ils pourraient faire appel à tout moment dès qu'ils auraient besoin de quelque chose. L'intimité doit être la clé de toute retraite en amoureux. Nos couples doivent avoir l'impression de vivre dans un rêve.

Posant son téléphone sur la table du patio, Luke lui enlaça la taille, remontant doucement vers le renflement de ses seins.

— Toi aussi, tu as l'impression de vivre dans un rêve ? murmura-t-il.

Elle prit une profonde inspiration, et un frisson d'excitation la parcourut. Cet homme l'avait à peine touchée qu'elle était déjà prête à s'enflammer. Serait-ce toujours le cas ? Éprouverait-elle toujours pour lui un désir aussi dévorant ?

— Je vis un rêve, avoua-t-elle, fermant les yeux pour mieux goûter sa caresse.

Luke baissa le haut de la robe, exposant ses seins à la brise du soir.

— Tu es tellement sexy, Kel.

C'était la première fois qu'il lui attribuait un surnom, et elle se dit qu'ils avaient peut-être atteint un niveau d'intimité encore plus profond qu'elle ne l'aurait imaginé.

Lorsqu'il lui titilla les tétons, elle eut soudain une folle envie qu'il lui arrache sa robe… Peu importait qu'elle soit neuve. Faire l'amour avec Luke, le voir perdre la tête entre ses bras valait bien de sacrifier une robe.

Le téléphone de Luke vibra sur la table et elle étouffa un juron.

— Laisse-le, supplia-t-elle.

Il hésita une fraction de seconde durant laquelle elle crut qu'il allait répondre. Mais au lieu de cela, il la souleva de terre et l'emporta dans le bungalow.

— J'ai des choses plus importantes à faire, dit-il. Le travail peut attendre.

Son cœur bondit de joie. C'était la première fois qu'elle le voyait différer une obligation professionnelle, et aujourd'hui il le faisait pour elle. Pour eux. Avait-il changé au cours de ce séjour ?

Lorsqu'il la fit asseoir sur son lit, elle vit que sa robe était mouillée. Luke était encore trempé de son plongeon dans la piscine lorsqu'il l'avait prise dans ses bras. Elle s'en fichait. Un homme aussi parfait et désirable que lui n'aurait jamais dû être habillé ! Elle aurait passé ses journées à l'admirer.

Elle glissa la main sur son tatouage en forme de dragon.

— Il a une signification particulière ? demanda-t-elle.

— La force. Après la mort de mes parents, quand Ava nous a recueillis, Zeke et moi, j'ai juré d'être fort, quoi qu'il arrive. J'ai juré de prendre soin de ma famille, de mes amis et de ne jamais laisser tomber personne.

Voilà pourquoi il était si obsédé par Wingate. Elle comprenait son besoin ardent de sauver l'entreprise.

— Je n'aurais jamais cru qu'un tatouage puisse être si excitant, murmura-t-elle, en dessinant du bout du doigt la pointe de la queue du dragon.

Il frémit à ce contact et plongea son regard sombre dans le sien.

— Qu'est-ce que je vais faire de toi ? demanda-t-il.

Elle sourit.

— Tu n'arrêtes pas de me poser cette question. Essaie plutôt d'y répondre par toi-même…

En guise de réponse, il aspira la pointe d'un de ses seins. Renversant la tête en arrière, elle ferma les yeux et s'agrippa aux cheveux de son amant.

C'était incroyable à quel point cet homme pouvait la rendre folle avec une simple caresse. Elle murmura son nom, le suppliant de continuer. C'est alors que la main de Luke trouva la fente de sa robe.

Elle n'avait rien mis dessous car elle était toujours désireuse d'offrir à Luke l'accès le plus facile possible à son intimité.

— Alors, tu aimes ma nouvelle robe ? demanda-t-elle.

Lorsqu'il inséra la main entre ses jambes, elle s'ouvrit largement à son exploration.

— Oui, mais je te préfère encore sans…

À ces mots, elle saisit les pans de la robe et se dénuda entièrement sous le regard avide de son amant.

— J'ai envie de toi maintenant, grogna-t-il en la soulevant pour la jeter sur le lit.

Elle ne put s'empêcher de rire. Cet homme passait si vite de l'érotisme à l'espièglerie qu'elle avait parfois du mal à le suivre. Il avait l'art de la surprendre, et ce côté joueur ne cessait d'attiser son désir.

Il se hissa sur le lit et posa les mains de part et d'autre de sa tête.

— J'ai envie de toi, répéta-t-il. Sans limites.

Ses mots firent mouche, et à cet instant, elle comprit qu'il tenait sans doute plus à elle qu'elle ne l'avait imaginé. Il n'aurait pas exigé une intimité sans limites s'il ne s'agissait pour lui que d'une simple aventure.

Elle écarta les jambes, s'offrant à lui, comme il le souhaitait.

Il serra les dents et prit une profonde inspiration.

Il avait un mal fou à se contenir, c'était évident. Elle devinait si facilement ce qu'il ressentait et désirait, à présent.

Forte de cette connaissance, elle noua les chevilles autour de ses hanches et l'attira vers elle.

Lorsqu'il la pénétra, elle ne put étouffer un cri. Chaque fois qu'ils faisaient l'amour, elle en voulait toujours plus. Elle aurait voulu se repaître de lui, physiquement et mentalement, et l'inonder de son amour.

Car oui, elle aimait Luke. C'était devenu impossible de le nier. Et sans doute l'aimait-elle depuis longtemps. Ce qui avait changé, c'est qu'elle pouvait aujourd'hui se l'avouer sans peur, maintenant qu'elle pressentait qu'il pourrait éprouver, lui aussi, des sentiments pour elle.

— Tu es tellement parfaite...

Ces mots doux ne firent qu'exacerber son excitation. Il était tout pour elle et, en cet instant, elle aurait voulu lui dire qu'elle l'aimait.

Mais elle devait attendre. Elle ne devait pas se dévoiler aussi vite. Peut-être n'y croirait-il pas et, surtout, elle ne voulait pas l'effrayer ou lui embrouiller l'esprit. Il avait déjà trop de choses en tête, avec sa famille et l'entreprise. Lui ajouter du stress ne les mènerait nulle part.

Une fois protégé, il se mit à aller et venir en elle, de plus en plus fort, de plus en plus vite, et ses lèvres ne semblaient oublier aucune partie de sa personne. Lorsqu'il se hissa sur elle, l'enveloppant de son corps massif, elle tendit instinctivement le cou pour happer sa bouche. À cet instant, elle resserra les chevilles autour de ses hanches, et pleinement offerte à son assaut, elle perdit tout contrôle et se laissa emporter par un orgasme d'une force inouïe.

Il jouit à son tour, l'embrassant avec une ardeur décuplée, à laquelle elle répondit, espérant que sa passion et son amour transparaîtraient d'eux-mêmes. Elle avait besoin qu'il sache à quel point il comptait pour elle, à quel point elle voulait être avec lui.

Alors qu'ils étaient étendus sur le lit en silence, reprenant leur souffle, elle se demanda combien de temps elle pourrait tenir encore avant d'avouer à son patron qu'elle était désespérément amoureuse de lui.

15

Sans surprise, le travail fut à l'ordre du jour du début à la fin du vol de retour, et Kelly s'efforça de ne pas être trop triste. Après tout, les cinq jours de rêve qu'ils venaient de vivre étaient désormais derrière eux.

Assis en face d'elle, Luke n'arrêtait pas, alternant appels téléphoniques, rédaction et envoi de mails. Quant à elle, elle avait mis son ordinateur portable en soute avec le reste de ses bagages. De toute façon, elle ne l'avait pris que pour une seule raison, au départ : faire croire à Luke qu'ils partaient en voyage d'affaires.

De plus, elle n'avait aucune envie de travailler, même si elle savait qu'elle aurait beaucoup à faire une fois au bureau. Cependant, rien ne requérait son attention avant lundi. Elle avait prévu de prendre sa journée du lendemain, afin de se réhabituer en douceur à Royal.

— Ce truc va être génial ! s'exclama Luke en posant son téléphone à côté de lui. J'aurais besoin que tu prennes quelques notes.

Elle sortit son téléphone en soupirant. Eh oui, le rêve était bel et bien derrière eux...

— Nous allons organiser une somptueuse réception, expliqua-t-il. Elle aura lieu au club-house. Ce sera un événement beaucoup plus important et beaucoup plus glamour que tout ce que nous avons organisé jusqu'à maintenant.

— Tu as une date ?

— Le week-end prochain.

Elle le dévisagea, effarée.

— Luke, tu ne peux pas organiser une réception de cette taille en si peu de temps !

— Oh mais je ne vais pas l'organiser tout seul. Nous allons le faire ensemble, toi et moi.

Elle se mit à rire.

— Tu es fou.

— Non. Optimiste. Écoute, nous devons le faire. Mon esprit est en ébullition, ce qui veut dire que tu as eu absolument raison de me forcer à prendre des vacances. Maintenant, je sais exactement comment redresser Wingate et nous allons dévoiler notre plan à la famille et à nos amis, et regarder l'avenir avec espoir. C'est Noël, Kelly. Nous avons tant de choses à célébrer en ce moment !

Organiser une réception de fin d'année pour dévoiler son projet semblait certes amusant et excitant, mais comment diable allaient-ils s'y prendre ?

— Sais-tu seulement s'il y a une salle disponible au club-house ce jour-là ? demanda-t-elle.

Luke se contenta de hausser un sourcil et elle comprit que sa question était ridicule. Luke Holloway obtenait toujours ce qu'il voulait.

— Donc, pour le lieu, c'est fait, dit-elle, complétant la note sur son téléphone. Et pour le traiteur, la musique et la décoration ?

— C'est toi qui t'occuperas de la décoration. Tu l'as déjà fait avec...

Il se mit à claquer des doigts, cherchant manifestement le nom d'un prestataire de services. Elle indiqua le nom du prestataire en question et l'ajouta à sa note.

— La musique et le traiteur, rien de plus facile, enchaîna-t-il. Le club a ses propres équipes et nous ferons appel à elles.

En notant les indications de Luke, Kelly comprit qu'elle s'était clairement bercé d'illusions lorsqu'elle avait cru pouvoir prendre son dimanche comme n'importe quel salarié...

— Tu as pensé à tout, remarqua-t-elle avec un sourire. Que dirais-tu d'affiches ou de brochures pour exposer les grandes lignes de ton projet ?

— Oui, et c'est là que j'ai vraiment besoin de toi, répondit-il en se levant pour s'asseoir à son côté. Il faut faire des affiches et des brochures de nos hôtels détaillant les extensions prévues dans chacun d'eux. Nous devons surtout mettre l'accent sur les nouveaux aménagements conçus pour les couples.

Il se mit à citer à toute allure une liste d'aménagements qu'elle s'efforça de noter au fur et à mesure. Elle regretta soudain de ne pas avoir pris son ordinateur.

Lorsqu'ils atterrirent à Royal, Luke avait pour ainsi dire bouclé le projet. Il avait déjà passé plusieurs appels et avait organisé des réunions… le soir même.

Sans être réellement étonnée, Kelly ne pouvait s'empêcher d'être déçue. Elle aurait dû savoir que l'ancien Luke serait de retour à peine aurait-il mis le pied à Royal.

Peut-être était-ce aussi pour cela qu'elle l'aimait. Luke était un homme impliqué, déterminé, qui ne laissait rien se mettre en travers de sa route. Il ne travaillait pas pour l'argent, mais pour arranger les choses, à la fois pour aider sa famille à sortir d'un mauvais pas et redresser l'entreprise.

Il l'accompagna jusqu'à sa voiture et déposa sa valise dans le coffre. Elle se demanda alors ce que pouvait bien contenir la sienne. Avait-il emporté ses horribles tenues de touriste ? Pour le voyage de retour, il portait un pantalon de ville bleu marine et une chemise gris foncé. Un peu comme à l'aller, à ceci près qu'elle savait à présent exactement ce qu'il y avait… sous ses vêtements. Rien ne pourrait jamais effacer de sa mémoire chacun de ses muscles car elle avait exploré chacun d'entre eux.

— Je vais chez Zeke pour discuter du projet, annonça-t-il, fourrant les mains dans les poches de son pantalon. Si nous pouvons mettre ce projet en place rapidement, l'argent des pré-réservations permettra de relancer l'entreprise.

— C'est un excellent projet mais ne va pas trop vite. Il ne faudrait pas que ça se retourne contre nous et que nous nous retrouvions plus mal en point que nous ne le sommes déjà.

Il secoua la tête et soupira.

— Je doute que la situation puisse être pire, mais je ferai tout pour éviter que cela se produise, affirma-t-il, sûr de lui.

Malgré l'assurance qu'il affichait, elle ressentait son angoisse. Elle connaissait le trouble et l'inquiétude qui l'envahissaient pour en avoir été si souvent le témoin au cours des derniers mois. Sa famille avait vécu l'enfer à cause d'un homme à qui elle avait accordé sa confiance et Luke portait tout le poids de l'entreprise sur ses épaules. Il ne voulait pas aggraver leur situation, il voulait être celui qui les sauverait de ce mauvais pas.

Elle savait aussi à quel point il aimait Ava et appréciait tout ce qu'elle avait fait pour lui après le décès de ses parents.

— Tu pourrais aller chez moi..., dit-il soudain.

Elle le dévisagea, surprise. Elle ne savait pas ce qui se passerait entre eux à leur retour, mais elle avait décidé de le laisser prendre les initiatives. Ce qu'il faisait, apparemment.

— Tu ne vas pas voir ton frère ? s'enquit-elle.

Il hocha la tête et la prit dans ses bras.

— Si, mais cela me ferait plaisir que tu ailles t'installer chez moi, répondit-il en l'embrassant brièvement sur les lèvres. Je veux t'avoir à mes côtés tout au long de ce projet.

En qualité d'assistante, de maîtresse... ou d'autre chose ? Elle faillit lui poser la question... et s'en abstint en voyant la douleur mêlée d'inquiétude dans ses yeux.

— D'accord, dit-elle.

— Tu connais le code d'accès, n'est-ce pas ?

Elle était son assistante depuis cinq ans, et à ce titre elle avait eu accès à tous les aspects de sa vie. Cependant, elle n'était passée chez lui que pour déposer ou récupérer des documents de travail. Elle n'allait pas refuser son invitation. Ce serait peut-être l'occasion de voir si leur histoire pouvait aller plus loin...

— Bonne chance avec Zeke, dit-elle en s'installant au volant de sa voiture. Je passe prendre quelques affaires chez moi et ensuite j'irai chez toi.

Luke lui sourit.

— Voilà qui fait plaisir à entendre.

Lorsqu'il s'éloigna pour rejoindre sa propre voiture, elle se demanda ce qu'il attendait exactement de leur relation.

Une chose était certaine : il s'était ressourcé et, pour la première fois depuis longtemps, semblait avoir repris espoir. Peut-être avait-il juste besoin de son soutien alors qu'il s'apprêtait à jouer son va-tout ? Peut-être voulait-il aller plus loin avec elle ? Quoi qu'il en soit, elle devait protéger son cœur. Même si elle était amoureuse de lui, elle savait aussi qu'il ne la ferait jamais passer avant son travail.

Plus que tout, elle rêvait de fonder une famille, et elle restait persuadée que Luke ne pouvait remplir ce rôle. Ce qu'elle pouvait faire, c'était de profiter du temps qu'ils passaient ensemble tout en sachant que cette parenthèse prendrait fin, inévitablement.

— C'est tout bonnement génial ! s'exclama Zeke.

Luke poussa un soupir de soulagement et se cala au fond du canapé en cuir du salon de son frère. Zeke était assis face à lui sur l'autre canapé ; sa femme, Reagan, à son côté.

Son frère et sa belle-sœur avaient trouvé l'amour de la manière la moins conventionnelle qui soit. Leur histoire avait commencé par une liaison de façade et un mariage à la va-vite à Las Vegas, et finalement Zeke et Reagan étaient vraiment tombés amoureux. S'ils avaient fait les choses dans le désordre, tout s'était arrangé pour eux, à la fin. Aujourd'hui, Luke ne pouvait même plus imaginer qu'ils ne soient pas ensemble car ils se complétaient en tout point.

Reagan posa la main sur la cuisse de Zeke et sourit.

— Oh ! Luke, tu étais tellement stressé, ces derniers temps, dit-elle. Quelle joie de te voir enfin détendu ! Je ne sais pas si c'est l'endroit où tu étais, mais tu as retrouvé le sourire.

Luke lui rendit son sourire. Il n'était pas question pour lui de s'étendre sur la cause de ce changement. Mais ce qui était sûr : Kelly avait fait surgir quelque chose de caché en lui. Après des mois de travail acharné, d'innombrables nuits blanches à se triturer vainement les méninges, il tenait enfin la solution, et c'était en grande partie grâce à Kelly.

— Kelly a joué un rôle crucial dans l'élaboration de ce projet, admit-il. Elle est brillante.

— Tu as de la chance d'avoir une assistante de cette qualité, déclara Reagan.

Le terme « assistante » semblait complètement inapproprié, à présent. Il y a une semaine encore, Kelly l'était, effectivement. Aujourd'hui, elle était son bras droit, son amante, et peut-être autre chose encore qu'il ne parvenait pas encore à définir tout à fait.

Entre Wingate et les sentiments inattendus qu'il éprouvait pour Kelly, il ne savait plus où donner de la tête. Trop d'événements se passaient en même temps, qui le bouleversaient un peu trop à son goût.

Il tenait à Kelly, c'était indéniable. Penser qu'il était tombé amoureux d'elle aurait été naïf et stupide. Ce n'était pas parce que son frère avait trouvé l'amour de sa vie qu'il connaîtrait le même destin. Et puis il avait beaucoup trop à faire actuellement pour se lancer dans une relation. Ses désastreuses fiançailles avaient amplement démontré à quel point il était difficile, voire impossible pour lui, de mener une relation et le travail de front.

— Oui, Kelly est incroyable, renchérit-il. Elle travaille en ce moment même à l'organisation de la réception qui se tiendra au club-house ce samedi.

— Donc je suppose que tu ne me tiens pas rigueur d'avoir programmé ces vacances à ton insu ? demanda Zeke.

Comment aurait-il pu lui en vouloir ? Alors qu'il venait de passer l'une des meilleures semaines de sa vie ? Cependant, il ne pouvait accepter que Zeke ait financé la totalité du séjour et avait bien l'intention de rectifier cet aspect au plus vite, même s'il n'avait pas envie de mettre cela sur la table pour l'instant.

— Tu es complètement transfiguré, reprit Zeke. Tu n'as plus ces rides d'inquiétude sur le visage et cet air d'en vouloir à la Terre entière. Peut-être devrions-nous rendre les vacances obligatoires tous les trois mois pour que tous nos salariés restent au top de leur forme.

Luke sourit. Un autre séjour avec Kelly ? Il ne dirait certainement pas non !

— L'idée est à creuser, répondit-il. Pour l'instant, nous devons aller de l'avant et nous concentrer sur notre grande réception.

Zeke se mit à rire.

— Décidément, tu ne perds pas de temps, mon cher frère.

— Nous ne pouvons pas nous le permettre. Nous avons besoin de ces pré-ventes. Cet argent nous aidera à nous lancer dans la phase suivante.

— C'est un super projet, convint Zeke, en posant la main sur celle de Reagan. Je savais que tu trouverais la solution miracle.

Une bouffée de fierté submergea Luke. Il espérait de tout cœur que ce plan fonctionnerait et qu'il permettrait de préserver les emplois de leurs deux cents salariés. Il ne faisait pas tout cela simplement pour se sauver, lui, mais aussi pour assurer l'avenir de tous ceux qui dépendaient de lui.

— Cela dit, ce projet ne permettra pas de tout résoudre, reprit-il.

— Peut-être, mais c'est un bon point de départ qui permettra de rétablir la confiance de nos actionnaires et investisseurs, répondit Zeke. Cette démarche va remonter le moral de tout le monde, c'est une certitude.

— Oui, c'est un merveilleux projet, renchérit Reagan, rayonnante, en tapotant la cuisse de Zeke. Kelly et toi vous êtes vraiment surpassés.

Luke retint un sourire. Si Reagan avait su à quel point Kelly et lui s'étaient surpassés… dans un lit, elle n'aurait sans doute pas fait cette remarque ! Cela dit, il était conscient que Kelly était l'épine dorsale de toute cette opération. Jamais il ne pourrait être au top de ses capacités avec quelqu'un d'autre. Jamais il n'aurait imaginé trouver une telle compatibilité avec une femme, tant dans un lit qu'au travail.

Y avait-il quelque chose à en déduire ?

Il chassa cette question de son esprit et revint au sujet de la discussion.

— Au-delà des nouveaux aménagements dans les hôtels, je pense que nous devrions proposer des options particulières pour les couples qui veulent vraiment marquer le coup, expliqua-t-il. Nous pourrions par exemple proposer le transport en jet privé et la location d'une voiture dès l'arrivée à l'hôtel. L'idée serait qu'en réservant chez Wingate nos clients n'aient plus à se soucier de quoi que ce soit.

— Je suis sûre que tu vas faire un malheur, intervint Reagan, tout sourire.

— Jamais je n'aurais pu imaginer tout cela sans Kelly, dit-il.

Zeke le fixa avec curiosité.

— Il s'est passé quelque chose avec elle, durant ce séjour ? demanda-t-il.

— Oui, nous avons mis sur pied un projet en béton.

— Et... Au-delà ?

Luke ne répondit pas tout de suite. Comment Zeke en était-il arrivé à cette conclusion ? Il n'en avait aucune idée, hormis le fait qu'ils étaient frères et partageaient un lien très étroit.

— Zeke, Kelly est mon assistante.

Son frère ne le lâchait pas du regard.

— N'essaie pas de noyer le poisson, Luke. Il s'est passé quelque chose. C'est une évidence. Tu sais, il n'y a rien de mal à admettre cela. Je sais que les problèmes de la société te pèsent, et tant mieux si tu commences à te rendre compte que tu n'es pas seul dans l'adversité. Kelly est une femme formidable et elle serait parfaite pour toi.

Il était hors de question que Luke suive son frère dans cette voie. Sa relation avec Kelly était beaucoup trop récente.

Sa *relation* ?

Bon, c'est vrai que cela y ressemblait... mais ce n'était pas parce qu'ils avaient couché ensemble et qu'il lui avait demandé de s'installer quelques jours chez lui qu'il était prêt à l'épouser.

Il haussa les épaules.

— Tu as raison, il s'est passé quelque chose, répondit-il. Grâce à Kelly, j'ai compris que j'avais besoin de me ressourcer parce que je me mettais trop la pression. J'en étais arrivé au stade où je stressais aussi tout mon entourage. Ce séjour m'a vraiment aidé à voir plus clair en moi.

C'était la pure vérité, à ceci près qu'il avait préféré sauter la version classée X de leur séjour. Tout ce qui s'était passé entre

Kelly et lui devait rester confidentiel. Laisser quelqu'un, y compris son frère, entrer dans leur intimité était hors de question.

— Je ne suis pas sûr qu'il n'y ait rien d'autre à dire, murmura Zeke, peu convaincu par son explication.

Reagan lui tapota la jambe.

— Tu peux laisser ton frère tranquille, s'il te plaît ? dit-elle. Il a mis sur pied un remarquable plan de sauvetage pour l'entreprise. S'il s'est passé quelque chose avec son assistante, c'est son problème, pas le tien.

Luke eut soudain envie de sauter par-dessus la table basse pour embrasser sa belle-sœur. Elle avait une façon remarquable de garder Zeke dans les clous. Son frère avait tendance à pousser les autres dans leurs retranchements, mais il obéissait toujours à sa femme avec le sourire.

De plus, Luke n'était pas prêt à se dévoiler davantage. Il n'avait ni envie de mentir à son frère, ni de lui parler de Kelly.

Cependant, il était ravi de savoir qu'elle l'attendait chez lui en ce moment même… Il se demanda si elle était en train d'explorer sa maison, ou sa chambre. Peut-être l'attendait-elle déjà dans son lit ou dans le jacuzzi…

Il se leva, soudain pressé de rentrer pour commencer à travailler sur la réception dans une atmosphère détendue avec Kelly.

Zeke et Reagan se levèrent à leur tour et l'accompagnèrent dans le vestibule.

— Je vais envoyer des textos à mes contacts pour qu'ils réservent leur soirée samedi prochain, proposa Reagan. Je leur dirai qu'ils ne doivent manquer cette réception pour rien au monde. Noël est la période la plus magique de l'année. Tu ne pouvais pas choisir meilleur moment pour dévoiler ton projet.

— Je l'espère, répondit Luke. Je vais demander au service Marketing de faire imprimer des affiches. Je leur dirai de vous envoyer la maquette par mail.

— Parfait, approuva Zeke. Pour ma part, je vais faire passer le mot aux membres du Texas Cattleman's Club.

Sur le trajet qui le menait chez lui, Luke eut le sentiment d'avoir fait un grand pas en avant. Cela faisait des mois et même des années qu'il n'avait pas ressenti une telle satisfaction, et c'était avant tout à Kelly qu'il le devait. Avant leur séjour à Hawaï, il travaillait de longues heures sans jamais trouver la moindre solution pour relancer l'entreprise. À présent, tout se mettait en place.

Il étouffa un bâillement. Il venait de passer une semaine absolument exceptionnelle et il avait hâte de retrouver son lit, ce soir. Pourtant, malgré cette satisfaction, il ne pouvait s'empêcher de se demander s'il n'avait pas commis une erreur en demandant à Kelly de l'attendre chez lui. Il ne voulait pas qu'elle croie qu'il profitait d'elle ou qu'il aspirait à une relation plus sérieuse.

Soudain saisi de doutes, il s'agrippa au volant. Il connaissait Kelly suffisamment bien pour savoir qu'elle s'attacherait à lui, et il n'avait aucune envie d'être celui qui lui briserait le cœur.

16

— Hum… Ça sent bon !

Kelly se retourna et sourit à Luke tandis qu'il la rejoignait dans la cuisine américaine.

— J'ai préparé le dîner, déclara-t-elle en montrant son plat posé sur l'îlot central. J'espère que cela ne te dérange pas. J'ai fouillé dans tes placards pour trouver les ingrédients. Je me suis dit que tu aurais faim en rentrant.

Lorsque Luke s'arrêta de l'autre côté de l'îlot, elle sentit une boule se former dans son estomac. Comment allait-il réagir ? Être chez lui n'avait plus rien à voir avec Oahu. Ils n'étaient plus en terrain neutre. Elle avait mesuré toute l'étrangeté de la situation en entrant dans la maison. D'abord parce qu'elle était immense. Elle avait jeté un œil à chacune des six chambres et découvert que celle de Luke, avec ses peintures bleu marine et ses poutres en bois massif, était imprégnée de son odeur virile.

Tout dans cet endroit faisait penser à lui. Le décor élégant, les poutres apparentes, l'imposante cheminée en pierre du salon. Oui, tout dans ce lieu reflétait la personnalité de Luke, et c'était agréable d'avoir un aperçu de sa vie personnelle.

Son frère et lui avaient vécu ici, avant que Zeke emménage chez Reagan après leur mariage, et cette vaste demeure semblait effectivement idéale pour deux célibataires.

La tristesse l'avait envahie en voyant une photo des parents de Luke sur sa commode. C'était une terrible douleur que de vivre sans ses parents, une douleur qu'elle connaissait bien.

Mais au moins, Luke avait son frère et sa tante, avec qui il avait, par chance, un lien très fort.

Elle aspirait à un tel lien, et plus encore, elle aspirait à trouver un partenaire de vie. Elle rêvait de fonder sa propre famille avec un homme qui l'aime. Et qui soit présent. Elle ne voulait pas de la vie conjugale de sa mère qui était monotone.

— J'aurais voulu rentrer plus tôt, dit Luke. Mais je tenais à expliquer à Zeke tous les détails du projet.

— Qu'en a-t-il pensé ? Reagan était là ?

Luke hocha la tête.

— Ils étaient emballés tous les deux. Reagan va envoyer des textos et téléphoner à certains de ses amis, et Zeke va en parler aux membres du club.

— Cette semaine va être très chargée si nous voulons que tout soit prêt le week-end prochain, fit-elle remarquer. J'espère que je m'en sortirai…

Contournant l'îlot, Luke lui prit les mains et plongea son regard dans le sien.

— Bien sûr que tu vas t'en sortir, assura-t-il. Il ne fait aucun doute dans mon esprit que ce sera la plus belle réception et le lancement le plus spectaculaire de tous les temps. Tu sais vraiment y faire en matière d'organisation, et tu sais te faire obéir.

Elle ne put s'empêcher de rire.

— Tu me trouves autoritaire ?

— Peut-être pas autoritaire, mais un brin manipulatrice, répondit-il, en l'embrassant sur le bout du nez. Souviens-toi de la façon dont tu es parvenue à tes fins avec moi à Oahu… C'était du pur génie ! Bon, je vais me doucher avant le dîner. Je ne me suis toujours pas changé depuis l'aéroport.

— Ça marche. Je prépare les assiettes et je sers le vin.

Il la dévisagea un instant, et elle crut qu'il allait dire quelque chose, mais il se contenta de lui lâcher les mains.

— Accorde-moi dix minutes, dit-il en se dirigeant vers l'escalier.

Elle espéra qu'il n'avait pas été gêné de la trouver dans sa cuisine comme si elle était la maîtresse de maison. Elle avait tout d'abord attendu son retour nerveusement et puis son estomac s'était mis à gronder. C'est alors qu'elle avait décidé de préparer des pâtes à la sauce marinara.

Passant une fois de plus en revue les placards, elle trouva assiettes et couverts. Il lui fallut un peu plus de temps pour mettre la main sur un tire-bouchon. C'est alors qu'elle réalisa qu'un ouvre-bouteille électrique était posé sur le comptoir, à côté de la cave à vin.

Luke n'était toujours pas redescendu, et elle se demanda s'il ne s'était pas mis à envoyer des mails ou à passer des coups de fil. Elle attendit près de vingt minutes avant de monter à l'étage pour voir ce qu'il devenait.

À peine eut-elle mis le pied dans sa chambre qu'elle s'arrêta net. Il était sur son lit, étendu sur le ventre et vêtu d'une simple serviette, profondément endormi.

Elle fut très déçue. Tant pis pour la soirée romantique et les étreintes dont elle avait rêvé toute la soirée…

Elle s'éclipsa et redescendit.

Après un dîner rapide, elle rangea la cuisine. Elle s'était douchée et changée chez elle avant de venir et à présent elle avait besoin de se détendre. Elle devait apaiser son esprit avant de dormir.

Prenant son ordinateur portable et son téléphone, elle se dirigea vers le patio qui avait une jolie vue sur un étang. Elle s'installa sur la confortable chaise longue qui avait attiré son attention lorsqu'elle avait visité la maison.

Elle se plongea dans le travail, envoyant des mails, remplissant des feuilles de calcul, notant des idées de décoration. Bien qu'organisée à la dernière minute, la réception devait être somptueuse. C'était un travail de titan, mais elle n'avait encore jamais déçu Luke et aucune intention de commencer aujourd'hui. Si leur relation professionnelle était plus intense que jamais, elle n'avait aucune idée de leur avenir amoureux. Elle pressentait toutefois que l'un d'eux allait souffrir… et que ce serait probablement elle.

— Comme vous pouvez le voir ici, il y aura des suites dédiées aux couples, situées à l'écart dans les jardins de nos hôtels.

Luke désigna la maquette sur le diaporama affiché à l'écran de la salle de réunion. Assise à l'autre bout de la table, Kelly étudia discrètement les expressions des personnes présentes.

Ava semblait complètement fascinée par les idées de Luke. Elle s'était avancée sur son siège et haussait les sourcils ; il était clair qu'elle était absolument captivée.

Assis dans son habituel fauteuil en cuir, Zeke semblait, pour sa part, détendu. Tous les autres membres du conseil d'administration fixaient l'écran. De temps à autre, Luke jetait un œil de son côté, et à chaque fois elle frémissait de plaisir.

Elle avait passé les deux nuits précédentes chez lui. Depuis samedi soir, ils partageaient le même lit, mais hormis quelques baisers torrides, rien ne s'était passé entre eux. Et ce matin, il était parti avant même qu'elle se réveille. L'avenir de l'entreprise était en jeu, et Luke semblait ne pouvoir penser à rien d'autre qu'à cela.

Il avait eu un sommeil particulièrement agité. À un moment donné, elle était parvenue à l'apaiser en posant la main sur son dos. Elle comprenait sa nervosité, mais elle savait aussi que son projet était si génial qu'il n'avait aucune raison d'échouer.

Elle avait soigneusement évité de mettre les pieds dans le plat en parlant de l'avenir de leur relation. Une fois la réception terminée, elle trouverait bien un moment pour en discuter. Il était important qu'il sache ce qu'elle ressentait, et elle devait aussi lui donner l'occasion de s'exprimer.

Elle regrettait qu'ils soient moins proches que sur l'île, où ils passaient tout leur temps à rire et à bavarder. Certes, ils n'étaient plus en vacances ; pour l'instant, seul semblait compter le travail pour Luke. Elle comprenait, bien sûr, seulement elle ne pouvait s'empêcher de se sentir frustrée de cette situation. Elle en voulait plus... Elle n'aurait peut-être pas dû, mais c'était ainsi.

— Nous continuerons de cibler les voyageurs d'affaires, continua Luke, l'arrachant à ses pensées. Mais ce ne sera plus notre clientèle privilégiée. Soixante-dix pour cent des chambres de nos hôtels seront réaménagés et destinés aux couples venus pour une escapade romantique. Et nous proposerons une gamme variée de forfaits s'adressant aux personnes disposant d'un budget limité tout comme à celles prêtes à dépenser sans compter pour leur moitié.

Luke tapa sur une touche de son ordinateur avant de se tourner vers la nouvelle diapositive apparue sur l'écran.

— Voici le budget prévisionnel, annonça-t-il. Et là, les projections en termes de chiffre d'affaires si nous obtenons quatre-vingts pour cent de réservations d'ici le printemps.

Kelly avait les yeux rivés sur lui. Il était infiniment séduisant en mode professionnel, et elle ne pouvait s'empêcher de ressentir une immense fierté de le voir ainsi se battre pour sauver sa famille, son entreprise et ses salariés.

— Ce changement de clientèle est un risque, remarqua Ava lorsque Luke eut terminé.

Luke acquiesça.

— C'est vrai, reconnut-il, mais toute décision implique une prise de risque. Ce que je vous propose aujourd'hui est le meilleur scénario possible. Des couples en lune de miel ou célébrant leur anniversaire de mariage, un mari désireux de reconquérir son épouse, une jeune femme cherchant à séduire l'homme de ses rêves… Tous ces gens doivent pouvoir disposer d'hôtels agréables et réputés pour leur projet. Et je crois sincèrement que Wingate a tous les atouts en main pour offrir des destinations de rêve aux amoureux du monde entier.

— Reagan est déjà prête à réserver le premier pack premium, intervint Zeke.

Ava tapotait la surface brillante de la table, et Kelly ne put s'empêcher de la regarder, attendant sa réaction finale, tout en sachant que la matriarche n'aurait pas le dernier mot, puisque les préparatifs de la réception étaient déjà lancés. En réalité, cette réunion était plutôt une formalité et une mise au point. Il s'agissait surtout que l'équipe soit sur la même longueur d'onde et puisse répondre à toutes les questions posées par les invités lors de la réception.

— Je vous fais confiance, déclara Ava, s'adressant à Luke et Zeke. Je sais que vous n'emporterez pas cette entreprise dans la mauvaise direction. Et si vous croyez que c'est la voie à suivre, alors je vous soutiens à cent pour cent.

Luke sourit, et Kelly vit le soulagement éclairer son regard. Il avait besoin de l'approbation d'Ava. Il avait traversé tellement d'épreuves depuis la mort de ses parents, tant au plan personnel que professionnel, qu'un rejet de la part de sa tante aurait sérieusement remis en question le projet.

— Nous avons demandé au département Marketing de réaliser des visuels pour les brochures et les affiches qui seront distribuées et exposées lors de la réception, reprit-il. Kelly a déjà contacté le traiteur et l'orchestre. Elle s'occupe aussi de la décoration.

— Sur ce point, intervint Kelly, nous travaillons sur le thème de Noël et nous compléterons la décoration déjà mise en place par le club-house. Cependant, nous pensons également évoquer les escapades romantiques, puisque c'est l'idée centrale de notre projet.

Lorsque, une fois de plus, Luke croisa son regard, elle lui sourit. Après quoi, il aborda le sujet de la réception, détaillant le déroulement de la soirée et le rôle tenu par chacun des membres de l'équipe de direction.

Kelly ne cessait de compléter ses notes. Elle avait déjà tout passé en revue avec Luke avant la réunion, mais à mesure qu'il parlait, de nouvelles idées ne cessaient de surgir dans son esprit, qu'elle tenait absolument à noter avant d'oublier. Outre l'invitation à la réception, ils enverraient un mémo à l'ensemble du personnel, leur demandant d'amener autant d'invités que possible. Il fallait que ce soit un grand événement pour célébrer la renaissance de Wingate.

Alors que la réunion touchait à sa fin et que l'équipe sortait de la salle, Kelly vit Zeke se diriger vers son frère et lui murmurer quelque chose à l'oreille.

Lorsque Luke jeta un œil dans sa direction, elle se figea.

— Tu peux nous excuser ? lui demanda-t-il.

Elle acquiesça, prit son ordinateur portable et quitta la pièce en fermant la porte derrière elle. Elle ne savait pas de quoi les deux frères allaient discuter, mais elle avait bien l'impression que cela avait un lien avec elle.

— Bon sang, Luke, qu'est-ce que tu fais ? demanda Zeke.

Luke dévisagea son frère, perplexe.

— De quoi parles-tu ?

— Ne fais pas comme si tu ne le savais pas...

Se frottant le menton, Luke secoua la tête.

— J'ai trouvé que la réunion s'était très bien passée, si c'est de ça dont tu parles, dit-il.

— Tu veux dire, pendant que tu lançais des sourires et des œillades à ton assistante à l'autre bout de la table ? Je t'ai déjà demandé ce qui s'était passé à Oahu et tu es resté muet.

Luke prit une profonde inspiration. D'autres personnes l'avaient-elles remarqué ? Ava ? Les membres de l'équipe ? Avec un peu de chance, ils étaient trop concentrés sur la présentation pour remarquer cette complicité entre Kelly et lui.

— Tu peux me dire ce qui se passe avec Kelly ? demanda Zeke. Et ne me réponds pas qu'elle n'est *que* ton assistante. Je sais que ce voyage vous a changés tous les deux.

— Bien. Elle n'est plus *que* mon assistante. C'est ce que tu voulais entendre ?

Zeke le dévisagea longuement avant de faire un pas en arrière et d'étouffer un juron.

— Mais qu'est-ce qui t'est passé par la tête ? lança-t-il. L'entreprise traverse une grave crise. Ce n'était pas le but recherché quand je t'ai envoyé en vacances.

— Ce que je fais de mon temps libre ne te regarde pas, répliqua Luke, s'exhortant à la patience. Ce qui s'est passé entre Kelly et moi n'a rien à voir avec toi.

Zeke hocha la tête.

— Si votre relation interfère avec les réunions, ça me regarde, rétorqua-t-il en le fixant et attendant manifestement plus d'explications.

— Kelly et moi nous sommes rapprochés pendant notre

séjour, si tu veux vraiment le savoir. Les détails ne sont pas nécessaires, mais sache que c'est comme ça que nous avons eu l'idée du projet pour Wingate.

Un silence de mort accueillit ses paroles, le mettant mal à l'aise. Pourquoi en était-il réduit à se justifier alors que rien de tout cela ne concernait Zeke ?

— Personne n'est au courant, reprit-il, et il n'est pas question que cela se sache. Kelly n'est pas qu'une simple aventure et je n'ai aucune envie qu'elle devienne un sujet de commérage au bureau.

Zeke tressaillit.

— Tu tiens à elle..., murmura-t-il.

Luke n'avait pas le temps de creuser le sujet et aucune envie de se confier à son frère. Non seulement ils avaient beaucoup à faire, mais il ne savait toujours pas clairement ce qu'il ressentait pour Kelly. S'il devait un jour officialiser sa relation avec elle, alors elle serait la première à le savoir.

— Ton silence parle de lui-même, déclara Zeke.

— Si je ne réponds pas, c'est parce que je préfère l'ignorer, à ce stade. Il n'est pas question que tu en parles à Kelly ou à qui que ce soit d'autre, tu m'entends ?

Un grand sourire s'épanouit sur le visage de Zeke.

— OK, garde le secret sur ta vie amoureuse, si c'est ce que tu veux. Mais ça se saura tôt ou tard.

Une fois de plus, Luke resta muet, conscient qu'il ne pouvait pas tout gérer simultanément au moment où se jouait l'avenir de l'entreprise. Il jonglait avec beaucoup trop de balles. S'il en laissait tomber une, cela causerait une autre crise.

Or il ne pouvait laisser tomber ni Wingate ni Kelly. Un terrifiant dilemme, auquel il n'était toujours pas prêt à faire face.

17

Kelly suspendit sa robe et referma le placard. Elle n'en revenait pas d'avoir eu le temps de trouver une robe qui lui aille parfaitement, et sans retouches à faire !

Elle voulait être la plus élégante possible non seulement pour la réception, mais pour Luke. Tous les détails de la soirée avaient été réglés et le buzz se répandait dans Royal comme une traînée de poudre. Tous brûlaient d'envie de savoir ce qu'annoncerait Wingate ce soir.

Luke avait travaillé tard au bureau toute la semaine, tombant presque immédiatement endormi dès qu'il rentrait. Ils avaient à peine échangé quelques mots, hormis au travail pour régler les ultimes détails de la soirée. Luke avait encore énormément à faire, car il s'agissait à présent de lancer les travaux dans les hôtels du groupe. Il avait pour cela enchaîné les conférences en visio avec l'ensemble des directeurs.

Il lui avait bien volé quelques baisers ici et là, mais rien de plus. Les exigences du réel les frappaient de plein fouet depuis qu'ils étaient de retour, et c'était loin d'être terminé !

C'était toujours un peu dépaysant d'être chez lui, mais depuis qu'il lui avait demandé de rester, il n'avait jamais évoqué son départ et, ma foi, elle s'était bien habituée à cette routine.

Elle était là depuis presque une semaine, et ils n'avaient pas fait l'amour une seule fois. Leur liaison n'était-elle finalement qu'une passade ? Pourquoi lui avait-il demandé de s'installer chez lui s'il ne voulait pas d'intimité ?

Lorsque la réception serait derrière eux, elle lui parlerait. Dès le lendemain. Certes, le travail était important pour lui, elle le comprenait, mais elle était amoureuse et n'avait aucune envie de passer au second plan s'il partageait ses sentiments.

Cependant, elle devrait faire preuve d'une grande finesse. D'une part, elle ne voulait pas qu'il puisse la comparer à son ex, qui se plaignait constamment d'être délaissée. Elle admirait réellement l'implication de Luke dans son travail, seulement s'il devait exister entre eux une relation durable, il devait lui dire si elle était désormais davantage qu'une simple assistante. Ou pas.

Elle eut un coup au cœur en comprenant que Luke ne souhaiterait peut-être pas aller plus loin. Elle savait que sa carrière tenait le haut du pavé, et surtout, jamais elle ne l'avait entendu déclarer qu'il désirait se lancer dans une relation sérieuse. Et encore moins fonder une famille.

Elle se maudissait d'avoir été si naïve, d'avoir laissé leur séjour basculer dans une relation physique qui n'allait sans doute rester qu'un agréable souvenir. Il fallait qu'elle lui parle, ouvertement et honnêtement, et qu'elle cesse de tourner autour du pot.

Luke devait savoir qu'elle était amoureuse de lui pour décider ce qu'il attendait de cette relation en toute connaissance de cause.

Elle ne l'attendait pas avant tard ce soir. Elle savait qu'il était au bureau avec Zeke, travaillant sur les mesures à prendre pour que la transition avec les hôtels soit la plus parfaite possible.

Elle avait passé la soirée au club-house à superviser la décoration et à s'assurer que tout était absolument parfait. Elle y serait également le lendemain après-midi. Reagan avait proposé de l'y retrouver pour finaliser la décoration de la salle.

Elle ne pouvait s'empêcher de ressentir une certaine excitation à l'approche de la réception. Elle se sentait sexy dans sa robe et avait hâte de la montrer à Luke. Lorsqu'elle lui aurait avoué ses sentiments, peut-être pourraient-ils reprendre là où ils s'étaient arrêtés à Hawaï. Il y avait de l'espoir. La façon dont il la regardait et valorisait son efficacité la rendait plutôt optimiste.

Cependant, elle n'était pas du genre à s'accrocher ou à supplier. Si Luke ne partageait pas ses sentiments ou se refusait à bâtir une relation solide basée sur autre chose que le travail, alors elle devrait tourner la page. Ce n'était pas parce qu'elle éprouvait des sentiments intenses pour lui que c'était réciproque.

Pour se calmer, elle décida de s'offrir une manucure et une pédicure à domicile. Elle voulait être la plus belle possible pour la réception et avait besoin de prendre un peu de temps pour elle.

La journée du lendemain serait mémorable, tant dans sa vie personnelle que professionnelle. Elle espérait seulement que tout se passerait comme elle l'avait espéré et prévu... Faute de quoi, elle aurait le cœur brisé. Si Luke ne désirait pas aller plus loin avec elle, ce serait la fin de tout... Et elle devrait trouver un nouvel employeur. Elle n'avait pas de plan B, mais si elle était convaincue qu'elle se remettrait de la perte de son poste, elle n'était pas sûre de pouvoir se remettre de la perte de Luke.

— Waouh ! Ce que tu es sexy !

Kelly se mit à rire et fit lentement un tour sur elle-même pour exhiber sa longue robe vert émeraude.

Reagan laissa échapper un sifflement et applaudit.

— Les hommes ne vont pas en croire leurs yeux, ajouta Reagan. Et peut-être quelques femmes, aussi. Kelly, cette robe est incroyable.

Kelly avait eu le coup de foudre pour cette robe dès qu'elle l'avait vue en ligne. Elle avait payé un supplément pour une livraison express et prié le ciel pour que la robe lui aille parfaitement. Le décolleté en V sur le devant était presque indécent, mais l'évasement de la jupe tempérait le côté sexy de la robe.

Quant à la couleur, ce vert émeraude étincelant mettait en valeur sa chevelure flamboyante tout en faisant un clin d'œil à Noël.

— Mon but n'est pas d'éblouir les invités, répondit-elle, mais de leur donner envie de réserver une suite dans l'un de nos hôtels.

Reagan glissa les mains dans les poches de sa robe chemise rouge et sourit.

— Chérie, non seulement ils vont se ruer sur vos suites à la vitesse de l'éclair, mais ils s'empresseront de s'en vanter auprès de leurs amis. Et ceux-ci, jaloux de leur bonne fortune, voudront faire exactement la même chose. Il n'y a rien de plus efficace que le bouche-à-oreille.

Kelly soupira.

— J'espère que tu as raison. Je suis tellement nerveuse.

— Allons, il n'y a pas de quoi, répondit Reagan en s'approchant pour que les traiteurs n'entendent pas leur conversation. À moins que tu sois pressée de voir la réaction *d'une certaine personne* quand elle te verra dans cette robe.

À ces mots, Kelly se sentit mal à l'aise et se demanda ce que Reagan savait exactement.

— Ne t'inquiète pas, déclara celle-ci avec un doux sourire. Officiellement, je ne suis au courant de rien. J'ai simplement remarqué la façon dont Luke parlait de toi l'autre jour, et je vois la même étincelle dans tes yeux en ce moment.

Kelly rougit.

Comment Luke avait-il parlé d'elle, et comment s'était-elle trahie ? D'autres personnes étaient-elles au courant ? Faisait-elle la une des commérages au bureau sans le savoir ?

— Je ne vois pas ce que tu veux dire..., murmura-t-elle.

Reagan lui prit la main.

— Je suis vraiment désolée, Kelly. Je ne voulais pas te faire paniquer. Je veux simplement te dire que je sais ce que c'est de devoir cacher l'amour que l'on éprouve pour quelqu'un.

— Je suis encore en pleine réflexion.

— Sait-il que tu l'aimes ?

— Non. Je t'en prie, ne dis rien à Zeke.

— Bien sûr que non, répondit Reagan en lui souriant. Il est bon parfois que les femmes aient leurs petits secrets.

Kelly poussa un soupir de soulagement. Elle passait tant de temps au bureau qu'elle avait rarement l'occasion de se faire des amies. Reagan en était rapidement devenue une ; c'était une femme adorable.

— Merci, répondit-elle. Désolée, je ne t'ai pas dit à quel point tu es magnifique, toi aussi, ce soir.

— Le rouge est la couleur préférée de Zeke, précisa Reagan avec un sourire coquin. Il est important, parfois, de rappeler à nos hommes la chance qu'ils ont de nous avoir.

Nos hommes... Kelly ne put s'empêcher de douter de la justesse de cette déclaration, mais elle était fort agréable à entendre. Cela lui rappelait la conversation qu'elle avait prévu d'avoir avec Luke après la réception. Sauf que pour l'instant, rien d'autre ne comptait que cette soirée et la renaissance de Wingate. Ils avaient besoin de ce tremplin pour repartir du bon pied l'année suivante.

Reagan et elle passèrent l'heure suivante à vérifier les derniers détails, repositionnant les centres de table, déposant ici et là des piles de brochures et fixant des affiches.

Kelly avait hâte que Luke, Ava et Zeke voient tout ce qui avait été fait pour valoriser leur projet.

— Que pouvons-nous faire de plus avant l'arrivée des invités ? demanda Reagan.

— Je pense que c'est bon. Merci, vraiment, pour ton aide.

Reagan se dirigea vers le bar et fit signe au barman.

— Bien ! Alors je pense que nous méritons bien un verre de vin avant que la foule débarque.

— Je suis tout à fait d'accord ! répondit Kelly en riant. Mais je doute qu'un seul verre suffise pour survivre au stress de cette soirée.

— On verra, dit Reagan, tout sourire, en levant son verre. Buvons à cette soirée qui sera sans nul doute inoubliable.

Kelly prit une gorgée de pinot et en apprécia le goût acidulé. Oui, ce sera une soirée inoubliable.

18

En pénétrant dans le pavillon du Texas Cattleman's Club, Luke resta bouche bée en découvrant le décor. Alors seulement, il réalisa le travail qu'avait abattu Kelly en si peu de temps.

Balayant l'immense salle du regard, il remarqua que des affiches avaient été disposées un peu partout, présentant en détail et en couleurs les nouvelles suites destinées aux couples ainsi que les Spa qui ouvriraient bientôt leurs portes dans tous leurs hôtels.

En termes de décor, sa diligente assistante avait opté pour des dominantes d'or et de blanc, assorties aux décorations de Noël déjà installées dans la salle. Des guirlandes lumineuses avaient été fixées au plafond, rappelant une voûte étoilée au-dessus de leurs têtes. D'immenses sapins de Noël, chargés de décorations scintillantes, se dressaient de part et d'autre de l'entrée de la salle.

Ce niveau de magnificence dépassait toutes ses espérances, et il se promit d'augmenter Kelly. Sans elle, son idée n'aurait jamais vu le jour, et cette réception n'aurait pas été à la hauteur de ce que les gens attendaient de Wingate.

À chaque extrémité de la salle, les traiteurs mettaient la touche finale à leur buffet. L'orchestre avait commencé à répéter et Luke remarqua qu'il y avait même une piste de danse.

Une fois de plus, il balaya la salle du regard, en quête de Kelly. Il ne l'avait pas vue de la journée. Il savait qu'elle avait travaillé à la décoration de la salle avec Reagan en fin d'après-midi, mais il avait préféré ne pas la déranger. La soirée ne débutait que dans trente minutes. C'était le moment idéal pour passer un moment avec Kelly avant que les invités arrivent.

Il aperçut soudain une touche rouge vif au fond de la salle. C'était Reagan. Sa belle-sœur était bien sûr superbe, mais il n'avait envie de voir qu'une seule femme.

Il la rejoignit et l'embrassa chaleureusement.

— Tu es magnifique, comme toujours.

— Tu n'es pas mal non plus, murmura-t-elle avec son radieux sourire. Si tu cherches Kelly, elle vient de s'éclipser dans le bureau pour retoucher sa coiffure.

Le bureau semblait idéal pour un bref tête-à-tête. Cinq minutes d'intimité complète avec Kelly ne seraient pas du luxe. Il avait été si occupé cette semaine, si fatigué aussi, qu'il n'avait même pas pu lui faire l'amour alors qu'il en brûlait d'envie.

Faire l'amour ? Il n'aurait pas dû utiliser ce terme... Cependant, ce qu'il ressentait pour elle aujourd'hui était plus fort qu'à Oahu. Sa loyauté, sa passion, son dynamisme répondaient aux siens, et plus il passait du temps avec elle, plus il réalisait combien il aimait qu'elle soit chez lui. Le simple fait de savoir qu'elle l'attendait le soir lui donnait envie de rentrer. Hélas, l'urgence du projet dans lequel il avait lancé l'entreprise l'avait empêché de faire tout ce dont il avait eu envie.

La porte du bureau était entrouverte, et lorsqu'il jeta un œil à l'intérieur de la pièce, il faillit tomber à la renverse : Kelly était d'une beauté à couper le souffle. Debout devant un miroir ancien orné de dorures, elle retouchait sa longue chevelure. Il ne put qu'admirer le vert de sa robe, qui mettait en valeur ce qu'il y avait de plus beau chez elle : son teint, ses cheveux et ses yeux.

Elle croisa son regard dans le miroir et ses mains s'immobilisèrent aussitôt. Elle se retourna, lui offrant une vue complète de sa robe qui faillit le mettre à genoux.

Il réalisa à cet instant à quel point ces moments où ils pouvaient simplement être ensemble sans contraintes extérieures lui avaient manqué.

— Kel..., murmura-t-il en fermant la porte derrière lui. Tu es... bon sang... sexy... magnifique. Je ne sais pas quoi dire...

Elle se mit à rire et se dirigea vers lui. Avec cette jupe ample, elle semblait flotter au-dessus du sol comme un ange, et ce décolleté vertigineux ajoutait un côté sexy qui, il le savait, correspondait aussi à sa personnalité.

— Je suis ravie que ça te plaise, dit-elle en resserrant le nœud de sa cravate avant de poser les mains sur son torse. Mais toi aussi, tu es très beau, tu sais ?

Il ne répondit pas, encore sous le choc. Kelly avait toujours été une femme éblouissante et maintenant qu'il couchait avec elle, il savait qu'elle était absolument, totalement parfaite.

— Que se passe-t-il ? Tu as perdu ta langue ? demanda-t-elle en lui effleurant les lèvres. J'espère que cela va s'arranger, car j'ai bien l'intention de discuter avec toi tout à l'heure.

— *Discuter* ? Ce n'est pas tout à fait ce que j'avais en tête pour nous deux, lorsque je te ramènerai à la maison, murmura-t-il en glissant les mains autour de sa taille. J'ai pas mal de retard à rattraper après m'être endormi sur toi toute la semaine.

Elle sourit, et il eut l'impression que ses lèvres le suppliaient de les embrasser.

— Je sais que tu as énormément travaillé, dit-elle. C'est bon. Mais maintenant, il va falloir que l'on parle.

Aucun homme sur Terre n'avait envie d'entendre ces mots de la part d'une femme. Ils ne présageaient rien de bon.

— Ça a l'air sérieux, dis-moi, fit-il remarquer.

Prenant son visage entre ses mains, elle plongea son regard dans le sien.

— Pas de quoi s'inquiéter, promit-elle. J'ai simplement deux ou trois choses à te dire.

Il grimaça.

— Tu es enceinte...

— Non ! répondit-elle en riant. Ce qui n'empêche que j'ai envie d'avoir des enfants, un jour. D'ailleurs, tu viens de me donner un aperçu assez éloquent de ce que cela t'inspire...

Il la dévisagea, désarçonné.

— Désolé. Je ne voulais pas paraître paranoïaque, mais avoue que ce serait plutôt malvenu, en ce moment.

Il resserra son étreinte et captura ses lèvres, regrettant de devoir attendre la fin de la soirée pour la dépouiller de cette robe. Il recula d'un pas et la dévisagea, hypnotisé par la passion qu'il lisait dans ses yeux.

— Ça te va bien, ce rouge à lèvres, dit-elle en lui essuyant la bouche du bout du pouce. Ne t'inquiète pas, je te laisserai m'enlever le reste plus tard.

Il se réjouit de cette promesse mais se demandait toujours de quoi elle souhaitait lui parler. Hélas, cela devrait attendre, car les invités allaient bientôt arriver et il serait sur le devant de la scène toute la soirée.

— Tu as fait un super boulot dans cette salle, dit-il en l'entraînant vers la porte. Au cas où je ne te l'aurais pas dit cette semaine, merci. Ce n'est pas grand-chose, mais ce projet n'aurait pas existé sans toi.

Elle inclina la tête et ses boucles flamboyantes cascadèrent sur ses épaules.

— Je suis ravie d'avoir pu t'aider dans ce projet, répondit-elle. Cela va être une aventure extraordinaire et j'ai vraiment envie d'en faire partie.

C'était exactement ce qu'il attendait d'elle.

Plus tard, il lui dirait qu'il voulait aller plus loin avec elle, sur le plan sentimental. Il ne savait pas encore exactement à quoi ressemblerait leur relation. Peut-être allait-il lui proposer d'emménager chez lui pour voir comment les choses pouvaient se mettre en place ?

Avant d'entrer dans la salle, il lui lâcha la main, conscient qu'il ne pouvait pas se permettre de la toucher en public. Il s'aperçut alors qu'il aurait voulu s'afficher librement avec elle, glisser un bras autour de sa taille et déambuler devant les invités sans se soucier de ce qu'ils pensaient.

Oui, elle était son assistante, mais leur relation était plus profonde que cela. Si les gens avaient des commentaires à faire à ce sujet, libre à eux. Aujourd'hui, il aspirait à aller plus loin avec Kelly. Il verrait bien où cela les mènerait.

Kelly n'en revenait pas de l'affluence. Elle ne pouvait s'empêcher de sourire et, à chaque fois qu'elle jetait un œil dans la salle bondée, il était évident que les invités passaient un bon moment. Elle avait répondu à des questions sur l'évolution des hôtels Wingate et avait même accompagné plusieurs invités au bureau des réservations.

Quant à Luke et Zeke, ils remplissaient leur rôle d'hôtes à merveille, prenant plaisir à discuter avec les uns et les autres.

La réception était un véritable succès.

— Les invités ont l'air ravis.

Kelly se retourna. Sutton Wingate, le directeur financier, venait d'arriver à sa hauteur, un verre à la main.

— C'est clair, répondit-elle. Je pense qu'une nouvelle ère s'ouvre pour Wingate.

— Bien sûr, Luke prend un risque, mais on n'a rien sans rien, n'est-ce pas ?

Lauren, la fiancée de Sutton, les rejoignit, tout sourire et un verre à la main. Elle était absolument rayonnante dans sa longue robe en lamé or.

— Kelly, tu es superbe ! dit-elle. Ce vert te va à ravir.

— Merci. Ce doré fait merveille sur toi.

Lorsque Sutton enlaça Lauren, Kelly ressentit une pointe de jalousie. Elle aurait voulu savoir où elle en était avec Luke et vers quoi ils se dirigeaient. Plus que tout, elle aspirait à s'afficher à ses côtés. Elle n'avait aucune envie d'une relation secrète où ils devraient cacher leur intimité aux yeux de tous.

— J'ai une envie folle de réserver un séjour en amoureux dans un de ces hôtels, déclara Lauren. J'adore ma vie à Royal, mais l'idée d'être choyée avec Sutton pendant une semaine me plaît beaucoup.

Kelly fit un geste de la main, désignant le fond de la salle.

— Le bureau des réservations est juste derrière, si tu veux, précisa-t-elle en riant.

— Tiens, qu'est-ce que vous faites tous là ? demanda Sebastian en s'avançant vers eux. C'est une réunion du personnel ?

— Nous bavardons, voilà tout, répondit Sutton à son jumeau.

En tout cas, cette réception est déjà un succès. Je suis impatient de voir les chiffres des pré-réservations grimper en flèche, ces prochaines semaines.

— Arrête de penser aux chiffres, répondit Sebastian. Profite de la soirée pour te détendre. Vous allez voir, ce plan va se mettre en place tout seul. Tout le monde adore cette idée d'escapade en amoureux.

— Sans doute parce qu'il y a un tas de gens qui se marient ou se fiancent, en ce moment, précisa Lauren avec un sourire.

Sebastian secoua la tête.

— Non, pas tout le monde, dit-il. Pas vrai, Kelly ?

Elle adressa un sourire poli à Sebastian, qui avait toujours été allergique au mariage mais ignorait que c'était précisément ce qu'elle attendait de Luke.

— Le mariage n'est pas fait pour tout le monde, en effet, se contenta-t-elle de répondre. Si vous voulez bien m'excuser, j'ai quelques invités à voir.

Elle s'éloigna du groupe, saluant quelques-uns tout en se frayant un chemin dans la foule. La salle était absolument bondée. Elle était presque certaine que tous les habitants de Royal étaient présents.

Elle avait remarqué qu'à Royal les gens riches avaient plaisir à dépenser leur argent. Non seulement ils s'offraient de belles choses mais adoraient s'en vanter sur les réseaux sociaux. C'était exactement ce qu'il fallait à Wingate car cet état d'esprit se traduirait par une explosion des réservations et générerait un effet boule de neige, ce qui permettrait au groupe de se refaire rapidement une santé financière.

Elle se retourna et faillit percuter Gracie Diaz.

— Oh ! Gracie ! s'exclama Kelly. Vraiment désolée.

Gracie leva un bras, protégeant le verre d'eau qu'elle tenait à la main. Elle était un peu pâle, mais toujours aussi ravissante, avec ses longs cheveux noirs et ses grands yeux bruns.

— Ça va ? demanda Kelly.

— Oui, oui. Très bien.

La jeune femme esquissa un sourire que Kelly ne trouva pas réellement convaincant.

— Je suis juste un peu fatiguée, expliqua Gracie. Je cherchais un endroit tranquille pour m'asseoir.

Inquiète, Kelly tendit la main à son amie. Gracie était devenue multimillionnaire du jour au lendemain, après avoir gagné au loto. Aujourd'hui, elle cherchait un moyen de donner un sens à sa vie.

— Il y a un bureau, au fond, si tu veux, proposa-t-elle. Vas-y, il n'y a personne. Et ferme bien la porte si tu veux te reposer. Je peux t'apporter quelque chose. De quoi grignoter ou un autre verre d'eau ?

— Merci, mais j'ai juste besoin de m'asseoir, répondit Gracie. Ça va aller, vraiment. Profite de la fête.

En voyant la jeune femme se diriger vers le bureau, Kelly se demanda ce qui n'allait pas, mais elle n'avait pas envie d'être indiscrète. Toutefois, elle se promit d'aller voir son amie dans quelques instants, pour savoir si elle se sentait mieux.

Elle parcourut la salle du regard et ne tarda pas à repérer Luke. Il avait les yeux rivés sur elle et la fixait avec une intensité qu'elle n'avait pas vue depuis Oahu. Elle frémit de la tête aux pieds. La façon dont il la regardait donnait l'impression qu'ils étaient seuls dans l'immense salle.

Au-delà du désir, il y avait dans ce regard une promesse.

Bientôt, la soirée serait terminée. Bientôt, elle serait seule avec Luke et pourrait enfin lui dire qu'elle l'aimait.

19

— Votre pardon compte plus que tout pour moi, déclara Ava, s'adressant à Luke et Zeke dans un coin de la salle de réception.

Luke jeta un œil à Zeke. Ils avaient tous traversé des moments difficiles lorsque les malversations de Keith avaient été révélées au grand jour. Ava ignorait évidemment qu'il avait détourné de l'argent de l'entreprise, et Luke et Zeke n'avaient aucune raison d'en vouloir à leur tante. Aujourd'hui, il n'était pas question que le passé se répète. Sutton devrait surveiller les comptes de près pour s'assurer que rien de tel ne se reproduise.

Suite à ces événements, la réputation de l'entreprise avait été durablement ternie, et chacun des services luttait aujourd'hui pour reprendre pied. Les choses allaient s'améliorer, mais tous savaient que cela prendrait du temps et se ferait en plusieurs étapes. Hélas, il n'y avait pas de solution unique pour tous.

Mais justice avait été rendue et Keith passerait les quinze prochaines années derrière les barreaux, où il ne pourrait plus faire de mal à personne.

— Nous devons aller de l'avant, et à présent seul l'avenir compte, répondit Luke. Ce projet ouvre un nouveau chapitre de l'histoire de notre société. Je sais que ce n'est pas le moment, mais j'ai discuté avec Sutton, et il pense que nous devrons sans doute vendre certains biens de Wingate pour rassembler les liquidités nécessaires à l'extension des hôtels.

Ava prit une profonde inspiration et hocha la tête.

— Je me doutais qu'il faudrait prendre une décision extrême, mais l'entreprise doit passer en premier, murmura-t-elle. Faites au mieux.

Luke détestait l'idée de vendre quoi que ce soit, mais Ava avait raison : l'entreprise devait passer en premier. Tant de gens comptaient sur eux pour réparer ce désastre, sans parler du fait qu'ils devaient aussi restaurer leur réputation.

— Je vous aime tous les deux. Merci de ne pas m'avoir lâchée, déclara Ava en prenant chacun de ses neveux dans ses bras. Bon, mes invités m'attendent. D'ailleurs, cette réception est une véritable réussite, bravo ! Je vais voir Kelly pour la féliciter de la décoration.

Une fois Ava partie, Luke prit une gorgée de bourbon et balaya du regard la salle bondée. Son frère et lui se tenaient à l'écart, dans le couloir menant vers les bureaux. Ava avait tenu à leur parler loin de la foule et du bruit.

Luke s'apprêtait à rejoindre la salle à son tour lorsque Zeke l'arrêta.

— Une minute.

Luke dévisagea son frère.

— Qu'y a-t-il ?

— Je sais que tu m'en veux au sujet de Kelly...

— Ah non ! Tu ne vas pas remettre ça ! répliqua Luke, agacé.

— Je veux simplement m'assurer que tu ne lui feras pas de mal ou que tu ne feras pas foirer le projet. La dernière chose dont nous avons besoin actuellement, c'est d'un nouveau séisme au bureau. Kelly est la pierre angulaire de ton département. Si les choses tournent mal entre vous, elle pourrait partir...

Luke y avait déjà pensé. Il ne voulait pas perdre Kelly, que ce soit à titre personnel ou professionnel. Il voulait qu'elle soit présente dans tous les aspects de sa vie, mais cette confession devrait attendre qu'ils soient seuls ce soir.

Et à cet instant, il n'était pas question pour lui d'avouer à son frère ce qu'il ressentait vraiment pour Kelly. Seule Kelly devait avoir la primeur de cette révélation. Il n'était peut-être pas encore prêt à lui déclarer sa flamme, mais il avait envie de poursuivre leur relation et pensait vraiment qu'il était en train de tomber amoureux d'elle.

— Elle ne va pas partir, décréta-t-il. Ce qui se passe entre elle et moi n'a pas grande importance et tu n'as pas à t'en inquiéter. Kelly est mon assistante et le sera toujours.

Tout en prononçant ces mots, il avait conscience qu'ils étaient loin de la réalité. Car il voulait aujourd'hui que Kelly soit à ses côtés, au bureau et dans sa vie privée. Bon sang ! Il brûlait d'impatience de rentrer à la maison pour le lui dire.

À la maison… C'était si agréable de penser qu'ils allaient vivre sous le même toit. Si Kelly était prête à franchir ce grand pas… Après tout, cela ne faisait que deux semaines qu'ils étaient intimes.

Était-ce trop tôt ? Comment savoir s'il commettait une erreur ou pas ? Il n'en avait aucune idée, et ce risque était à la fois excitant et terrifiant. Une chose, cependant, était claire dans son esprit : la relation engagée avec Kelly n'avait rien à voir avec ce qu'il avait connu dans le cadre de ses fiançailles.

— Très bien, j'arrête d'en parler, reprit Zeke. Tu sais que je m'inquiète pour l'entreprise, pour toi et pour Kelly. Elle est comme une sœur pour moi.

— Je comprends, dit Luke en soupirant. Bon, on ferait mieux d'y retourner. J'ai une annonce à faire. Tu montes avec moi sur la scène ?

— Très bien, mais c'est toi qui parles, d'accord ?

Luke hocha la tête et regagna la salle bondée. Son frère sur les talons, il monta sur scène et s'avança vers le micro. Une bouffée de fierté l'envahit à la vue des chevalets ornés d'affiches présentant le projet de rénovation des hôtels.

Il tapota le micro pour vérifier qu'il était allumé puis tapa un peu plus fort pour attirer l'attention du public. Lorsque le brouhaha commença à décroître, il s'éclaircit la gorge.

— Tout d'abord, je tiens à vous remercier d'être venus si nombreux ce soir pour célébrer la renaissance de Wingate Enterprises.

Une salve d'applaudissements accueillit cette entrée en matière et il attendit que le silence se fasse de nouveau.

— Comme vous l'avez tous vu et entendu, nous lançons notre bateau dans une toute nouvelle direction. Autour d'un concept clé : les escapades romantiques, qui deviendront la spécialité de nos hôtels. Nous avons établi différents types de forfaits adaptés à tous les budgets, et les séjours sont d'ores et déjà ouverts aux réservations.

En jetant un œil à la salle, il ne put s'empêcher de sourire et d'être rempli d'espoir en voyant le nombre de gens venus pour soutenir l'entreprise.

— Cependant, il n'est pas question pour moi de m'attribuer tout le mérite de ce brillant projet. Mon assistante Kelly Prentiss a vraiment été le cerveau de toute cette opération. Kelly, peux-tu me rejoindre sur scène, s'il te plaît ?

Il scruta la foule quelques instants, espérant la voir apparaître. En vain. Il jeta un œil à son frère, mais celui-ci se contenta de hausser les épaules.

Luke attendit une minute de plus, mais toujours pas de Kelly. Où était-elle passée ? Elle ne l'avait pas prévenu qu'elle devrait s'éclipser.

— Bien ! Je suis sûr que Kelly doit être ici quelque part, reprit-il avec un petit rire. Et si vous la voyez, n'hésitez pas à la féliciter d'avoir organisé cette incroyable réception. Elle fera comme nous tous partie du grand voyage qui commence dès aujourd'hui pour Wingate Enterprises. Merci encore à tous et toutes d'être venus et, s'il vous plaît, profitez au maximum de l'open bar et du reste de la soirée.

Il descendit de scène sous les applaudissements.

— Je vais chercher Kelly, dit-il à son frère. Ce n'est pas son genre de disparaître de la sorte. Elle est peut-être dans le bureau ou aux toilettes.

Il ne la trouva nulle part. Sortant son portable de sa poche, il constata qu'il n'y avait ni texto ni appel d'elle. Il lui envoya un bref message pour lui demander où elle était et si tout allait bien. Il n'obtint pas de réponse.

Il commença à s'inquiéter. Il demanda autour de lui si quelqu'un l'avait vue, et tout le monde lui répondit qu'elle était encore là quelques instants plus tôt. Elle ne pouvait donc pas être loin.

Un grand cri attira son attention, mais ce n'était que les jumeaux Wingate qui riaient à gorge déployée alors que des invités tapageurs les hissaient sur leurs épaules. De toute évidence, les gens avaient bien profité de l'open bar !

Il suivit les jumeaux du regard tandis que le petit groupe se dirigeait vers la terrasse. Et ce qui devait arriver arriva : Sutton et Sebastian furent précipités dans la piscine sous les acclamations du public.

Mais il avait d'autres chats à fouetter et regagna bien vite la salle de réception, où il aperçut Gracie Diaz qui, nota-t-il, n'avait pas très bonne mine.

— Bonsoir, Gracie. Tu as vu Kelly ?

— Je viens de lui parler. Il y a peut-être trente minutes ou une heure. Il y a un problème ?

— Je n'arrive pas à la trouver, c'est tout.

Quelque chose attira soudain l'attention de Gracie, et elle tressaillit.

Luke se retourna et vit les jumeaux Wingate, dégoulinants d'eau au bord de la piscine. Sebastian s'était débarrassé de sa veste et de sa chemise. Une longue cicatrice courait le long son dos.

Lorsque Luke se retourna vers Gracie, elle était encore plus pâle et semblait sur le point de s'évanouir.

— Ça va ? demanda-t-il en lui tendant la main.

— Il faut que j'y aille...

Sur ces mots, elle s'élança hors de la salle, sous le regard perplexe de Luke. Il n'avait aucune idée de ce qui l'avait bouleversée.

À cet instant, il sentit son téléphone vibrer dans sa poche. C'était un message de Kelly. Le soulagement l'envahit, rapidement suivi par la confusion.

J'ai entendu quelque chose que tu ne voulais sans doute pas que j'entende. Vérifie tes mails.

Ses mails ? Avait-elle eu vent d'un problème urgent pendant la réception et était-elle retournée au bureau pour le régler ? C'était bien son genre de régler un problème pour le soulager du stress d'avoir à le faire. Il sourit en tapant sur l'icône de sa boîte mail.

Et se figea.

Une lettre de démission de Kelly ? Elle était datée d'aujourd'hui, et Kelly précisait que cette démission prenait effet immédiatement. Elle mettait en avant une divergence d'objectifs et précisait que sa vie avait pris une direction différente.

Qu'est-ce que c'était que ce bazar ?

Il relut la lettre, toujours aussi perplexe. De quoi parlait-elle, au juste ? De quelle divergence ? Ne lui avait-elle pas annoncé qu'elle avait des choses importantes à lui dire, ce soir ? Qu'était-il arrivé à la femme qui, quelques heures plus tôt à peine, se faisait une joie de lui montrer sa robe ?

Cette femme qui lui avait tendu un piège pour lui offrir les vacances les plus romantiques qu'il ait jamais vécues ?

La colère s'immisça parmi toutes les émotions qui se télescopaient dans son esprit. Il envoya un texto à son frère et Ava, expliquant qu'il devait partir et les rejoindrait plus tard. Il leur assura que tout allait bien, car il ne voulait pas qu'ils s'inquiètent, mais il avait l'impression que la Terre venait de s'ouvrir sous ses pieds.

Il ignorait où était Kelly ou ce qu'elle pensait. Son mail était si vague, hormis le passage où elle indiquait qu'elle quittait l'entreprise.

Il essaya de la joindre à d'innombrables reprises, mais ses appels restèrent sans réponse. Apparemment, elle l'ignorait, et il devait absolument savoir pourquoi. Elle avait entendu quelque chose et en avait tiré des conclusions hâtives. Il devait absolument arranger les choses.

Sautant dans sa voiture, il décida de rentrer d'abord chez lui, espérant la croiser si elle passait récupérer ses affaires. Hélas, elle avait peut-être quitté la réception bien avant qu'il se rende compte de son absence…

Lorsque, se garant dans son allée, il reconnut la voiture de Kelly, un soulagement immense l'envahit. Au moins, il l'avait trouvée. Il ne lui restait plus qu'à éclaircir ce mystère.

Coupant le moteur, il s'élança vers la porte d'entrée.

Il n'était pas question de la laisser partir sans savoir ce qu'elle pensait et ce qui lui avait fait du mal.

Et surtout, ce serait le moment ou jamais de lui dire ce qu'il ressentait vraiment pour elle.

20

Lorsque Kelly entendit le claquement de la porte d'entrée, elle se maudit d'être repassée chez Luke pour faire sa valise. Elle aurait dû filer directement chez elle et s'occuper de ses affaires plus tard.

Une boule se forma au fond de sa gorge tandis que les événements de la soirée lui revenaient en mémoire. Elle avait été idiote de croire que Luke et elle avaient un avenir ensemble, autre que professionnel. Pendant cinq ans, elle s'était lentement éprise de Luke, se reprochant de nourrir des pensées romantiques à l'égard de son patron. Elle n'avait pas été simplement idiote et naïve, mais stupide et crédule.

Et maintenant, elle devait tourner la page.

— Qu'est-ce que tu fais ? demanda Luke.

Elle se figea un instant puis jeta son legging dans la valise posée sur le lit. Elle prit une profonde inspiration et, s'ordonnant de ne pas pleurer avant d'être seule chez elle, se tourna vers Luke.

— Je fais mes bagages, répondit-elle simplement. Tu as reçu mon mail ?

— Bien sûr que j'ai reçu ton mail, c'est pour ça que je suis là.

Il fit un pas en avant puis deux, mais ne prit pas le risque d'aller plus loin.

— Kelly, que s'est-il passé à la fête pour que tu veuilles démissionner ? Quelqu'un t'a dit quelque chose ? Pourquoi ne pas m'en parler au lieu de disparaître ?

Elle laissa échapper un rire amer.

— Le problème, c'est toi. Je ne suis *que* ton assistante, Luke. Je ne serai jamais rien d'autre, et tout ce que nous avons vécu ensemble n'a pas grande importance, n'est-ce pas ?

Son cœur se mit à battre encore plus vite lorsqu'il fit un pas de plus dans sa direction.

— Mais enfin Kelly, de quoi parles-tu ?

Ravalant ses émotions, elle croisa les bras sur sa poitrine.

— Je t'ai entendu parler à ton frère dans le couloir. J'allais dans le bureau pour aller voir Gracie qui ne se sentait pas bien. À ce moment-là, j'ai entendu ce que tu as dit, à savoir que j'étais ton assistante, que je le serais toujours et que Zeke n'avait pas besoin de s'inquiéter de ce qui se passait entre nous parce que cela n'avait pas grande importance.

Lorsqu'il fit mine d'avancer, elle leva la main.

— Non ! Ne t'approche pas de moi et ne me touche pas. Je n'aurais pas dû me laisser emporter par mes rêves d'amour romantique.

— Kelly...

— Stop !

Elle secoua la tête et retourna vers l'armoire pour prendre d'autres vêtements. Elle regrettait vraiment de ne pas avoir enlevé cette robe à son arrivée chez Luke, mais elle était pressée de prendre ses affaires et de partir.

— Tout ce qui m'importe à présent, c'est de sortir d'ici sans me ridiculiser davantage, poursuivit-elle en prenant des vêtements et en les jetant dans la valise. Je ne suis pas en colère contre toi, mais contre moi-même. Tu ne m'as jamais rien promis et tu ne m'as jamais fait comprendre que tu voulais aller plus loin avec moi. J'aurais dû parler de mes sentiments pour que tout soit clair entre nous, mais je pensais...

— Kelly !

Elle se retourna et le dévisagea avec stupéfaction. Il souriait. Comment osait-il sourire alors qu'elle était effondrée et s'efforçait de ne pas perdre toute dignité ?

— Ce que tu as entendu était destiné à mon frère, déclara-t-il. Zeke n'arrêtait pas de me demander ce qui se passait entre nous, et pour calmer sa curiosité, je lui ai dit que cela n'avait pas grande importance et que tu n'étais que mon assistante. Je ne voulais pas lui dire que j'avais des sentiments pour toi, parce que c'était à toi que je voulais le dire en premier.

Elle se figea, et son cœur se mit à battre à tout rompre alors qu'elle essayait de mesurer la portée de ce qu'il venait de dire.

— Quoi ?

Luke avança lentement vers elle sans la quitter du regard. Son sourire ne cessait de s'élargir.

— Je veux que tu restes avec moi, dit-il. Je veux aller plus loin avec toi, parce que je suis en train de tomber amoureux de toi.

— Attends... Quoi ?

Il posa ses mains sur ses épaules.

— Je veux que tu sois toujours à mes côtés, Kelly. Dans ma vie personnelle et dans ma vie professionnelle. Je veux voir où cela nous mènera. Nous sommes tellement compatibles, dans tous les domaines. Tu pensais vraiment que j'allais te laisser partir ?

Elle prit une inspiration tremblante et se força à ne pas pleurer. Il voulait qu'elle reste ? Et dire qu'elle avait été à deux doigts de laisser un quiproquo gâcher sa vie et sa carrière...

— Tu es amoureux de moi ? demanda-t-elle.

— Oui. Je n'avais pas réalisé à quel point jusqu'à ce que je voie ton mail. Je savais que je voulais que tu emménages ici et je savais que je voulais essayer d'aller plus loin. Mais la douleur que j'ai ressentie à l'idée que je puisse te perdre m'a fait comprendre la force de mes sentiments. D'ailleurs, je suis presque sûr que j'ai grillé plusieurs feux rouges en venant ici.

Elle ferma les yeux et baissa la tête.

— Je suis tellement stupide..., murmura-t-elle. Quand je t'ai entendu dire ça à ton frère, je me suis dit que tu ferais toujours passer ton travail en premier, comme je le craignais. Or je ne pourrais jamais vivre comme ça. Ma mère a accepté de s'effacer toute sa vie et cela a détruit son mariage avec mon père. Je ne veux pas être malheureuse comme elle l'était.

Luke lui souleva doucement le menton.

— Tu ne seras jamais malheureuse tant que je serai là, ma

chérie. D'ailleurs, je suis sur le point de t'enlever le reste de ton rouge à lèvres comme tu me le proposais tout à l'heure...

Elle sentit toute sa tristesse disparaître.

Elle releva la tête pour accueillir le baiser de Luke et frémit de joie lorsque ses lèvres s'emparèrent des siennes avec avidité. Lorsqu'il l'attira contre lui et que ses seins s'écrasèrent contre son torse, elle se réjouit qu'il se soit lancé à ses trousses. Elle était si heureuse qu'il ait clarifié ce quiproquo aussi vite. Elle aurait été effondrée, si elle avait dû quitter Wingate Enterprises.

Elle chassa ces pensées négatives et se concentra sur l'homme qui l'embrassait, l'homme qui voulait vivre sous le même toit qu'elle, pour voir l'avenir qu'il pourrait inventer ensemble.

— T'ai-je dit à quel point tu es belle avec cette robe ? demanda Luke en s'écartant doucement.

— Je crois, oui, mais sache qu'il me tarde de l'enlever.

Elle se retourna et jeta un œil par-dessus son épaule.

— Tu m'aides ? demanda-t-elle.

Luke laissa échapper un grognement et baissa la fermeture Éclair. Lorsque la robe s'ouvrit, elle sentit son souffle chaud sur son dos et frémit de la tête aux pieds. Puis, le haut de la robe se détacha de sa poitrine et Luke fit descendre le jupon qui tomba à ses pieds.

Il jura, et elle pivota sur elle-même, écartant la robe d'un coup de pied. Elle ne portait que ses chaussures à talons et ses boucles d'oreilles.

— Tu étais comme ça toute la soirée ? demanda Luke, la voix chargée d'excitation.

Elle se contenta de sourire en guise de réponse.

— Tu veux me tuer ? murmura-t-il d'une voix rauque de désir.

— Oh ! non. J'espérais que nous reviendrions ici et que tu m'enlèverais cette robe. Porter des sous-vêtements n'aurait fait qu'allonger inutilement le suspense.

De nouveau, il la prit dans ses bras, et elle sentit soudain ses mains se balader partout sur sa peau nue.

— J'aime ta façon de penser, dit-il. Mais tâche tout de même de porter des tenues appropriées en conseil d'administration, sinon je ne répondrai plus de moi.

Alors qu'elle tentait de lui enlever sa veste, il la souleva de terre et l'embrassa avec passion.

Lorsqu'il la plaqua contre le mur, elle noua ses chevilles autour de ses hanches pendant qu'il descendait sa braguette.

Elle ne put s'empêcher de rire.

— Alors, monsieur Holloway, on est pressé ?

— Tu n'as pas idée !

Sans plus attendre, il la pénétra d'un coup de reins.

Elle attira ses lèvres vers les siennes. Elle voulait qu'il se lâche et se consume totalement entre ses bras. Elle voulait qu'il sente combien elle l'aimait, qu'il sache qu'elle n'irait plus jamais nulle part sans lui.

Il était venu la chercher... Cette idée la bouleversait. Elle avait essayé de fuir et il s'était lancé à ses trousses. Cet homme courait toujours après ce qu'il voulait, et maintenant c'était elle.

Jamais elle ne s'était sentie aussi désirée, aussi aimée.

Luke s'empara de ses seins tout en continuant à onduler en elle.

— Ce n'est pas juste, haleta-t-elle.

Il lui mordilla le lobe de l'oreille.

— Quoi donc ?

— Tu es entièrement habillé...

— Plus tard, ma chérie. On ira doucement plus tard.

Elle acquiesça, ravie.

Entre les caresses qu'il prodiguait à ses seins et les ondulations de ses hanches, elle savait qu'elle ne tiendrait plus longtemps.

Soudain, elle jouit avec une force inouïe et, lorsqu'elle cria le nom de Luke, il plaqua une main sur le mur et accéléra la cadence quelques instants avant de se perdre à son tour dans son orgasme.

Elle s'efforça de réguler sa respiration et resserra les jambes autour de lui. Elle aurait voulu rester ici, enveloppée de son amour, pour toujours. Elle savait qu'il l'aimait. Il lui avait dit qu'il était amoureux d'elle, et tout ce qu'elle désirait à présent, c'était ouvrir ce nouveau chapitre avec lui.

— Kelly, lui murmura-t-il à l'oreille. Ne me quitte plus jamais. Je ne pourrais pas le supporter.

Elle sourit et, prenant son visage entre ses mains, plongea son regard dans le sien.

— Je t'aime, Luke. Je n'irai jamais plus nulle part sans toi.

— Tant mieux parce que j'ai besoin de toi à chaque instant de ma vie, et à chaque instant de ma vie, j'ai besoin de pouvoir te dire que je t'aime.

Elle ne put réprimer ses sourires et ses larmes.

— Ça va être le meilleur Noël de tous les temps, dit-elle.

Il scella leur promesse d'un baiser, et elle comprit alors que ce n'était que le début d'un voyage qui durerait toute leur vie.

REESE RYAN

Le retour de son amant

Traduction française de
MORGANE FROGERE

PASSIONS

HARLEQUIN

Titre original :
SECRET HEIR SEDUCTION

Ce roman a déjà été publié en 2021.

1

Darius Taylor-Pratt s'assit face à l'imposant bureau d'acajou, et passa en revue la pièce, dont la décoration austère semblait plus adaptée à un homme d'âge mûr qu'à Miranda Dupree, la star de téléréalité et influenceuse en vogue qui dispensait des conseils en matière d'art de vivre et de consommation.

Miranda, fondatrice de la marque Déesse, qui promouvait un mode de vie sain et équilibré, l'avait invité à Royal, au Texas, afin de le rencontrer. Elle lui avait proposé une collaboration avec Thr3d, sa société en plein essor, dans le but de créer une ligne de vêtements de sport pour la marque Déesse.

Le moment était mal choisi : Darius et son équipe se préparaient pour leur premier défilé à la Fashion Week de Los Angeles. Cependant, ce contrat pouvait propulser Thr3d à un niveau supérieur.

De lourds pas résonnèrent… Trop lourds pour être ceux de la délicate créature rousse d'un mètre soixante.

Un homme arborant une tignasse brune indisciplinée et une barbe d'un jour entra dans la pièce.

— Bonjour, Darius. Je suis Kace LeBlanc, dit-il. Je suis avocat.

Darius se leva et lui serra la main en le regardant avec méfiance.

— Les avocats n'attendent-ils pas généralement la signature du contrat avant d'intervenir ?

Kace feuilleta les pages d'un dossier posé sur le bureau.

— Quand cela concerne les affaires, oui. Mais je ne suis pas l'avocat de Miranda.

— Dans ce cas, qui représentez-vous, monsieur LeBlanc ? demanda Darius tendu.

— Je représente la succession de feu M. Buckley Blackwood, dont l'ex-épouse, Miranda Dupree-Blackwood est l'héritière.

— Quelle chanceuse.

Cela expliquait donc le mobilier, mais non la raison de sa présence.

Darius se rassit et jeta un regard à sa montre chronographe noir et or Tissot, avant de croiser à nouveau le regard de l'homme.

— Est-ce que ça sera long avant que Miranda nous rejoigne ?

— Je m'excuse pour le subterfuge qui a servi à vous amener ici, mais vous avez été convié afin de me rencontrer sur un sujet complètement différent.

— Miranda ne veut donc pas s'associer avec mon entreprise ?

Devant le silence de l'homme, Darius se leva.

— Écoutez, je ne sais pas de quoi il retourne, mais je suis un homme occupé. Je n'ai pas le temps de jouer à cache-cache.

— Je vous assure que vous serez très intéressé par ce que j'ai à vous dire, répliqua Kace calmement. Je n'ai besoin que de dix minutes, et quand j'aurai terminé, si vous souhaitez toujours rentrer à Los Angeles, un chauffeur vous conduira à un avion prêt à décoller.

— Vous avez donc exactement dix minutes. Pourquoi suis-je ici ?

— Est-ce que le nom de Buckley Blackwood vous dit quelque chose ?

Darius haussa les épaules.

— Je sais que c'était l'ex-mari de Miranda et qu'il était propriétaire d'une banque.

— Ainsi que de ce ranch de six cents acres, de maisons dans le monde entier, ajoutés à des investissements dans différents secteurs économiques, comme Thr3d.

— Vous voulez dire qu'il a investi dans mon entreprise ?

C'était impossible. Il connaissait le nom de chaque investisseur. Buckley Blackwood ne figurait pas parmi eux.

— Il a investi dans Thr3d en utilisant une société-écran.

— Cela n'explique toujours pas la raison de ma présence ici, répliqua Darius à bout de patience.

— Vous êtes ici pour une lecture privée des dernières volontés de Buck, répondit l'homme en tapotant le dossier devant lui.

— Pourquoi un investisseur voudrait-il m'inclure dans son testament ?

— Buck était plus qu'un simple investisseur, Darius. Il était... votre père.

La pièce tomba dans le silence. Le seul bruit était le tic-tac de l'horloge comtoise sur le mur derrière lui.

Darius continua de fixer l'homme, persuadé que quelqu'un allait franchir la porte et annoncer que tout ceci n'était qu'une farce.

— Écoutez, monsieur LeBlanc...

— Kace.

— Kace... Il doit y avoir une erreur. Vous vous trompez de personne.

— Vous êtes Darius Taylor-Pratt, votre mère est l'actrice Liberty Taylor et vous avez été adopté par votre beau-père, William Pratt, à l'âge de deux ans. Vous avez trente ans et vous avez obtenu votre diplôme de premier cycle à...

— Très bien, le coupa Darius en levant une main.

Il fallait que Kace cesse de parler afin qu'il puisse assimiler la nouvelle.

— Vous dites que cet homme, ce..., continua-t-il après une profonde inspiration, le cœur tambourinant.

— Buckley Blackwood.

— ... et ma mère... ont eu une liaison à une certaine époque.

— Oui.

— Il savait que j'étais son fils, et pourtant il ne m'a jamais contacté, ni même envoyé une carte d'anniversaire en trente ans.

La colère commença à le gagner et à remonter lentement le long de sa colonne vertébrale.

— Pourquoi ? Avait-il honte d'avoir un fils d'une femme noire ?

— Non, répondit Kace avec force. Ce n'était pas ça du tout.

— Alors quoi ? demanda Darius furieux.

— Vous êtes le produit d'une liaison adultère, durant son

premier mariage. Il a donc préféré veiller sur vous à distance. À vos deux ans, quand votre mère a épousé M. Pratt, Buck a accepté qu'il vous adopte et vous élève comme son propre fils. Vous deviez être informé de la vérité à vos dix-huit ans, ce qui, je suppose, a été le cas.

Darius agrippa l'accoudoir sans rien dire, la tête bourdonnante et les muscles tendus.

Ses parents lui avaient appris que Will n'était pas son père biologique, mais sa mère avait refusé de lui en révéler l'identité, à part que c'était un homme riche qui ne voulait pas « compliquer » sa vie.

— Darius, je comprends que cela doit être un choc pour vous, mais…

— C'est un euphémisme, monsieur LeBlanc, lâcha Darius, les dents serrées.

— Appelez-moi Kace s'il vous plaît.

Darius commençait à détester l'expression de sympathie de cet homme, qui ressemblait plus à de la condescendance et de la pitié.

— Le vieil homme est mort, donc il semblerait que je ne sois pas ici pour une réunion père-fils.

La déclaration pouvait paraître sans cœur, mais Buckley Blackwood avait fait preuve du même mépris cruel envers lui.

— Vous auriez pu lire le testament par vidéoconférence. Alors pourquoi diable suis-je ici ?

— Je vais laisser Buck s'expliquer par lui-même.

Kace procéda donc à la lecture, et plus il lisait, plus Darius s'agitait.

Buckley Blackwood était un lâche et une crapule, songea-t-il.

Trop lâche pour lui révéler sa paternité de son vivant, et le genre de personnage à laisser tout son héritage à sa jeune et jolie ex-femme plutôt qu'à ses enfants. Et pour couronner le tout, on lui demandait de faire un test ADN pour prouver qu'il était bien son fils.

— Des questions ?

Kace posa le testament et joignit les mains sur le bureau, visiblement prêt à faire face à une agression verbale.

— Quel est l'intérêt d'un test ADN ? Cet homme est mort, et je ne suis pas sur son testament.

— Vous avez deux frères et une sœur, dit Kace en présentant les photos de chacun. Kellan, Vaughn et Sophie.

Darius en resta muet et la bouche asséchée. Il aurait voulu jeter les photos au sol et envoyer paître cet homme, mais il en fut incapable.

Il prit les photos et les étudia une à une.

Sa peau était plus foncée que la leur, mais ils partageaient de nombreuses ressemblances ; le nez, le menton et les pommettes, et Sophie avait les mêmes yeux marron que lui.

Un sentiment d'appartenance inattendu l'envahit, comme une vague à marée haute, et le renversa. Il déglutit et remit les photos sur le bureau en acajou.

— Me connaissent-ils ?

— Ils ont appris votre existence après la mort de leur père.

— Est-ce que quelqu'un d'autre le sait ?

— Juste la famille pour le moment, déclara Kace.

— Bien. Continuons ainsi.

Il avait un nœud dans l'estomac ; comme à l'époque où il fréquentait des écoles de riches où les enfants le traitaient comme un étranger indigne.

Il avait appris depuis, à tirer sa force de sa singularité, et en avait même fait sa marque de fabrique avec Thr3d. Mais il n'avait aucune envie de revivre ce genre de rejet douloureux, surtout de la part de personnes qui partageaient son ADN.

Une part de lui voulait quitter la pièce, refusant d'être le jouet du vieil homme, mais une autre part avait besoin de réponses, et c'était le seul moyen de les obtenir.

— Je vais passer le test.

— Vous êtes attendu au Royal Memorial Hospital, dit Kace en posant un papier sur le bureau. Quant à la succession… D'après ce que je sais de vous, vous avez toujours été un battant. L'un de vos frères et votre sœur contestent le testament. Je ne vous encourage certainement pas à les imiter, mais...

— C'est une option, termina Darius en se frottant la mâchoire.

Kace lui adressa un petit signe de tête.

— Je vous contacterai dès que j'aurai les résultats du test. En attendant, une autre personne aimerait vous parler. Puis-je la laisser entrer ?

Darius acquiesça distraitement, la tête ailleurs, et sortit son téléphone de sa poche une fois la porte refermée. Il devait annoncer à ses parents qu'il savait enfin la vérité sur son père. Mais ils étaient en vacances à l'étranger et ce n'était pas le genre de conversation à avoir au téléphone en étant séparé par un océan. Il allait devoir attendre leur retour d'Europe pour leur parler en personne.

Depuis qu'il avait appris que Will n'était pas son père biologique, sa relation avec eux était tendue. Il aurait pu pardonner ce mensonge, peut-être même le comprendre, mais quand sa mère avait refusé de lui révéler l'identité de son père, Darius avait été furieux.

À présent il connaissait la vérité : il était le fils d'une riche ordure qui n'avait pas voulu de lui de son vivant, et qui avait ressenti le besoin de soulager sa conscience sur son lit de mort.

La porte s'ouvrit soudain, et le fit sursauter.

— Bonjour, Darius. C'est un plaisir de vous rencontrer enfin, déclara Miranda Dupree.

Il se leva et lui serra la main. Elle faisait presque trente centimètres de moins que lui.

— Enchanté, madame Dupree.

— Appelez-moi Miranda, et s'il vous plaît, asseyez-vous, dit-elle en prenant place sur une chaise près de lui. Je m'excuse de ne pas avoir été franche sur la raison de mon invitation, mais je craignais que vous ne veniez pas si je vous disais la vérité.

À juste titre, mais cela ne lui donnait pas le droit de lui mentir.

— Donc la collaboration n'était qu'une ruse ?

— Je préfère considérer cela comme un appât, déclara Miranda avec un doux sourire. Ce que j'ai dit sur la création d'une ligne de vêtements… était absolument vrai. J'aimerais que nous en rediscutions une fois que tout ceci sera réglé.

Il acquiesça d'un léger hochement de tête, mais ses pensées étaient ailleurs.

— Darius…

Miranda posa une main douce sur son avant-bras.

— Je ne peux même pas imaginer ce que vous devez ressentir.

— Dans ce cas, je vais vous le dire, déclara-t-il en lui lançant un regard noir. J'ai l'impression d'avoir été manipulé : par vous, par cet avocat et par un vieillard lâche qui ne s'est jamais soucié de moi de son vivant mais qui veut jouer avec ma vie à présent qu'il est mort.

Miranda l'écouta avec bienveillance, le regard chaleureux et sincère.

— À votre place, je serais probablement dans le même état d'esprit. Mais il y a encore une chose que vous devez voir.

Elle récupéra une enveloppe épaisse sur le bureau et se rassit à côté de lui.

— Buck et moi n'avons pas eu beaucoup de contacts depuis notre divorce. J'ai donc été la première surprise qu'il m'ait choisie pour gérer des affaires sensibles après sa mort. Cet homme était capable de se comporter de la pire des manières, dit-elle en riant avec amertume. Mais l'un de ses plus grands regrets a été de ne jamais vous connaître. Il m'a implorée de vous faire venir ici, afin que vous puissiez faire la connaissance de vos frères et de votre sœur. Il voulait que vous sachiez que, quoi que vous puissiez penser, vous n'étiez jamais loin de ses pensées.

— Il avait une drôle de façon de le montrer.

— Buck avait du mal à montrer son affection. C'est ce qui a détruit ses deux mariages. C'est aussi pour cette raison que ses rapports avec ses enfants étaient tendus… et qu'il est mort seul.

Elle fit une pause et lui tendit l'enveloppe avant d'ajouter :

— Mais ça ne veut pas dire qu'il ne se souciait pas de vous. Buck voulait que vous ayez ceci… pour que vous sachiez que malgré la distance, vous étiez toujours dans son cœur.

Elle se leva.

— Je vous laisse seul pour consulter ce document, mais vous devrez le laisser ici. Il vous appartiendra une fois les résultats du test confirmés. Lorsque vous serez prêt, mon chauffeur vous emmènera là où vous voudrez. Je vous ai réservé une maison meublée en ville où vous pourrez rester aussi longtemps que vous en aurez besoin, dit-elle en lui remettant deux cartes de visite. Si vous avez besoin de moi ou de Kace, appelez-nous.

Une fois Miranda partie, il ouvrit l'enveloppe. Elle contenait un album rempli de photos et d'articles de presse. Sur la première page, il y avait une photo de lui, nouveau-né. La même se trouvait dans l'album photo de sa mère.

En dehors de l'album, il y avait un journal jauni et un article de magazine écorné.

L'homme avait suivi son enfance, sa carrière universitaire et ses succès professionnels. Pourtant, il ne l'avait jamais contacté une seule fois en trente ans.

Que suis-je censé ressentir pour un tel homme ?

Il laissa tomber l'album sur le bureau, remit ses lunettes de soleil et alla rejoindre le chauffeur de Miranda, Leslie.

— Où dois-je vous emmener, monsieur ? demanda-t-elle en ouvrant la portière. À l'aéroport ou à la villa ?

— Aucun des deux, dit-il en s'asseyant. Emmenez-moi quelque part où je pourrai manger un hamburger digne de ce nom, des frites et un milkshake, s'il vous plaît.

Il n'avait encore aucune idée de ce qu'il allait faire, mais il réfléchissait mieux le ventre plein, et il lui fallait des glucides de toute urgence.

2

Darius entra dans le petit restaurant pittoresque, et crut être de retour dans les années 1950 ; banquettes en similicuir rouge et un carrelage en damier noir et blanc.

Il commanda un cheeseburger au bacon, des frites et un grand milkshake à la fraise. C'était le menu qu'il prenait, petit, chaque fois que sa mère et Will l'emmenaient manger après une grosse victoire ou une cuisante défaite.

Il repensa à sa mère et à son beau-père. Ce n'était pas eux qui avaient pris leurs distances, mais lui, car ils lui avaient menti toute sa vie. Il aurait dû se sentir triste de n'avoir jamais rencontré son père biologique, mais la seule chose qu'il ressentait envers Blackwood, était du ressentiment. L'homme aurait pu décrocher son téléphone ou prendre son avion privé pour le rejoindre à tout moment durant ces trente dernières années. Au lieu de cela, il avait préféré passer la fin de sa vie à ourdir ce plan machiavélique.

Mais à quelle fin ?

Il grignota une frite après l'avoir plongée dans le ketchup tout en réfléchissant.

Darius avait passé les douze dernières années à méditer sur son mystérieux père biologique. Il aurait voulu le haïr, mais l'album que Miranda lui avait montré ne correspondait pas à l'homme sans cœur qu'il s'était imaginé.

Ce n'était pas uniquement le fait d'avoir réuni des photos et des coupures de presse : l'album montrait des signes de manipulations fréquentes, et les articles de magazine écornés semblaient avoir été lus encore et encore. C'était le genre d'album qu'on attendait de la part d'un parent soucieux de son enfant.

Il soupira et continua de grignoter ses frites. Ces deux aspects contradictoires de la personnalité de l'homme qui était probablement son père, étaient incompréhensibles. Mais découper quelques articles de presse, n'excusait pas Blackwood d'avoir été un père indigne.

Cela, il ne lui pardonnerait jamais.

Il prit une autre frite et la trempa dans le milkshake avant de l'avaler. La plupart des gens de plus de douze ans auraient trouvé cela dégoûtant, mais aujourd'hui, il méritait de se faire plaisir.

— Un cheeseburger au bacon, des frites et un milkshake à la fraise. J'allais te demander si c'était une très bonne ou une très mauvaise journée, mais tu as trempé tes frites dans ta boisson, donc je suppose que ça répond à ma question.

Darius se figea, puis se tourna vers la voix familière, les yeux écarquillés.

— Audra Lee Covington ?

Que faisait donc sa petite amie de l'époque de l'université à Royal ?

— Tu te souviens donc de moi ? demanda-t-elle en croisant les bras. Je n'en étais pas sûre. Après tout, tu n'as jamais répondu à mes appels.

Se souvenir ? Il aurait été incapable de l'oublier, même s'il l'avait voulu. Elle était son plus grand regret : la femme qui, encore aujourd'hui, hantait ses rêves.

Il la fixa éberlué, n'en croyant pas ses yeux.

Elle était toujours aussi magnifique, vêtue d'un pull crème en grosse maille et d'un jean skinny vieilli qui épousait parfaitement ses courbes. Ses cheveux ondulés et sombres étaient ramenés derrière ses oreilles et lui retombaient aux épaules. Des boucles d'oreilles or et diamant en forme d'étoile pendaient à ses oreilles, et sur sa narine se trouvait un petit clou en diamant.

— Audra, dit-il en se levant.

Il s'essuya les mains sur une serviette et inhala son parfum en l'étreignant maladroitement.

— Que diable fais-tu ici ?

— Ravie de te voir également, dit-elle d'un ton sarcastique en reculant d'un pas et en croisant à nouveau les bras.

Si un regard pouvait tuer, il serait déjà étalé sur le carrelage noir et blanc, avec une ligne de craie tracée autour de lui.

— Bien sûr que je suis ravi de te revoir, Audra. C'est simplement que je suis stupéfait, dit-il en l'invitant d'un geste de la main à s'asseoir sur la banquette face à lui. Tu es… magnifique.

C'était un euphémisme ; elle était belle à tomber.

— Tu te joins à moi ?

Les lèvres sensuelles et brillantes d'Audra se relevèrent alors qu'elle l'étudiait. Elle finit par hocher la tête et s'installa en face de lui sur la banquette.

— Ce nouveau look…

Elle désigna sa tête rasée, un style qu'il avait adopté trois ans auparavant.

— J'aime bien. Ça te va.

— Merci, dit-il avant de s'éclaircir la voix. Qu'as-tu commandé ?

— Ils font une incroyable salade Cobb, qui est probablement aussi calorique que ton hamburger et tes frites, mais au moins j'ai l'impression de faire un effort.

Il avait toujours aimé son honnêteté rafraîchissante. Dommage qu'il n'ait pas fait preuve de la même en retour. Leur histoire n'en serait pas moins terminée, mais au moins il n'aurait aucun regret la concernant.

— La Fashion Week n'est qu'à quelques semaines. J'aurais pensé que la grande Audra Lee Covington serait enfermée dans son atelier de création.

Audra était l'héritière d'une famille travaillant dans l'industrie du diamant. Elle avait rompu avec ses parents traditionalistes, et créée sa propre entreprise qui s'adressait à une clientèle plus jeune et plus moderne. Son nom était fréquemment cité dans les magazines de mode, lorsque des célébrités se vantaient d'être parées des boucles d'oreilles, colliers, bracelets et diadèmes en diamants d'Audra Lee Covington.

— C'est sûr que Royal n'est pas ma destination de choix.

Un sourire sincère éclaira ses yeux bruns, de la même couleur que ses cheveux mi-longs.

— J'ai reçu une proposition financièrement intéressante de la part d'une riche future mariée, ici à Royal, et je n'ai pas pu résister. Je suis chargée de créer les bijoux de mariage du couple et des cadeaux personnalisés pour leurs invités. Je séjourne donc quelque temps en ville et j'apprends à connaître la région et la mariée, qui viendra de New York demain avec son fiancé. Je ne m'attendais pas à te croiser ici, moi non plus.

Elle joignit les mains sur la table, avant d'ajouter :

— J'ai entendu dire que Thr3d fera partie du défilé cette année.

— C'est le cas. Mon équipe à Los Angeles travaille sans relâche pour s'y préparer.

Elle sortit une sucette de sa poche, défit l'emballage et la mit dans sa bouche, avant de poser ses coudes sur la table et d'incliner la tête en l'étudiant.

Est-ce un piercing sur sa langue ?

— Qu'est-ce qui t'amène à Royal ? demanda-t-elle.

— Les affaires.

Ce qui n'était pas un mensonge : en effet, c'était la perspective de collaborer avec Miranda qui l'avait amené en ville.

Elle suça sa maudite sucette, qui avait déjà teinté sa langue en rouge, et attendit des explications supplémentaires.

— Il est trop tôt pour en parler, ajouta-t-il en saisissant son hamburger. Mais j'espère créer une ligne de vêtements pour une grande marque de fitness.

— Ah.

Il ne put s'empêcher de fixer sa langue percée et rougie par le bonbon.

— Miranda Dupree, dit-elle. Créer une ligne de vêtements pour sa marque Déesse serait une véritable opportunité.

— Comment as-tu...

— Le monde est petit, tu sais et Miranda est l'ex-belle-mère de ma cliente, Sophie Blackwood. Est-ce que tu la connais ?

Sa demi-sœur. Mince... Effectivement le monde était petit.

— Je ne l'ai jamais rencontrée, dit-il avec nonchalance. Mais j'ai entendu son nom.

Il y a moins d'une heure, en fait.

Audra tira la sucette de sa bouche avec un « plop » et le fixa les yeux plissés, comme pour le jauger... Comme si elle ne le croyait pas.

Darius mordit dans son cheeseburger. Ils n'étaient plus en couple et ne s'étaient même pas revus depuis cinq ans : sa vie privée ne la regardait pas.

Alors pourquoi se sentait-il coupable de lui sortir une demi-vérité, comme lorsqu'ils étaient ensemble ?

Audra se leva sans rien dire. Elle ne l'avait manifestement pas cru, mais cela lui semblait égal.

Savoir qu'il la laissait indifférente fut comme un coup au cœur, mais cette condamnation silencieuse était exactement ce qu'il méritait.

— On dirait que ma commande est prête, dit-elle. Ravie de t'avoir revu, Darius, et bonne chance avec la Fashion Week.

Elle se sauva précipitamment, et il ne put l'en blâmer ; il n'était qu'un menteur, et c'était manifestement un trait de caractère héréditaire.

3

Audra prit place dans la Bentley cabriolet, offerte par ses parents quatre ans auparavant, quand son entreprise avait fait un bénéfice d'un million de dollars durant sa première année de création.

Elle jeta un coup d'œil au restaurant et vit Darius immobile sur la banquette où elle l'avait laissé.

De toutes les personnes au monde qu'elle aurait pu rencontrer, il avait fallu que ce soit Darius Taylor-Pratt, l'homme qui lui avait brisé le cœur cinq ans auparavant.

Elle avait été follement amoureuse de lui, et avait cru qu'il l'aimait aussi. Jusqu'au jour où il lui avait annoncé que leur histoire devenait trop sérieuse et qu'il avait besoin de recul : pas la moindre dispute, aucun signe qu'il soit tombé amoureux d'une autre, et pas vraiment d'explication.

Elle avait été anéantie et s'était demandé, sous le choc, ce qu'elle avait bien pu faire de mal.

À présent tout cela était du passé. Cela lui avait pris du temps, mais elle avait fini par tourner la page… Du moins, c'était ce qu'elle avait cru. Mais de revoir Darius aujourd'hui lui donnait le sentiment que tout n'était pas encore terminé entre eux.

Elle l'avait trouvé plus beau que dans ses souvenirs, dans son costume bleu marine et sa cravate assortie. Son histoire d'être à Royal pour affaires était sûrement vraie, car seule une bonne raison pouvait contraindre Darius à porter un costume.

Elle avait lu dans son regard un mélange d'émotions qu'elle

n'avait pas vraiment su saisir : tristesse, colère ? Peut-être même du regret. La seule chose dont elle était certaine, c'était d'avoir désespérément voulu l'embrasser, ne serait-ce que pour lui rappeler à quoi il avait renoncé.

Son téléphone portable se mit à sonner.

Sophie Blackwood.

Audra sourit, heureuse de cette distraction. Elle connecta son téléphone sur la voiture, et se mit en route vers la maison qu'elle louait à Royal.

— Bonjour, Sophie. De retour en ville ?

— Nous sommes arrivés il y a quelques heures. Nigel, mon fiancé, devait rester quelques jours de plus pour régler un problème avec l'équipe de tournage.

Audra ne put s'empêcher de sourire. Sophie faisait comme la plupart des femmes nouvellement fiancées en employant le mot « fiancé » aussitôt que l'occasion s'en présentait. C'était adorable. Tout chez Sophie, en commençant par son exubérance pétillante et la chaleur avec laquelle elle parlait de lui, montrait à quel point elle était amoureuse.

Audra espérait vraiment que leur amour durerait.

— Pas de souci. Je me suis occupée. J'ai fait quelques esquisses que je vous montrerai quand nous nous verrons.

— Êtes-vous occupée en ce moment ? Nous allons manger un morceau avec des amis au Glass House dans environ une heure. Vous devriez vous joindre à nous.

— Merci, mais je viens de prendre une salade.

Elle espéra que Sophie ne la trouverait pas grossière de refuser son offre.

— Est-ce que tout va bien ? demanda celle-ci d'une voix inquiète.

— Oui. Je suis juste un peu abasourdie. Je viens de tomber sur mon petit ami de l'université.

— Il habite ici ? demanda Sophie.

— Non. En fait, j'ai eu l'impression qu'il venait ici pour la première fois. C'était donc étrange de le croiser, expliqua Audra en croquant dans la sucette avec laquelle elle venait de taquiner Darius.

— Oh ? Qui est-ce ?

La voix de Sophie lui parut soudain moins joviale.

— Darius Taylor-Pratt. Il dirige la marque de vêtements sportifs Thr3d.

— Ça a dû être une surprise, dit Sophie en riant nerveusement, avant de changer rapidement de sujet. Donc, la salle où j'aimerais organiser mon mariage a été endommagée par les récents incendies de forêt. Les parties détruites ont été rénovées, mais il reste encore beaucoup de travail. Ça serait vraiment bien si vous pouviez nous accorder un peu de temps ce samedi. De plus, ce serait l'occasion de faire connaissance avec certains habitants pour qui vous êtes en train de créer des bijoux.

— Bien sûr. Et peut-être que nous pourrions nous rencontrer demain après-midi pour discuter de vos alliances ?

— Venez chez moi demain à 13 heures. Nous déjeunerons ensemble et ferons le point, proposa Sophie d'une voix à nouveau enjouée.

Mon Dieu, je me souviens de la sensation d'être amoureuse, songea Audra.

Revoir Darius et parler à Sophie la conforta dans sa décision d'avoir rompu avec son dernier petit ami, il y a quelques mois de cela.

Cassius Johannsson, dit « Cash », était exactement le genre d'homme que sa mère et son sénateur de père souhaitaient la voir épouser. Un homme de bonne famille, tout ce qu'il y a de plus gentil, avec l'ambition de s'asseoir un jour dans le bureau ovale de la Maison-Blanche. Mais elle voulait plus que quelqu'un de gentil.

Elle voulait un homme qui la fasse rire, qui soit à la fois son ami et son amant. Un homme qui comprendrait la folie hystérique d'un esprit créatif et qui saurait enflammer son corps.

Cash n'avait jamais allumé ce genre d'étincelle en elle, et elle ne s'était jamais non plus jetée à son cou comme Sophie le faisait avec Nigel… Comme elle le faisait avec Darius à l'époque.

Elle pénétra dans la belle résidence sécurisée où elle louait une maison et se gara. Son métier l'obligeant à se déplacer avec des échantillons de bijoux et de diamants dont la valeur dépassait facilement deux millions de dollars, elle avait besoin de la sécurité qu'offrait cette propriété appartenant à une amie de la famille Blackwood : Dixie Musgraves.

Prenant son sac de repas de chez Royal Diner, elle rentra à l'intérieur, déterminée à bannir Darius de ses pensées.

4

La journée n'en finissait pas. Darius s'installa derrière le bureau en verre et acier et se prépara à une autre conférence téléphonique, cette fois avec son directeur de production et quelques membres clés de l'équipe.

Tout devait être parfait pour la Fashion Week. C'était la première participation de Thr3d à l'événement, et il comptait bien que ce ne soit pas la dernière. Si tout se passait comme prévu, cela ouvrirait de nouveaux marchés pour sa collection d'automne. Il était donc hors de question qu'il se laisse distraire par des histoires de filiation et de succession.

Cela faisait quinze minutes qu'il conversait avec son équipe, quand il entendit des bruits d'eau. Il s'avança vers les baies vitrées du bureau, et jeta un regard à l'extérieur : une femme était en train de nager dans sa piscine.

— Patron ? Patron ? l'appela Leeson Brown, son directeur de production.

— Oh... je... euh..., dit-il avant de s'éclaircir la voix. Pardon. Je n'ai pas saisi la dernière partie.

— Je disais qu'à moins que vous ayez autre chose à ajouter, nous avons à peu près fait le tour, répéta Lee. Ne vous inquiétez pas. Toute l'équipe comprend l'importance de ce défilé. Nous ne vous décevrons pas.

— Je le sais.

Darius regarda les mouvements fluides de la femme. Il y avait quelque chose d'étrangement familier dans ses gestes puissants et élégants.

Qui est-elle et que diable fait-elle ici ?

— L'équipe fait un excellent travail, ajouta Darius. Je reprendrai contact bientôt, mais si vous rencontrez des difficultés...

— Nous n'hésiterons pas à vous appeler, lui assura Lee.

— De jour comme de nuit, précisa Darius tout en suivant du regard les longueurs de la femme.

— C'est d'accord. Je sais que c'est un défi de taille pour vous, mais essayez de vous détendre.

Darius promit d'essayer. Puis il glissa le téléphone dans sa poche et se dirigea vers la piscine pour découvrir qui empiétait sur la propriété des Blackwood, et le distrayait de son travail.

Tandis qu'il traversait le patio, la femme sortit de la piscine, vêtue d'un minuscule bikini qui dévoilait ses délicieuses courbes. Elle retira le bonnet de sa tête et le jeta sur une chaise longue, puis se pencha pour prendre sa serviette de bain.

Dieu tout-puissant. La silhouette de cette femme était une œuvre d'art digne d'un musée.

— Excusez-moi, dit-il finalement.

Surprise, la femme laissa tomber sa serviette et se retourna, les yeux écarquillés.

— Darius ?

— Audra ?

Ils avaient parlé en même temps.

— Est-ce que tu m'as suivi jusqu'ici ? demanda Darius.

Elle posa un poing sur sa hanche généreuse, ce qui attira l'attention de Darius sur son piercing au nombril, et la chaîne en or qui faisait le tour de sa taille.

— Penses-tu sérieusement que j'ai besoin de suivre le premier venu ?

Aïe.

Elle venait de le traiter de « premier venu », comme s'il n'avait jamais compté pour elle.

Sans attendre sa réponse, Audra reprit sa serviette et se sécha.

La piscine était certainement chauffée, mais la température extérieure s'était considérablement rafraîchie, et elle tremblait.

Il ne put s'empêcher de penser à la dernière fois où il l'avait vue trembler : elle était alors nue, allongée sous lui. Il déglutit et sentit la chaleur remonter le long de son cou.

— Est-ce que ça veut dire que tu loues cette maison ? demanda-t-elle en enfilant un peignoir noir. Parce qu'elle était vide quand je suis allée nager ce matin.

— Mes affaires me garderont ici encore quelques jours, expliqua-t-il en enfonçant la main dans sa poche. Miranda a laissé cette maison à ma disposition aussi longtemps que j'en aurai besoin.

Il passa en revue le patio bien entretenu, ainsi que la piscine avec bain à remous et fontaine. En arrivant quelques heures plus tôt, il n'avait pas vraiment prêté attention au jardin, et était resté enfermé dans le bureau, épluchant ses e-mails et enchaînant les appels téléphoniques, en commençant par son avocat afin de l'informer de la situation et de le charger d'explorer ses options.

Darius n'avait pas besoin de l'argent de Buckley Blackwood. Sa marque de vêtements de sport connaissait une croissance fulgurante et rapportait déjà des millions chaque année. Si Thr3d maintenait sa trajectoire actuelle, l'entreprise serait en mesure de devenir l'une des dix premières sociétés de vêtements de sport du pays d'ici dix ans.

— Combien de temps resteras-tu à Royal ? demanda Audra qui ne semblait pas ravie de sa présence.

— C'est difficile à dire pour le moment, dit-il en s'appuyant avec nonchalance contre le jacuzzi. Et toi ?

— Pareil. Mais ma cliente Sophie et son fiancé sont de retour en ville. Je vais pouvoir bien avancer sur le projet durant les deux prochaines semaines.

Darius prit une profonde inspiration à la mention de sa demi-sœur. Après avoir menti à Audra par le passé, au sujet de sa famille, il détestait l'idée de lui cacher ce secret, même s'ils n'étaient plus ensemble. Surtout que sa filiation n'avait même pas encore été prouvée.

— Génial. Mais cela n'explique pas pourquoi tu es dans ma piscine. Tu n'habites tout de même pas ici, n'est-ce pas ?

— Dieu nous en préserve, répondit Audra en feignant d'être offensée.

Elle hocha la tête en direction de la maison située de l'autre côté du mur de briques.

— Je loue la jolie maison voisine. Elle dispose d'un atelier, d'un grand bureau et offre beaucoup de sécurité. Mais il n'y a pas de piscine, et chez moi à Dallas, je nage presque tous les jours.

— Tu habites à Dallas maintenant ?

— J'ai déménagé là-bas après mes études. J'avais besoin d'un nouveau départ et Dallas m'a paru un bon choix.

La culpabilité lui serra l'estomac.

A-t-elle eu besoin d'un nouveau départ à cause de notre rupture ?

— Quoi qu'il en soit, Sophie m'a donné la permission d'utiliser cette piscine car sa famille est propriétaire de la maison et qu'elle est vide. Du moins, elle l'était. Mais étant donné la mort de son père et la succession qui est allée à sa belle-mère… Je suis sûre qu'elle ne sait même pas que tu y résides.

— Probablement.

Il la fixa, incapable de détacher le regard de ses yeux expressifs, et mourant d'envie de la prendre dans ses bras.

— Désolée de t'avoir dérangé, dit-elle en détournant le regard. Je vais me trouver une autre piscine.

— Non, ce n'est pas la peine, protesta-t-il un peu trop vivement.

Elle retint un sourire et il se sentit obligé de se justifier.

— Tu ne me déranges absolument pas. Si je suis sorti, c'est uniquement parce que je pensais que tu étais un intrus. Viens quand tu veux. Je ne pense pas que j'utiliserai la piscine durant mon séjour.

— Quel dommage. Nager me détend et stimule ma créativité. Tu devrais essayer.

— Tu trembles. Est-ce que je peux te proposer un café ou un thé ? Du chocolat chaud, peut-être ? dit-il en faisant un geste vers la maison.

Où avait-il donc la tête ? La dernière chose dont il avait besoin était de passer plus de temps avec Audra. Pourtant, il voulait qu'elle reste un peu plus longtemps, même si cela impliquait de passer une nuit blanche à ressasser ses regrets.

Mais il ne pourrait jamais défaire le passé. Il n'y avait pas de seconde chance dans les relations amoureuses ou familiales, et il avait tout détruit en la quittant.

— C'est gentil de ta part, dit-elle avec un sourire poli. Mais je serai bien au chaud dans un petit moment, entre mon bain moussant et le Sex on the Beach que j'ai prévu… Je parle de la boisson bien sûr…

— Bien sûr.

Il passa une main sur sa tête rasée de près, se remémorant leur escapade à Martha's Vineyard et comment ils avaient terminé la soirée en faisant l'amour sur la plage. C'était après cela qu'Audra s'était mise à commander des cocktails Sex on the Beach, au départ pour plaisanter et raviver ce souvenir passionné. Mais elle avait fini par y prendre goût, et cette boisson était au final devenue sa préférée.

Alors qu'ils se tenaient l'un en face de l'autre, se fixant gênés, il se demanda si elle repensait à ce souvenir avec tendresse, ou si tout ce qu'ils avaient partagé autrefois était entaché de rancœur ?

— Merci de me laisser utiliser la piscine. J'essaierai de ne pas te déranger. Bonne nuit.

— Bonne nuit.

Elle s'éloigna et disparut par le portail métallique qui séparait leurs deux jardins.

Darius passa une main sur sa tête et grogna. L'univers entier devait lui en vouloir. Il n'avait aucun doute à ce sujet.

Le projet de collaboration avec Déesse s'était avéré être une ruse pour l'attirer à Royal. Il avait finalement découvert qui était son père, mais ce sinistre individu était mort avant même que Darius puisse lui dire d'aller en enfer. L'homme était plus riche que Crésus, mais n'avait pas laissé un centime à ses enfants. Darius avait deux frères et une sœur, mais comme ils faisaient déjà un procès à Miranda au sujet du testament, il doutait qu'ils apprécient un héritier surpris surgissant de nulle part.

Et puis il y avait Audra.

Non seulement elle était ici à Royal, mais elle résidait à côté de chez lui et utilisait sa piscine vêtue d'un morceau de tissu qu'on appelait bikini.

Oui. Soit on se moquait de lui, soit l'univers riait carrément à ses dépens.

Ses yeux suivirent la lumière qui s'alluma à l'étage, dans la maison voisine.

Audra.

Probablement prélassée dans un bain moussant avec son Sex on the Beach à la main.

Il ferma les yeux et repoussa les images érotiques qui assaillirent son cerveau, le corps raidi.

L'avenir promettait d'être rempli de douches froides et de nuits blanches.

Audra jeta sa serviette humide dans le bac à linge et alla à la cuisine récupérer le pichet de cocktail qu'elle avait préparé et mis au frais, dès son retour à la maison après avoir vu Darius.

C'était déjà assez exaspérant qu'ils se retrouvent dans la même ville, mais fallait-il en plus qu'ils soient voisins ?

Elle se servit un verre mais ses mains tremblaient tellement qu'elle en renversa une partie sur la table. La jeune femme prit une profonde inspiration et ferma les yeux.

— De tous les endroits du monde où il aurait pu se trouver, il fallait que ce soit ici, maugréa-t-elle en essuyant les dégâts.

Mais après tout quelle importance ? Elle avait tourné la page avec Darius, et peu importait à quel point il était séduisant dans ce T-shirt gris chiné Thr3d qui moulait les muscles de son torse et de ses biceps.

Il faisait partie de son passé : une erreur qu'elle ne répéterait jamais.

Mais Seigneur, certaines parties de son corps le voulaient tellement qu'elles en étouffaient son bon sens et en arrivaient à lui faire oublier toute prudence.

Elle monta à l'étage et se fit couler un bain chaud en y ajoutant un peu de mousse aux arômes subtils. Le produit coûtait une fortune, mais lui laissait une peau incroyablement douce et parfumée, et ses bulles voluptueuses étaient parfaites pour une journée comme celle-ci.

Elle se débarrassa de son maillot et ôta la chaîne à son nombril avant de se glisser sous la mousse frémissante.

Juste à ce moment son téléphone sonna. Elle pesta et se redressa pour jeter un œil au nom de l'appelant.

Cash.

Avec un grognement elle se glissa à nouveau sous l'eau, comme pour mettre de la distance avec son ex-petit ami, qui ne semblait toujours pas comprendre que c'était fini entre eux. C'était d'ailleurs la raison pour laquelle elle avait trouvé le projet de Sophie Blackwood si séduisant : pouvoir se concentrer sur son travail sans avoir à croiser son ex ou voir son visage de politicien affiché à la télé et placardé sur les bus.

Cash était quelqu'un de bien et elle avait mauvaise conscience d'ignorer ses appels. Mais elle n'avait pas assez d'énergie pour affronter un autre ex-petit ami ce soir.

D'ailleurs, que pourrais-je ajouter à ce qui a déjà été dit, pour lui faire comprendre que c'est fini entre nous ?

Audra ne changerait pas d'avis, et tant pis si leurs parents respectifs espéraient un mariage depuis qu'elle et Cash étaient adolescents.

Leur relation semblait parfaite vue de l'extérieur, mais à l'intérieur, elle était creuse : il n'y avait rien d'autre que le paraître, et cela lui laissait un sentiment de vide.

Elle avait besoin de plus que cela. Quelque chose comme ce qu'elle et Darius avaient partagé des années auparavant… Mais cette fois avec quelqu'un qui voudrait rester avec elle pour toujours.

Son téléphone lui signala un nouveau message. Elle soupira et comprit, pour la première fois, pourquoi Darius n'avait jamais répondu à ses appels.

En prendre conscience lui porta un coup au cœur. Elle avait

beau le nier, une part de son cœur nourrissait toujours l'infime espoir qu'elle et Darius pourraient un jour se remettre ensemble.

C'est pour cela qu'elle avait refusé son invitation à prendre un café : elle devait protéger cette partie fragile de son cœur qui gardait un espoir insensé.

Elle lança par commande vocale sa playlist de musique soft rock des années 1980 et 1990 qui réussissait toujours à la détendre.

Tu es ici pour une seule et unique raison. Reste concentrée, se répéta-t-elle.

Tout le reste n'était que distraction insensée qui ne ferait que lui briser le cœur.

Et elle en avait eu son content pour toute une vie.

5

Darius était à Royal depuis deux jours, et bien qu'il eût dormi à peine quatre heures la nuit dernière, il s'était réveillé tôt en entendant Audra plonger dans la piscine. Il s'était levé, avait pris une douche rapide et s'était habillé. Puis il avait pris un café en observant ses mouvements gracieux tandis qu'elle faisait ses longueurs.

Une fois sa séance terminée, elle s'essuya et repartit dans son jardin sans un regard vers sa maison.

Il avait été incapable de détacher les yeux d'elle.

Le maillot qu'elle portait ce matin était un maillot une pièce à manches longues avec une fermeture Eclair sur l'avant, idéal pour la fraîcheur matinale. Il la revit alors dans le deux-pièces qu'elle portait la veille, et qui lui allait à merveille.

Fatigué et sous le coup du décalage horaire, il tourna un moment en rond, car il était encore trop tôt pour appeler son équipe à Los Angeles. Mais de regarder Audra ces deux derniers jours lui avait donné des idées de maillots de bain homme et femme.

Quand il avait lancé sa marque de vêtements il y a cinq ans, elle ne comportait qu'une poignée d'articles de sport masculins. Petit à petit, il avait élargi la collection, et il y a deux ans, ils avaient testé les premiers vêtements féminins. Ce fut un succès retentissant. Mais il ne s'était pas encore lancé dans les maillots de bain.

Rajouter quelque chose à ce stade de la préparation de leur

défilé était un gros risque. Mais s'ils réussissaient, les maillots de bain pourraient même devenir la pièce maîtresse du spectacle.

Darius sortit son carnet de croquis et l'étui en bois qui contenait ses crayons d'aquarelle, et traça les grandes lignes d'un maillot de bain femme en se basant sur les courbes galbées qui lui avaient inspiré l'idée. Les mêmes qui hantaient son sommeil.

Audra ne put s'empêcher de sourire en s'asseyant face à Sophie Blackwood et son fiancé, Nigel Townshend. Ils formaient un si beau couple.

Sophie avait de longs cheveux auburn, des yeux marron chaleureux et des courbes affriolantes, accentuées par la blouse péplum et la longue jupe qu'elle portait. Le regard bleu de Nigel dansait littéralement en la regardant. Il était assis, un bras passé autour de sa taille et un doux sourire sur les lèvres.

Ils étaient tous les deux adorables.

Et comme si l'homme n'était pas déjà suffisamment séduisant, il parlait en plus avec un accent britannique prononcé. Audra aurait pu l'écouter avec bonheur réciter le tableau de la classification périodique des éléments.

Après déjeuner, ils s'installèrent dans une pièce ensoleillée juste à côté du patio, où Sophie et Nigel lui exposèrent leurs idées d'alliances et de bijoux personnalisés à offrir aux invités. Audra prit des notes et dessina dans son cahier, tout en les écoutant avec plaisir raconter des anecdotes amusantes et émouvantes sur leurs amis et familles, qui seraient présents le jour du mariage.

C'était pour cette raison qu'elle aimait travailler avec des couples fiancés : cela lui rappelait que le véritable amour existait vraiment. Elle-même avait cru l'avoir trouvé, la nuit où elle avait rencontré Darius, mais ce fut une erreur. Elle avait ensuite pris le chemin qu'on attendait d'elle en débutant une idylle avec Cash. Mais sortir avec son ami d'enfance avait également été une erreur.

Pendant qu'ils discutaient, Audra apporta quelques modifications aux trois croquis qu'elle avait imaginés pour leurs bagues.

— D'accord, dit-elle finalement, le cœur battant à toute vitesse.

Voici quelques propositions. Ce ne sont que des idées préliminaires qui m'aideront à mieux cerner ce que vous recherchez.

Elle tourna le carnet de notes sur la table et le poussa vers eux.

— Qu'en pensez-vous ? Suis-je sur la bonne voie ?

Audra était douée dans son domaine, et elle avait conçu des centaines de modèles au cours des cinq dernières années. Mais montrer ses brouillons à ses clients la rendait toujours incroyablement nerveuse. Ce moment pouvait faire ou défaire la suite des événements.

— Oh mon Dieu.

Sophie pressa une main tremblante contre ses lèvres, et ses yeux se remplirent de larmes. Elle traça du doigt les motifs d'inspiration vintage et florale.

— C'est magnifique. J'adore ! s'exclama-t-elle en s'agrippant à l'avant-bras de Nigel. Qu'est-ce que tu en penses ?

— Je ne pouvais imaginer une meilleure réaction.

Il sourit et essuya les larmes de Sophie avec son pouce avant d'ajouter :

— Si tu es heureuse, alors je le suis aussi, mon amour.

C'était gentil de la part de Nigel, mais ce n'était pas la réaction enthousiaste qu'Audra espérait. Le croquis de sa propre bague ne l'intéressait pas vraiment, et son regard était plutôt tourné vers un ensemble d'alliances modernes et élégantes qui contrastaient fortement avec la bague que Sophie avait choisie.

— Je suis consciente que la tradition dicte des alliances assorties, mais c'est votre vie et votre mariage, déclara Audra. Pourquoi seriez-vous obligés de vous soumettre à la tradition ?

— Vous suggérez que nous choisissions des bagues différentes ? demanda Sophie.

— Pourquoi pas ? Vos différences font partie de ce qui vous a attiré l'un vers l'autre, n'est-ce pas ? Pourquoi ne pas les célébrer en choisissant des bagues différentes, mais reliées par les mêmes métaux ?

— C'est vraiment brillant, Audra, dit Nigel enthousiaste. Qu'en penses-tu, mon amour ?

— J'adore le symbolisme de cette idée, déclara Sophie visiblement pas convaincue.

Traduction : elle déteste l'idée.

— Il vaudrait mieux que je vous montre, dit Audra en souriant avec confiance. Je vous présenterai de nouveaux croquis demain après-midi, ainsi que des échantillons pour que vous puissiez avoir une meilleure idée du résultat final.

— Merci, dit Sophie, à nouveau joyeuse.

Audra rassembla son carnet de croquis et ses crayons.

— Je ferais mieux de retourner à mon bureau et de m'y mettre.

Nigel s'excusa avant de prendre un appel et Sophie la raccompagna à la porte.

— C'était tout de même fou que vous ayez croisé votre ex-petit ami ici, n'est-ce pas ? dit Sophie.

Audra s'immobilisa à la mention de Darius, et s'efforça de feindre l'indifférence.

— C'est vrai, mais le plus étrange, c'est qu'en allant nager hier soir, j'ai découvert qu'il séjournait dans la maison voisine.

— Attendez… Pourquoi réside-t-il là-bas ?

— Il est à Royal pour affaires avec votre ex-belle-mère. Elle est propriétaire de la maison maintenant, il me semble ? Je suppose qu'elle le loge durant son séjour en ville.

— Je vois, dit Sophie en fronçant les sourcils. Je me demande quel genre d'affaires ils souhaitent conclure ensemble.

Audra ne répondit pas. Ce n'était pas à elle de divulguer ce que Darius lui avait confié au sujet de son éventuel accord avec Miranda.

— Comment était-ce de le revoir après toutes ces années ? demanda Sophie.

— Étrange est le terme qui convient le mieux, dit-elle avec un détachement de façade mais la poitrine serrée par l'émotion. Il m'a brisé le cœur, mais nous nous sommes quittés en bons termes. Il a simplement fait le choix de partir.

— Il vous a quittée pour quelqu'un d'autre ?

— Je ne pense pas. Il ne voulait tout simplement plus être avec moi. J'avoue que ça m'a fait très mal, mais je comprends.

C'est pour cette même raison que j'ai rompu avec mon ex-petit ami. C'est un homme très gentil, mais ce n'est tout simplement pas la personne avec qui je veux passer ma vie.

— Mais avec Darius si ?

Sophie posa une main réconfortante sur le bras d'Audra et la jeune femme se sentit émue. Des larmes se formèrent dans ses yeux, et elle les refoula.

— Je l'ai cru à l'époque, mais plus tard, j'ai appris qu'il n'avait pas été honnête avec moi sur un sujet important.

— C'est-à-dire ? demanda timidement Sophie.

Elles n'étaient pas amies, et Sophie était sa cliente. Mais Audra avait besoin de parler à quelqu'un.

— Il m'a dit que ses parents étaient morts. Quelques années plus tard, j'ai lu un article sur lui dans un magazine où il expliquait qu'il était brouillé avec sa mère et son beau-père. Mais ils étaient bien vivants.

Elle poussa alors un soupir.

— Quel genre d'homme irait raconter de pareils mensonges ?

— C'est curieux, dit Sophie en fronçant les sourcils. Il avait peut-être une bonne raison. En avez-vous discuté avec lui ?

— C'était déjà terminé entre nous, et je ne l'ai plus revu depuis. Quel aurait été l'intérêt ?

— De toute évidence, il comptait beaucoup pour vous, dit Sophie en baissant la voix à l'approche de Nigel. Maintenant que vous vous êtes retrouvés…

— Nous ne nous sommes pas retrouvés, la corrigea Audra.

— D'accord. Maintenant que vous êtes voisins et en bons termes… En tout cas, si c'était moi, je voudrais savoir.

Bien sûr, qu'elle voulait savoir pourquoi Darius lui avait menti au sujet de ses parents. Mais lui demander une explication maintenant lui ferait croire qu'elle avait encore des sentiments pour lui. Ce qui n'était pas le cas.

— Je ferais mieux d'y aller. Merci à vous deux pour ce délicieux déjeuner, dit Audra en souriant poliment et sans répondre au commentaire de Sophie.

Elle réfléchit à cette conversation durant le trajet du retour. Elle était heureuse pour Sophie et Nigel, mais une petite part d'elle était également envieuse de leur amour. La seule chose qu'elle demandait, c'était d'avoir également droit à sa part de bonheur.

6

Darius avait été tellement occupé à travailler sur les maillots de bain qu'il en avait perdu la notion du temps, et il n'avait réalisé l'heure tardive qu'au moment d'allumer les lumières.

Il quitta sa table à dessin de fortune et s'assit devant son ordinateur pour rattraper son retard dans ses mails avec les membres de son équipe.

Ils avaient été tous stupéfaits quand il avait annoncé, lors d'une vidéoconférence ce matin, qu'il voulait ajouter des maillots de bain au défilé. Son annonce avait été suivie d'un long silence, à l'exception de son directeur de production Leeson, qui avait ri en pensant qu'il plaisantait. Mais quand il avait compris que Darius était sérieux, ses rires avaient fait place à une panique totale.

— Je pensais que nous devions nous détendre, marmonna Lee.

— C'est moi qui devais me détendre.

Sa réponse provoqua le rire de toute l'équipe et apaisa la tension.

Une fois le choc initial passé, ils purent se mettre au travail. L'équipe avait discuté de la fabrication, débattu du ratio approprié entre nylon et spandex et identifié des fournisseurs pour les tissus.

Dans quelques jours, les prototypes seraient prêts.

La sonnette retentit et il vérifia sa montre : pas loin de 18 h 30. Était-ce cet avocat avec les résultats du test ADN ?

Il se dirigea vers la porte d'entrée vitrée, et reconnut le visage de l'homme de l'autre côté. Il ne l'avait vu qu'une seule fois, mais ne pourrait jamais l'oublier.

Il hésita un instant, les pas soudain lourds et le cœur battant à tout rompre.

Durant ces deux derniers jours, il s'était occupé l'esprit en travaillant avec acharnement, sans jamais s'autoriser la moindre pensée pour son père biologique ou ses demi-frères et sa demi-sœur. Mais en regardant l'homme en face de lui, et en reconnaissant chez lui des traits similaires aux siens, il ne put faire autrement que d'affronter la réalité.

Expirant lentement, il ouvrit la porte.

— Bonjour.

C'était succinct, mais c'était le mieux qu'il pouvait faire pour le moment.

L'homme le regarda muet et les yeux écarquillés durant un bref instant. Peut-être qu'il prenait également note de leurs ressemblances ? Il finit néanmoins par sortir une main de sa poche et la lui tendre.

— Bonjour, Darius. Je suis Kellan Blackwood. Il semblerait que nous soyons frères.

Ils étaient de parfaits étrangers, et pourtant ils partageaient le même ADN. Leur poignée de main était maladroite ; trop et pas assez à la fois.

— Vraisemblablement, dit Darius en s'appuyant contre le chambranle de la porte. Mais il vaut mieux attendre la confirmation du test.

— C'est vrai. Mon père et moi n'étions pas proches. Nous nous entendions sur très peu de choses. Il était capable de se comporter comme une véritable ordure, mais je le connaissais assez pour savoir qu'il ne se serait jamais donné la peine de vous faire venir ici s'il n'était pas absolument certain que vous étiez son fils. J'ai l'impression que le test ADN a été demandé pour effacer tout doute dans nos esprits.

Un silence inconfortable s'ensuivit, puis Darius prit la parole :

— Voulez-vous entrer un instant ? Je n'ai pas eu le temps de faire les courses, mais il y avait une corbeille de fruits à mon arrivée.

— Ne vous en faites pas pour ça.

Kellan sortit une bouteille de scotch whisky de qualité de sa veste en jean et la lui tendit.

— Je vous ai apporté un cadeau de pendaison de crémaillère.

Darius remercia l'homme avec un sourire méfiant.

Est-il ici pour faire connaissance avec son nouveau frère ou veut-il me dissuader de rester et de réclamer une part de l'héritage ?

— Entrez.

Il conduisit Kellan au salon qui donnait sur le patio et la piscine. Puis il prit deux verres qu'il posa sur la table et versa dans chacun deux doigts de scotch.

Une fois tous deux installés, verre à la main, un silence gênant régna à nouveau. Kellan but une grande gorgée de son scotch, puis posa son verre.

— Darius, mon frère, ma sœur et moi voulons que vous sachiez que nous n'avons nullement l'intention de contester votre droit à une part de l'héritage.

— C'est bon à savoir, répondit Darius en posant également son verre. Même si cela n'a pas beaucoup d'importance étant donné que l'homme nous a tous rayés du testament.

— Direct et concis. Vous me plaisez déjà, dit Kellan en s'esclaffant avant de prendre une autre gorgée de son verre. J'imagine que nous avons tous deux hérité de sa franchise.

Darius rit également et sirota son scotch, avant de s'éclaircir la voix.

— Notre père... Comment était-il ?

Kellan fronça les sourcils. Son expression était un mélange de colère et de douleur... peut-être même un soupçon de culpabilité aussi.

— Il y a quelques mois, je l'aurais simplement qualifié de monstre. C'est ainsi que je l'ai considéré la majeure partie de ma vie.

— Et maintenant ?

— Je pense toujours que c'était un monstre, mais il était compliqué. Il y avait apparemment plus de profondeur en lui que nous ne le pensions. Dommage qu'il ne nous ait pas montré cet aspect de lui de son vivant.

Il vida le reste de son verre et ajouta :

— Peut-être qu'il ne serait pas mort seul.

Même si Kellan tenait manifestement son père pour unique responsable de sa triste mort, il y avait tout de même une culpabilité perceptible dans son expression torturée et le ton de sa voix. Darius le remarqua sans même connaître l'homme, car c'était cette même culpabilité qu'il ressentait envers sa mère et son beau-père. Ils lui avaient caché la vérité, et sa colère était légitime. Pourtant, cela ne l'empêchait pas de ressentir un profond sentiment de culpabilité de s'être autant éloigné d'eux.

— Qu'est-ce qui a changé votre opinion sur lui ? demanda-t-il, désireux de trouver un peu de bon chez l'homme qui lui avait donné la vie.

Le froncement de sourcils de Kellan s'accentua.

— J'ai faim, déclara-t-il soudain. Est-ce que vous avez déjà mangé ?

Il avait manifestement touché un point sensible.

— Non. Maintenant que vous le dites, je meurs de faim.

— Il y a un super petit restaurant en ville, dit Kellan en se levant.

— Le Royal Diner. Est-ce qu'ils livrent ? Je préfère ne pas parler de tout ceci en public. En fait, je ne suis pas prêt à en parler en dehors de...

Le mot se bloqua dans sa gorge.

— De la famille ? acheva Kellan avec un demi-sourire. J'aurais dû y penser. Je vais demander qu'ils nous livrent.

Il commanda un steak et Darius la même chose que la veille.

— Autre chose ? demanda Kellan. Le dîner est pour moi.

Une lumière s'alluma dans la maison voisine et Audra passa devant une des fenêtres du rez-de-chaussée.

— J'ai entendu dire qu'ils font une très bonne salade Cobb.

Une fois le premier malaise passé, Darius se sentit heureux de faire la connaissance de Kellan et, à travers lui, du reste de sa nouvelle famille. Il ne put s'empêcher de rire de ses histoires sur leur enfance, et fut ému par celles sur Sophie, une enfant précoce et protégée.

— Elle va se marier, dit Kellan avec un sourire affectueux, le regard rivé sur son verre de scotch. Je suis son aîné de neuf ans, et j'ai pris l'habitude de veiller scrupuleusement sur elle. Parfois, j'ai plus l'impression d'être son père que son frère.

Il plissa le regard, et des lignes apparurent autour de ses yeux.

— Je n'arrive pas à croire qu'elle va se marier. Et je n'arrive pas à croire non plus que je viens de me marier et que nous attendons un bébé.

Darius ne connaissait cet homme que depuis quelques heures, mais il se sentit vraiment heureux pour lui. Une affinité naturelle s'était créée entre eux, un lien qu'il n'avait encore jamais ressenti.

C'était réconfortant, mais également troublant.

Un bruit d'eau provenant de la piscine attira leur attention. Kellan se leva brusquement.

— Pardon. Je ne savais pas que vous aviez de la compagnie.

Darius se leva également.

— C'est ma voisine. Elle travaille sur un projet pour votre... Je veux dire, notre sœur. La maison voisine n'a pas de piscine, alors Sophie lui a dit qu'elle pouvait utiliser celle-ci. Je n'ai pas vu d'inconvénient à lui permettre de continuer.

La bouche de Kellan se courba en un sourire malicieux.

— Ça doit être assez difficile d'avoir une belle femme qui se promène dans votre jardin en maillot de bain.

— Comment savez-vous qu'elle est belle ? demanda Darius en regardant son frère avec suspicion.

— L'expression de votre visage parle d'elle-même, déclara Kellan en s'esclaffant. Elle vous plaît visiblement.

— Il se trouve que c'est aussi mon ex-petite amie, avoua Darius. Vous n'imaginez pas à quel point j'ai été choqué en la voyant ici.

— Hum... Vraiment ?

Kellan fronça les sourcils et commença à débarrasser la table.

— Eh bien, je vous ai retenu assez longtemps. Je ferais mieux d'aller retrouver ma femme. Elle est épuisée et dort beaucoup ces dernières semaines.

— J'imagine que ce n'est pas rien de faire grandir un être humain.

Il accompagna Kellan jusqu'à la porte d'entrée et lui tendit la main.

— Merci d'être venu, Kellan. C'était un plaisir de vous rencontrer.

— Je crois que nous pouvons nous tutoyer si tu es d'accord. Ce samedi, nous faisons du bénévolat au Texas Cattleman's Club suite aux récents incendies de forêt. C'est un lieu important pour notre famille et nous en sommes tous membres. Sophie est décoratrice, donc rénover le club est devenu son projet. Vaughn, Sophie et son fiancé Nigel seront tous là. Si tu as du temps, tu devrais nous rejoindre. Ton aide nous sera utile et tu pourras rencontrer le reste de la famille.

— Ce ne sera pas étrange d'être parmi vous alors que je ne souhaite pas révéler notre lien publiquement ?

— Tu es un étranger ici pour affaires. C'est tout ce que les gens ont besoin de savoir. Je vais expliquer à Sophie et Vaughn que tu veux garder ça secret pour l'instant. Nous avons eu plus de temps que toi pour nous faire à l'idée. Je suis sûr que tu dois être complètement dépassé.

C'était bien le cas.

— Merci de ta compréhension. Je ferai de mon mieux pour venir samedi.

Kellan posa une main sur son épaule.

— Génial. Au plaisir de te voir alors. Si tu as besoin de quoi que ce soit d'ici là…

Il sortit son portefeuille de sa poche arrière et lui tendit une carte de visite.

— Appelle-moi à tout moment.

— Merci.

Darius étudia la carte : Kellan était promoteur immobilier à Nashville. Il lui donna une des siennes, puis se racla la gorge. Les mots qu'il avait eu l'intention de prononcer au cours de la soirée, restaient coincés, aussi lourds que des pierres.

— En parlant de ça… je suis désolé. Je me rends compte combien ça a dû être difficile d'apprendre l'infidélité de votre père, et je ne vous en voudrai pas d'être contrariés par ma présence ici.

— J'apprécie ta sollicitude, dit Kellan avec une légère grimace. Mais tu n'es pas responsable. Nous savions qui était notre père, et malheureusement, notre mère aussi.

Il afficha un sourire douloureux avant d'ajouter :

— Ça n'a plus d'importance de toute façon. Tu fais partie de la famille maintenant.

Darius lui souhaita une bonne nuit et referma la porte derrière lui. Sa poitrine s'était allégée d'un lourd poids.

Il retourna dans la pièce sombre qui surplombait la piscine et se tint immobile, observant les bras d'Audra fendre l'eau alors qu'elle faisait ses longueurs.

La revoir après toutes ces années, avait fait remonter tous les sentiments qu'il avait si profondément enfouis quand il l'avait quittée.

Il avait pris la bonne décision à l'époque, même s'il l'avait souvent regrettée.

Audra était une femme époustouflante, terriblement séduisante et incroyablement belle et intelligente. Elle avait un sens de l'humour déjanté qui surprenait venant de la part de l'héritière d'une famille légendaire, profondément ancrée dans les affaires et la politique. Elle avait toujours réussi à le faire rire.

C'était également une femme créative qui comprenait l'obsession de devoir travailler toute la nuit sur un projet, ou la nécessité de se réveiller à 3 heures du matin pour mettre sur papier un croquis qui lui venait dans son sommeil.

Malgré la richesse de sa famille, Audra n'avait jamais été gâtée ou choyée. C'était la femme parfaite. Il s'avérait simplement que sa maison était un manoir tentaculaire de plusieurs millions de dollars.

Retourne travailler. Tu as une tonne de boulot.

Il n'avait pas été honnête avec elle à l'époque, et il n'était toujours pas prêt à l'être aujourd'hui. Il l'avait blessée en mettant fin à leur relation, et il était décidé à ne plus jamais lui faire de mal.

Mais Audra était comme le soleil qui l'attirait dans son orbite.

Il avait toujours été subjugué par elle, même encore aujourd'hui. Le problème, c'était qu'avec tout ce qui se passait dans sa vie actuellement, il n'avait pas la force de lui résister.

Il prit la salade Cobb qu'il avait mise au réfrigérateur et se dirigea vers le patio.

Audra était en plein milieu de sa dixième longueur lorsqu'elle vit Darius approcher. Elle s'agrippa au rebord de la piscine et remonta ses lunettes sur sa tête.

— Bonjour.

— Bonjour, dit-elle en nageant vers l'échelle en acier inoxydable.

Darius lui tendit la main pour la hisser hors de l'eau, et proposa une serviette.

— Merci.

Elle se sécha le visage et les cheveux avant de s'en draper. Bien que l'expression de Darius fût indéchiffrable, il voulait visiblement lui dire quelque chose.

— As-tu changé d'avis au sujet de la piscine ?

— Non bien sûr que non. C'est juste qu'il est tard et…

— Désolée, je ne nage pas si tard d'habitude, mais j'ai dû revoir un projet pour un client, et j'étais tellement absorbée que je n'ai pas vu le temps passer.

— Audra, l'arrêta Darius en posant une main sur son bras. Tout va bien. Tu peux rester ici toute la nuit, si tu le souhaites. Ça ne me dérange pas. Je viens de… J'ai fait livrer un repas du Royal Diner. J'ai voulu essayer la salade Cobb que tu m'avais recommandée, mais je ne peux plus avaler la moindre bouchée. J'ai donc pensé à te l'apporter.

Il désigna de la tête le sac qu'il avait posé sur une petite table entre les chaises longues.

— As-tu déjà mangé ?

— Non. Je comptais préparer quelque chose après mes longueurs.

— Eh bien, tu n'auras plus à le faire.

— Merci.

Un silence, aussi dense que le mur de briques séparant leurs propriétés, se dressa entre eux dans l'air froid de la nuit. Le poids de leurs paroles tacites fit courir un frisson le long de la colonne vertébrale d'Audra, et lui noua l'estomac.

Le téléphone de Darius sonna, et elle aurait juré l'avoir entendu soupirer de soulagement. Il vérifia l'identité de l'appelant, puis grogna et lui adressa un sourire d'excuse.

— Je vais devoir prendre l'appel. Bonne nuit, Audra.

Il décrocha en s'éloignant à grands pas.

Audra relâcha son souffle et resserra la serviette autour d'elle pour se protéger de l'air froid de la nuit. Mais le frisson qui la parcourut provenait du souvenir des baisers incroyables de Darius et de leurs ébats passionnés.

Elle n'avait jamais pu retrouver quelqu'un comme lui. Sur le plan charnel, ils s'accordaient à merveille, mais il y avait bien plus que cela. Personne ne lui avait jamais fait ressentir ce qu'elle avait éprouvé avec Darius, comme si elle était le centre de son univers : pas sa célèbre famille ou son compte bancaire, mais juste elle.

Mais tout cela n'avait été qu'une comédie. Si elle avait compté ne serait-ce que la moitié de ce qu'il avait compté pour elle, il ne serait jamais parti, et ne lui aurait pas menti sur quelque chose d'aussi important que sa famille.

Audra mordilla sa lèvre inférieure, le cœur lourd et l'estomac serré. Heureusement, Darius ne l'avait pas invitée à l'intérieur.

Alors pourquoi en ressentait-elle du regret ?

Elle enfila ses sandales et prit le sac provenant de Royal Diner, puis se dirigea vers le portail qui séparait leurs propriétés. Mais elle ne put s'empêcher de tourner la tête vers la fenêtre du bureau où Darius faisait les cent pas en parlant au téléphone.

Deux jours plus tôt, elle était persuadée d'avoir tourné la page avec lui. À présent elle ne pouvait s'empêcher de se demander si elle se remettrait un jour de leur histoire.

7

Il était 9 heures, un samedi matin, et Darius était déjà levé depuis longtemps, fixant le tableau magnétique qu'il avait acheté la veille.

Il avait imprimé les modèles de sa collection automne, et les avait fixés au tableau blanc avec des aimants colorés, déplaçant les éléments, changeant les associations de vêtements, et réorganisant les ordres de passage, afin de mieux transmettre sa vision de Thr3d au public.

Thr3d concevait des vêtements de sport fonctionnels, performants et à la pointe de la technologie, dont la variété de couleurs et de styles donnait à chacun la possibilité d'exprimer sa personnalité. La collection de base était à un prix accessible, tandis que le premium proposait des vêtements de sport haut de gamme.

Il était si concentré sur sa tâche qu'il avait à peine entendu Audra nager.

Ce défilé à la Fashion Week de Los Angeles était un événement énorme pour Thr3d, qui pourrait propulser leurs ventes et accroître leur notoriété auprès des consommateurs et des influenceurs sociaux du monde entier. Mais la volonté que tout soit parfait, lui mettait une pression aussi lourde qu'un bloc de roche.

Il n'avait pas le droit à l'erreur. Il y avait bien trop d'enjeux. Donc, hors de question de laisser un père décédé et démissionnaire, une nouvelle fratrie ou des ex-petites amies, le détourner du projet sur lequel il travaillait depuis cinq ans : ce succès dont il avait rêvé toute sa vie.

Il lui fallait garder l'esprit en mouvement et chasser Audra de ses pensées.

La sonnette retentit. Une part de lui espérait que ce soit Audra, mais elle était visiblement passée à autre chose, exactement comme il l'avait espéré, même si après l'avoir vue ces derniers jours, il ne pouvait s'empêcher de se remémorer leur passé.

La sonnerie retentit à nouveau. Il s'approcha de la porte et distingua un visage familier à travers la vitre : Kace LeBlanc, qui avait troqué son costume onéreux contre un jean et un T-shirt.

Darius ouvrit la porte.

— Monsieur LeBlanc. Je suppose que vous avez du nouveau.

— Kace suffira, dit l'homme en jetant un regard par-dessus l'épaule de Darius. Puis-je entrer pour vous informer des dernières nouvelles ?

Darius lui fit signe d'entrer.

— Êtes-vous venu me jeter dehors ?

— Pas du tout.

Il lui tendit deux enveloppes. La plus grande contenait l'album de Buck, celui que Miranda lui avait promis une fois que les tests ADN auraient confirmé sa filiation avec Buckley Blackwood.

— Vous êtes en effet l'héritier légal de Buckley Blackwood et vous jouissez des mêmes droits que ses enfants légitimes.

Entendre le mot « légitime » raviva le sentiment douloureux qui le déchirait depuis plus de dix ans : celui de ne pas être désiré et de ne pas avoir été voulu par son propre père.

— Et cela me donne droit à quoi, exactement ? demanda Darius en posant les deux enveloppes sur une table sans les ouvrir. Un simple « rien à faire de toi, fils » ? Parce que c'est déjà ce à quoi j'ai eu droit avec lui toute ma vie. Mais au moins, il a été cohérent : il semble avoir mis tous ses enfants à la même enseigne, légitimes ou pas.

— Je comprends que vous voyiez les choses de cette façon, dit Kace en croisant les bras. Mais votre père a pris soin de vous – de vous tous – plus que vous ne le pensez. Venir ici n'était pas une perte de temps, Darius. Vous avez découvert que vous avez une fratrie avec qui vous semblez avoir quelques points communs.

— C'est-à-dire ?

— Vous êtes tous des gens bien et des entrepreneurs prospères, et vous devez tous surmonter la perte de votre père, dit l'homme avec gentillesse.

— Comment pourrais-je porter le deuil d'un homme que je n'ai jamais connu ? demanda Darius d'une voix étranglée et les poings serrés.

— J'imagine que, d'une certaine manière, vous portez ce deuil depuis que vous avez appris que Will Pratt n'est pas votre vrai père.

La chaleur monta au visage de Darius. Il était toujours en colère contre sa mère et Will, mais il ne permettrait à personne de les dénigrer.

— Vous ne savez rien de ma relation avec Will Pratt, dit-il, bouillonnant sous son apparence de calme. Il a été dix fois plus un père pour moi que Buckley Blackwood.

La vérité de cette déclaration le frappa comme une batte en pleine tête. William Pratt avait été un père par choix… et Darius ne lui avait même pas reconnu ce mérite.

— Je n'en doute pas, et je ne voulais pas vous offenser.

Les deux hommes gardèrent un instant le silence, puis Kace reprit la parole :

— À présent que vous connaissez la vérité, que comptez-vous faire, Darius ?

— Faire connaissance avec mes frères et ma sœur, je suppose. Je déciderai ensuite si je veux contester le testament ou non.

— Je suppose donc que nous nous reverrons en ville. Nous sommes plusieurs en fait, à faire du bénévolat au Texas Cattleman's Club aujourd'hui. Ce club compte beaucoup pour les habitants de Royal, et vos frères et votre sœur y seront présents. Ce projet est le bébé de Sophie.

— Zut, marmonna Darius en vérifiant sa montre. C'est aujourd'hui ? Kellan m'a demandé de leur donner un coup de main.

— Le Royal Diner offre le petit déjeuner. Je m'y rends d'ailleurs, donc si vous voulez que je vous dépose.

Darius retourna l'idée dans sa tête. À présent qu'il était officiellement un Blackwood, il ressentait le besoin pressant de connaître ses frères et sa sœur. Sa rencontre avec Kellan s'était bien passée mais rien ne garantissait qu'il en soit de même avec Sophie et Vaughn.

— Darius, l'appela Kace presque gêné de s'immiscer dans ses pensées. Voulez-vous que je vous emmène au club ? J'avoue que je meurs de faim.

— Vous voulez bien m'accorder cinq minutes ?

Kace acquiesça.

— Je vous en accorde dix si vous voulez.

Darius se dépêcha d'enfiler des vêtements plus confortables, puis inspira profondément et se prépara mentalement à faire la connaissance de sa fratrie.

— Darius, s'exclama Kellan avec un large sourire. Heureux que tu aies réussi à venir.

Les deux hommes se serrèrent la main.

— Kace est passé m'apporter des nouvelles et il m'a rappelé la journée de bénévolat.

— Alors ta filiation est confirmée ? demanda Kellan à voix basse.

— Je suis définitivement un Blackwood.

— Ça m'a paru évident dès que je t'ai vu. Tu as beaucoup de traits communs avec la famille.

Darius parcourut la pièce du regard.

— J'ai parlé à Sophie et Vaughn, continua Kellan. Nous respectons ta décision de garder ça entre nous pour le moment.

— Merci. J'aimerais en parler à ma mère et mon beau-père avant de rendre la nouvelle publique. Ma relation avec eux n'a pas été des meilleures ces dernières années, expliqua-t-il, ressentant le besoin de se justifier. Mais ils méritent une discussion en personne.

— Bien sûr. Laisse-moi te faire visiter et te présenter à quelques personnes de…

— Oh mon Dieu. Darius !

Ils se tournèrent tous deux vers la douce voix tremblante d'émotion, et Darius reconnut immédiatement sa demi-sœur, Sophie, d'après la photo que Kace lui avait montrée. C'était une femme magnifique, aux courbes voluptueuses, avec un sourire aussi éclatant que le soleil. Elle essuya ses yeux brillants de larmes et força un rire.

— Je veux dire, comme c'est gentil de venir nous aider ce matin, se corrigea-t-elle. Pour le club et pour moi. C'est ici que j'espère me marier.

Elle se tut et étudia son visage, puis murmura :

— Est-ce que je peux te serrer dans mes bras ? On peut se tutoyer, n'est-ce pas ?

Darius sentit sa bouche se fendre d'un sourire, et ses yeux le picoter.

— Avec plaisir.

La jeune femme le serra contre elle, et il se laissa faire, ému par cette réaction spontanée, et s'efforçant de faire abstraction de ce que les gens pourraient penser.

Il était frère aîné à présent, et il ressentait déjà un instinct protecteur vis-à-vis de sa sœur. Ayant été enfant unique jusqu'à présent, c'était un sentiment nouveau pour lui.

Les choses se passaient plutôt bien, et il en fut soulagé, conscient qu'il aurait pu en être tout autrement.

— Je suis désolée, dit Sophie en se tamponnant les yeux avec un mouchoir. Je sais que ça doit rester entre nous pour l'instant.

— Ça va, dit Darius en souriant. Félicitations pour vos fiançailles.

— Merci, mais arrête de me vouvoyer, dit-elle avant d'ajouter à voix basse : S'il te plaît, dis-moi que tu viendras au mariage. Personne n'a besoin de savoir que tu es mon frère, si c'est ce que tu préfères. Ça compte tellement pour moi que tu sois là.

— Si mon emploi du temps me le permet, je promets de venir.

— Super, acquiesça Sophie satisfaite. As-tu déjà mangé ? Sinon, va prendre un sandwich et du café ou du jus de fruits.

Ensuite, je te présenterai à quelques personnes, mais laisse-moi d'abord aller trouver Nigel. Il est probablement en train de téléphoner quelque part.

Sophie s'éloigna pour retrouver son fiancé.

— Bienvenue dans la famille, dit Kellan en gloussant à voix basse.

— Est-ce que Vaughn est ici ? demanda Darius.

Kellan fronça les sourcils et prit une gorgée de café.

— Il a préféré envoyer des employés de son ranch donner un coup de main, dit-il en désignant deux hommes qui mangeaient des sandwichs au buffet.

— Peut-être qu'il n'est pas encore prêt à me rencontrer.

Il était logique qu'au moins un des trois ne soit pas impatient de l'accueillir dans la famille.

— Vaughn vit à Fort Worth, et il fuit la ville autant que possible. Il ne veut rien avoir à faire avec notre père, de près ou de loin.

C'était peut-être pour cette raison que Vaughn ne contestait pas le testament : il refusait les souvenirs douloureux qui y étaient liés.

De toute évidence, Darius avait eu de la chance de n'avoir jamais connu Buckley Blackwood.

— Je vois. Je n'ai pas très bien réagi non plus en apprenant que Will n'était pas mon père biologique. Je pensais ne plus pouvoir faire confiance à mes parents. Notre relation n'a plus été la même depuis.

— J'imagine combien ça a dû être difficile pour toi. Mais je ne serais pas surpris d'apprendre que tes parents ont été forcés de garder le secret. C'est ainsi que mon père fonctionnait. Je ne serais donc pas trop dur avec eux à ta place. Peut-être qu'ils n'ont pas eu le choix, dit Kellan en lui tapotant l'épaule. Je vois quelqu'un avec qui je dois parler, mais je reviens dans une minute.

Darius regarda Kellan s'éloigner en méditant sur ces propos. Il n'avait jamais envisagé la possibilité que sa mère puisse avoir une raison valable de ne pas lui révéler l'identité de son père. Buck lui avait-il imposé le secret en échange d'un soutien financier, qui lui avait permis de fréquenter des écoles comme Harvard ? C'était un secret que le vieil homme voulait probablement garder à tout prix.

Peut-être que Kellan avait raison. Peut-être qu'il avait été trop dur avec ses parents.

— Darius. Que fais-tu ici ?

Audra le fixait, les yeux écarquillés.

Elle était adorable, vêtue d'un court pantalon cargo gris et d'un T-shirt blanc à manches longues. Un médaillon en or en forme de cœur, assorti à son piercing au nez, attira son attention sur le profond décolleté en V de son vêtement.

— Des connaissances m'ont demandé de venir donner un coup de main, et j'ai décidé d'en profiter pour faire une pause, dit-il en détournant le regard.

Il souffrait profondément de lui mentir sur ses liens avec les Blackwood, mais le défilé n'était qu'à quelques semaines, et il refusait de prendre le risque de voir cet événement éclipsé par des gros titres annonçant que le P-DG de Thr3d est « le bâtard » de feu Buckley Blackwood. Il ne croyait pas qu'Audra lui nuirait intentionnellement, mais si quelqu'un les entendait ou si elle en parlait à la mauvaise personne ?

Il ne pouvait pas prendre le risque.

— Et toi ? demanda-t-il.

— Sophie… ma cliente…, dit-elle en indiquant la jeune femme d'un signe de la tête avant de continuer : … m'a demandé de les aider. D'ailleurs, plusieurs invités du mariage sont ici, ce qui me donne l'occasion de mieux les connaître pour les bijoux personnalisés que je dois leur créer.

— Je vois.

Ils se tinrent ainsi quelques instants dans un silence gêné – assez près pour qu'il puisse sentir le doux parfum d'agrumes émanant de ses cheveux – jusqu'à ce qu'il ne puisse plus supporter d'être assailli par des images d'eux ensemble : lui la touchant, l'embrassant et lui faisant l'amour.

— As-tu déjà déjeuné ? demanda-t-il brusquement. Je meurs de faim. J'étais sur le point de prendre un sandwich. Tu m'accompagnes ?

— Bien sûr, dit Audra en lui emboîtant le pas. Et merci pour la salade de l'autre soir. C'était attentionné de ta part.

— Ce n'était pas grand-chose. Je ferai n'importe quoi pour toi, Audra.

8

Le corps raidi, Audra bouillonnait d'indignation.

Menteur.

Comment osait-il lui dire ce genre de choses ? S'il avait vraiment été prêt à faire n'importe quoi pour elle, il ne lui aurait jamais menti au sujet de ses parents, qui étaient on ne peut plus vivants. Et il aurait été honnête sur les raisons qui l'avaient amené à rompre avec elle.

— Darius, j'aimerais te présenter mon fiancé, Nigel Townshend, dit Sophie en s'approchant.

Elle vit alors Audra, cachée par le corps de Darius, et ses yeux s'écarquillèrent.

— Audra, je ne savais pas que vous étiez ici.

— Je suis arrivée il y a cinq minutes, expliqua celle-ci en croisant les bras. Je ne savais pas que vous connaissiez Darius.

— Nous avons fait connaissance ce matin, dit rapidement Sophie. Je voulais le présenter à Nigel.

— Bonjour, Darius, dit Nigel en lui tendant la main. Je suis Nigel Townshend, le fiancé de Sophie. Je dirige le tournage de *La Vie secrète des ex-épouses de New York*.

— Ravi de faire votre connaissance, dit Darius en lui serrant la main.

— Café ? demanda Audra, en pressant le bouton de l'urne à café en acier inoxydable pour remplir un mug.

— Oui, s'il te plaît, dit Darius. Noir avec...

— Deux sucres, acheva-t-elle sans réfléchir.

Plus jeunes, ils avaient souvent étudié ensemble autour d'un café. D'abord devant la machine à café du campus, et plus tard dans son appartement, quand il était resté pour le petit déjeuner… et plus.

— Oui. Merci.

Le regard chaleureux de Darius fit remonter des souvenirs en elle, lui réchauffant le cœur et faisant palpiter son ventre.

Elle reporta son attention sur l'urne à café et remplit une seconde tasse. Le temps de prendre une pâtisserie et de se joindre à la conversation, Sophie interrogeait Darius sur son prochain défilé à la Fashion Week.

— J'essaie d'assister aux défilés chaque fois que je le peux, dit Sophie. Mais avec tous les préparatifs du mariage… Je ne sais pas si j'y arriverai cette année.

— J'espère que tu pourras t'arranger pour venir. Tiens-moi au courant pour que je vous réserve deux laissez-passer VIP, dit Darius en sirotant son café.

Une offre généreuse pour de parfaits étrangers, songea Audra.

Mais après tout, Sophie était une célèbre influenceuse très populaire sur YouTube, et Nigel un puissant producteur de télévision. Avoir de tels amis n'était pas négligeable.

— Vous y serez aussi, n'est-ce pas, Audra ? lui demanda Sophie avec enthousiasme.

— Je fournis des bijoux à certains créateurs, confirma Audra.

C'était un partenariat lucratif. Les maisons de couture avaient beau louer ses bijoux plutôt que les acheter, Audra n'en dégageait pas moins des millions de dollars de bénéfice grâce à la publicité gratuite.

— Formidable. Peut-être que nous pourrions tous nous retrouver à Los Angeles après vos défilés et fêter cela ? proposa Sophie dont le regard alla du visage de Darius au sien.

Ils ne répondirent pas tout de suite.

— Avec plaisir, dit finalement Darius, avant d'ajouter : Si Audra le souhaite bien sûr.

— Si mon emploi du temps me le permet, évidemment, répondit

cette dernière avec nonchalance, avant de terminer sa pâtisserie et de changer de sujet : Bon, par quoi dois-je commencer ?

— Ah… Du sang frais.

Un homme aux yeux verts, d'une beauté saisissante, se joignit à eux.

— Ryan Bateman, je te présente Audra Lee Covington. Elle est en ville pour créer nos alliances. Et voici Darius Taylor-Pratt, qui est ici pour affaires avec Miranda Dupree. C'est le fondateur et P-DG des vêtements Thr3d.

Sophie semblait presque fière de Darius.

— Je suis fan de votre gamme masculine, dit Ryan en montrant le T-shirt noir qu'il portait. Et la bague de fiançailles que j'ai choisie pour ma femme est de chez vous, ajouta-t-il en se tournant vers Audra. C'est un bijou magnifique.

— Où est Tessa ? demanda Sophie.

— Sophie ! Comment vas-tu ?

Une jolie femme à la peau brune et aux cheveux longs et bouclés s'approcha et l'étreignit. Ses hanches généreuses et sa silhouette voluptueuse rappelaient celles de Sophie.

— Félicitations pour tes fiançailles. Et voici sûrement ton fiancé, dit-elle en serrant la main de Nigel. J'ai vu votre équipe de tournage en ville.

— J'espère qu'ils ne vous causent pas de désagréments, répliqua Nigel, le regard rieur.

Sophie présenta Tessa à Darius et à Audra. La jeune femme fut ravie de faire connaissance avec la créatrice de sa bague de fiançailles, ce qui toucha Audra.

Après cinq ans à créer des bijoux, cela l'émouvait toujours autant lorsqu'un client la complimentait sur son travail.

— Je suis honorée que vous l'aimiez autant.

— Et moi je suis honoré de vous rencontrer.

Un bel homme avec les mêmes yeux marron clair que Tessa apparut. Il lui serra la main en la fixant, comme hypnotisé.

— Je suis le frère de Tessa, Tripp Noble.

— Audra Lee Covington, dit-elle en retirant sa main. Ravie de faire votre connaissance, Tripp.

Elle jeta un coup d'œil à Darius ; il semblait furieux, à deux doigts de se jeter sur Tripp.

— On dirait que nous allons faire équipe, dit le jeune homme avec un sourire narquois.

— Darius et Audra font déjà équipe, déclara Sophie, le regard rétréci. Ils sortaient ensemble à la fac.

Tripp émit un léger haussement d'épaules.

— Milan ! s'exclama soudain Sophie en faisant signe à une autre femme. Tu tombes à pic. Tripp a besoin d'une partenaire.

— Pardon ? demanda la dénommée Milan en fixant Tripp d'un air suspicieux.

Celui-ci lui adressa un sourire penaud. Audra aurait mis sa main à couper qu'il y avait une histoire entre ces deux-là.

Sophie leur présenta alors Milan Valez, une maquilleuse professionnelle qui travaillait au Pure, le salon de beauté et spa local.

— Notre mission sera de replanter la végétation, et de nettoyer le mobilier extérieur qui a été sauvé, expliqua-t-elle en examinant un presse-papiers. Nous allons travailler en équipes de deux, alors… ça sera Ryan et Tess, Tripp et Milan, Darius et Audra, moi et Nigel, Kace et…

— Bonjour, Lulu, dit Nigel en s'adressant à une femme qu'Audra reconnut comme étant Lulu Shepard, une des stars de l'émission *La Vie secrète des ex-épouses de New York*.

— Bonjour à tous, dit la jeune femme en passant ses doigts à travers ses cheveux noirs.

Sa magnifique peau d'un brun foncé irradiait pratiquement. Elle était éblouissante dans son jean skinny d'un gris délavé, un T-shirt portant une écriture humoristique « C'est moi le chef » et des bottes d'équitation noires, même si ce n'était pas le genre de tenue adaptée à un travail salissant.

Lorsque les yeux de Lulu croisèrent ceux de Kace, une étincelle passa entre eux. Kace détourna le regard.

— Je ne sais pas trop ce que je dois faire, déclara Lulu.

— Parfait, parce que Kace a besoin d'une partenaire, dit Sophie. Kellan, pourrais-tu jongler avec les différents projets et aider les gens quand c'est nécessaire ?

— Bien sûr, sœurette, répondit Kellan en levant sa tasse de café.

— Je suis surpris que tu ne t'opposes pas à ce que Sophie nous associe, dit Darius à voix basse alors qu'ils suivaient Ryan et Tessa à l'extérieur.

— Tu m'as quand même acheté à manger hier soir, dit-elle d'un ton léger. Attends… C'est toi qui as demandé à Sophie de nous mettre en équipe ?

— Moi ? répliqua-t-il les yeux écarquillés. Pas du tout. Je pensais que c'était peut-être toi. Tu lui as visiblement parlé de nous.

— Je ne colportais pas des potins, si c'est ce que tu penses, se défendit Audra les joues brûlantes. J'ai mentionné mon ex que j'avais croisé en ville, elle m'a demandé qui c'était, et je lui ai dit. Fin de l'histoire. Peut-être qu'elle pensait que nous serions à l'aise ensemble parce que nous nous connaissons déjà.

— En tout cas j'en suis heureux. Ça nous permettra de rattraper le temps perdu.

Audra n'était pas vraiment du même avis, mais elle décida de faire un effort et de mettre ses ressentiments de côté durant une journée. Tout ce qu'elle avait à faire, était de prétendre que son cœur n'était plus blessé par leur rupture et d'ignorer cette attirance qui lui retournait l'estomac chaque fois que son regard croisait le sien.

Lulu se trouvait sur la terrasse de piscine, où Kace et elle avaient été assignés pour nettoyer le mobilier endommagé par la fumée d'incendie.

Elle savait que la plupart des personnes ici présentes pensaient qu'elle était là pour se faire de la publicité. Mais elle avait demandé à l'équipe de tournage – qui en ce moment suivait Rafaela et quelques autres jeunes femmes de l'émission – de ne pas la filmer aujourd'hui : elle désirait juste apporter son aide.

Les ravages causés par les incendies lui avaient brisé le cœur, et malgré ce que pouvaient penser certains, elle avait effectivement un cœur. Un cœur énorme même, qu'elle s'efforçait de cacher derrière son personnage pétillant, enjoué et imperturbable.

Pour travailler à la télé, une femme devait être dure, surtout une femme de couleur. C'était ce personnage pétillant et enjoué qui avait attiré l'attention de Nigel Townshend, ainsi que celle des producteurs télé lorsqu'ils recherchaient un personnage drôle et à $1a repartie facile pour leur émission.

C'était un rôle qu'elle jouait à la perfection. Ses vulnérabilités, elle les cachait scrupuleusement.

— Tout va bien ? demanda Kace en lui touchant le bras.

Surprise, elle sursauta. Il s'approcha et elle sentit son souffle chaud contre son oreille.

Est-ce que quelqu'un d'autre avait remarqué ce geste intime ?

— Parfaitement bien, dit-elle en retirant son bras.

Elle recula et trébucha presque sur une petite table. Kace la rattrapa, son regard chaleureux fixé sur celui de la jeune femme caché derrière ses lunettes de soleil Dolce & Gabbana.

— Lu, tu es sûre que tu vas bien ? murmura-t-il.

— Bien sûr.

Elle regarda autour d'elle, soulagée de voir que l'équipe de tournage suivait Rafaela, puis s'éloigna de lui, cette fois avec précaution. Elle s'empara des deux tabliers, et lui en tendit un.

— Pourquoi sommes-nous les seuls à porter des tabliers ? demanda-t-il. Est-ce qu'ils ont peur que tu ruines tes vêtements ?

Son ton léger et taquin était bien différent de celui cassant et dur qu'il employait lorsqu'ils s'étaient rencontrés quelques mois plus tôt.

— Je suppose que c'est parce que nous sommes les seuls à utiliser de l'eau de Javel.

Elle renifla un des seaux pour confirmer ses soupçons.

— Bien vu.

Kace était un homme de peu de mots quand il n'était pas payé à l'heure en tant qu'avocat pour de riches clients. Des clients comme l'ex-mari scandaleusement riche de Miranda Dupree, la partenaire de Lulu.

La jeune femme passa le tablier par-dessus sa tête et tenta d'attacher les cordons derrière son dos.

— Laisse-moi faire, lui proposa Kace.

Il lui prit les liens des mains et les attacha sans même lui laisser le temps de protester. Puis il recula et la passa en revue de la tête aux pieds.

Elle était entièrement habillée, alors pourquoi se sentait-elle complètement nue ?

C'était comme si Kace pouvait voir au cœur même de son être, au-delà de la façade et du personnage fabriqué de toutes pièces qui lui tenait lieu de fossé, de pont-levis et de flèches enflammées pour protéger la seule chose qu'elle était déterminée à ne plus jamais exposer : son cœur.

Bien sûr, il y avait également le fait qu'il l'avait déjà vue nue.

Mais pourquoi est-ce qu'elle n'arrivait pas à résister à cet homme, bon sang ?

Kace LeBlanc dégageait l'image d'un homme raisonnable et pragmatique. Mais sous cette apparence rigide se trouvait un homme sensible, perspicace et compatissant, ainsi qu'un amant passionné. Tout cela ne faisait qu'attiser son désir pour lui. Mais ils étaient tellement différents que toute tentative de bâtir une véritable relation entre eux ne pouvait se solder que par un échec.

— Tu me fixes à nouveau, dit Kace en lui adressant un sourire à peine perceptible.

— Tu as de la suie sur la joue, se défendit-elle en l'essuyant du pouce.

— Ça vient sûrement du meuble que j'ai touché en prenant le tablier.

— Attends.

Elle se glissa derrière lui et lui rendit la pareille en nouant les cordons du tablier. Puis elle enfila des gants sur ses ongles courts et soignés.

— Prêt à commencer ?

— Carrément, dit Kace. Plus vite on terminera, plus vite je pourrai te ramener chez moi.

Il s'était penché plus près pour lui murmurer la dernière partie à l'oreille.

Lulu sentit un frisson la parcourir.

— Qu'est-ce qui te fait croire que j'ai l'intention d'aller chez toi ? Je serai poussiéreuse et sale à la fin de la journée, et j'aurai besoin d'une douche et de vêtements propres.

— Il se trouve que j'ai une douche chez moi, dit-il avec un sourire sarcastique. Et en ce qui concerne les vêtements, tu n'en auras pas besoin pour ce que j'ai en tête.

Lulu en eut le souffle coupé. Kace LeBlanc lui dévoilait avec de plus en plus d'aisance les côtés doux et détendus de sa personnalité ; ces côtés qu'il masquait au reste du monde.

Ses mamelons se tendirent et elle sentit une pulsation entre ses cuisses tandis qu'elle se remémorait toutes les façons dont il avait rassasié son corps. Même ses baisers avaient le pouvoir de l'embraser et la laisser pantelante et sans force.

C'était si agréable d'avoir un homme désireux de satisfaire tous ses désirs, mais c'était également terrifiant. Les amants médiocres étaient faciles à oublier, tandis qu'un homme intelligent et sensible, doté d'un corps incroyable… Cette combinaison était plus que redoutable.

— Je prends l'eau de Javel, dit Kace en se baissant pour ramasser le seau. Je ne voudrais pas que tu taches ces jolis vêtements.

— Ils m'ont été fournis par la garde-robe de l'émission. Et de toute façon, si je tache ce jean à la Javel, il n'en sera que plus à la mode.

Kace la fixa, le regard étréci, avant d'éclater de rire. Il s'empara ensuite de la brosse à récurer et se mit à l'ouvrage. Lulu l'imita en souriant, et s'attaqua à la chaise la plus proche.

9

Après une journée exténuante à travailler dans les jardins du Texas Cattleman's Club, Audra était épuisée et sale. Ses muscles la faisaient souffrir et elle rêvait d'un long bain moussant et relaxant avec jets d'eau tournés à pleine puissance.

Malgré l'épuisement et les courbatures, elle avait énormément apprécié la journée. Ça avait été amusant d'apprendre à connaître Sophie et ses amis, et même si elle détestait l'admettre, elle avait aimé travailler en compagnie de Darius.

Il s'était montré prévenant – lui apportant eau, café et diverses collations tout au long de la journée –, farouchement protecteur et soucieux qu'elle ne se blesse pas en utilisant les outils. Il l'avait également écoutée avec gentillesse et s'était montré encourageant quand elle lui avait demandé son avis sur une nouvelle collection de bijoux en édition limitée.

Cela lui rappela à quel point ils avaient toujours été complémentaires, ce qui avait d'ailleurs rendu ses mensonges et son départ inexpliqué d'autant plus douloureux.

Même si elle était farouchement déterminée à ce que leur relation reste amicale et platonique, elle ne put empêcher son regard de s'attarder à plusieurs reprises sur les puissants muscles de son torse et ses larges épaules moulées dans son T-shirt.

Elle ne put non plus empêcher des pensées inavouables d'assaillir son esprit alors qu'elle se remémorait la sensation de son corps contre elle.

— Merci d'être venue, Audra, dit Sophie en lui serrant la main. Toi aussi, Darius.

— De rien, dit-il. Ce fut un plaisir de vous rencontrer tous.

Il passa en revue la salle principale du club-house où les gens riaient et bavardaient après une dure journée de travail.

— Je comprends pourquoi tout le monde semble tellement aimer cette ville.

— Alors peut-être que tu resteras après avoir conclu tes affaires avec Miranda, suggéra Sophie avec un sourire. Au fait, Kace a dû partir, mais il m'a dit qu'il t'avait déposé ici. J'imagine qu'il faut que quelqu'un te raccompagne.

— J'appelle un taxi.

Il leva son téléphone, déjà prêt à appeler.

— C'est idiot, objecta Audra. Tu habites en face de chez moi. Je vais te raccompagner.

— Parfait, dit Sophie rayonnante. Audra, je vous appellerai plus tard. Darius, on se reverra en ville.

Ils dirent bonsoir à Sophie, puis se dirigèrent vers le parking.

— Je ne voudrais pas m'imposer et t'obliger à rentrer directement chez toi si tu as d'autres plans, déclara Darius.

— Où pourrais-je bien aller avec cette tête alors que j'ai l'air d'avoir fait des pâtés de boue toute la journée ? dit-elle en se tournant vers lui.

Il éclata de rire et elle réalisa à quel point ce son lui avait manqué. Un sourire involontaire étira ses lèvres.

— Tu es peut-être un peu sale, Audra, mais ça ne t'empêche pas de faire tourner les têtes. En tout cas ça n'a pas empêché ton nouvel ami Tripp de te tourner autour toute la journée.

— Jaloux ?

Elle croisa les bras, se repaissant de son regard torturé.

— Bien sûr que non, protesta-t-il en s'empourprant, avant de s'éclaircir la voix. De quel droit serais-je jaloux de Tripp ou de tout autre homme qui s'intéresserait à toi ?

Ce n'était pas la réponse qu'elle espérait, et c'était surtout un mensonge.

— Je faisais juste une observation, précisa-t-il en regardant le cabriolet d'Audra, et en changeant rapidement de sujet. Jolie voiture, mais nous allons salir tes sièges en cuir.

— Je vais les couvrir.

Elle ouvrit le coffre et sortit une vieille couverture qu'elle conservait, au cas où.

— J'aurais dû me douter que tu viendrais préparée, dit-il en riant.

Audra ouvrit sa portière et étendit la couverture, qui était assez longue pour couvrir également le siège de Darius, tout en laissant leurs ceintures de sécurité et le panneau central avec le levier de vitesse exposés.

Ils s'attachèrent et se mirent en route en silence.

— Tu n'es pas vraiment intéressée par ce type, n'est-ce pas ? demanda soudain Darius.

La question la prit au dépourvu.

— Comme tu l'as si bien fait remarquer, ça ne te regarde pas.

— Évidemment, dit-il en poussant un soupir. Mais ça ne veut pas non plus dire que je ne me soucie pas de toi, Audra. J'ai toujours voulu le meilleur pour toi.

— Et sur quoi te bases-tu pour déterminer ce qui est le meilleur pour moi ? demanda-t-elle en le regardant brièvement avant de revenir à la route. Tripp est quelqu'un de sympathique, issu d'une famille sympathique. Sa famille possède un ranch depuis quatre générations, et ses parents lui ont récemment confié la gestion de l'entreprise.

— Il est donc riche et de bonne famille, répliqua Darius d'un ton moqueur. Est-ce que ça signifie qu'il ne peut pas être un vaurien ? D'après mon expérience, ceux-là sont les pires.

— Tu sais de quoi tu parles, n'est-ce pas ? ironisa-t-elle en levant les yeux au ciel.

Elle passa le portail de la résidence Pine Valley où les vigiles leur firent signe d'entrer.

— D'après la mienne, d'expérience, il est impossible de prévoir qui est digne de confiance. Il faut simplement tenter sa chance et espérer gagner le gros lot.

— Tu mérites mieux, Audra… mieux que Tripp ou moi, dit-il à voix basse, comme pour lui-même.

— Suis-je censée être flattée que tu te préoccupes de mon bien-être au point de t'autoproclamer juge de qui est bon pour moi ou pas ? dit-elle d'une voix soudain tendue, les mains crispées sur le volant alors qu'elle se garait dans le garage attenant à sa maison.

Elle éteignit le moteur et se tourna vers lui.

— Si tu t'étais vraiment soucié de moi, tu serais resté. Ou tu aurais au moins été honnête sur la raison de ton départ.

Darius grimaça. Il marqua un moment d'hésitation avant de demander :

— Quelle importance à présent ?

La jeune femme se sentit blessée qu'il ne fasse même pas l'effort de trouver une excuse, à défaut – il ne fallait pas rêver – de lui dire enfin la vérité.

— Bonne nuit, Darius.

Elle sortit de la voiture et claqua la portière avec beaucoup plus de force que nécessaire. Darius sortit également et replia la couverture.

— J'ai apprécié de travailler avec toi aujourd'hui, Audra, même si ça finit comme ça.

— Pareil, murmura-t-elle à contrecœur.

— Merci de m'avoir raccompagné, dit-il en lui tendant la couverture. Bonne nuit.

Il sortit du garage et traversa la pelouse qui séparait leurs propriétés.

Audra appuya sur le bouton de fermeture et regarda la porte du garage s'abaisser, les yeux brûlants de larmes.

Lulu entrouvrit la porte de sa chambre d'hôtel, au Bellamy, et inspecta le couloir. La chambre était située à l'écart du reste de l'équipe de tournage et des nombreuses personnes qui travaillaient dans les coulisses de l'émission.

Elle se glissa à l'extérieur et se précipita vers l'ascenseur, soulagée de ne rencontrer aucun membre de l'émission. Une fois dans le hall, elle délaissa la porte principale pour se diriger vers une obscure sortie dissimulée, où son taxi l'attendait.

Lulu ajusta ses lunettes de soleil et enfonça son bonnet sur sa tête alors qu'elle s'installait sur le siège arrière de la voiture.

Lorsque le taxi la déposa à l'adresse indiquée, elle descendit, ajusta son sac en cuir sur son épaule et donna un généreux pourboire au chauffeur. Une fois celui-ci parti, elle avança de quelques pâtés de maisons jusqu'à sa destination finale : une maison en briques peintes en beige dont elle gravit l'escalier jusqu'à la porte d'entrée.

Elle prit une profonde inspiration et sonna. La porte s'ouvrit, laissant place à un Kace au sourire séducteur, qui lui donna envie de se jeter sur lui.

— J'ai failli attendre, dit-il en ouvrant la porte en grand pour la laisser entrer.

— Ne sois pas arrogant, cow-boy. Ce n'est pas parce que je suis ici que je vais rester.

Elle entra, les bras croisés, tout en inspectant les lieux. Elle était déjà venue ici auparavant mais, trop occupée ce jour-là à lui arracher ses vêtements, elle n'avait pas eu la tête à remarquer la décoration.

— Oui m'dame, dit-il avec un sourire narquois.

— Et tu ne savais pas que j'allais venir.

— Les lasagnes seront bientôt prêtes, répondit-il sans relever sa remarque. J'étais sur le point de réchauffer les petits pains.

Il la conduisit à la salle à manger où la table avait été mise pour deux.

— Tu m'attendais vraiment, constata-t-elle avec étonnement.

— J'espérais que tu viendrais, la corrigea-t-il avec un sourire presque penaud alors qu'il passait les doigts dans ses cheveux encore humides de la douche. La foi peut être une chose très puissante.

— Ma grand-mère disait ça, fit-elle avec un petit sourire.

— Une femme sage sûrement.

Il prit ses affaires et les posa sur une chaise, puis en tira une autre pour elle.

— Je préfère t'aider en cuisine, si ça ne te dérange pas, dit-elle en respirant son odeur de savon.

Il ouvrit la voie vers la cuisine où ils bavardèrent pendant qu'elle découpait des légumes pour la salade.

— C'est une si charmante ancienne maison, dit-elle en regardant autour d'elle. Elle date de quand ?

— De 1925. Elle appartenait à mes grands-parents qui me l'ont laissée. Je suis l'unique enfant de leur unique enfant. La compétition n'a donc pas été des plus féroces.

La jeune femme se mit à rire.

— Est-ce que ce sont eux qui ont fait le rafraîchissement ?

La maison était pleine de caractère et d'éléments anciens, comme le foyer de cheminée en marbre, le parquet en bois et les belles portes à la française. Mais il y avait également beaucoup de commodités modernes, comme un bel îlot de cuisine avec ses sièges, et des appareils en acier inoxydable.

— Non, ça, c'est moi. J'ai commencé par la cuisine et j'ai continué pièce par pièce jusqu'à avoir terminé.

— C'est magnifique, et ce n'est pas ce à quoi je m'attendais. Mais d'ailleurs, tu n'es pas du tout ce à quoi je m'attendais non plus.

Il glissa un bras autour de sa taille et prit sa joue dans l'autre main.

— Toi non plus, Lulu Shepard, dit-il en déposant un doux baiser sur sa bouche.

Lulu l'enlaça et se hissa sur la pointe des pieds afin de se rapprocher de lui. Le baiser de Kace alluma un brasier en elle et lui envoya des frissons à travers sa colonne vertébrale. Son corps réagit immédiatement à son toucher, faisant dresser ses mamelons au point de lui faire mal.

Kace la plaqua contre le mur et intensifia son baiser tout en parcourant ses courbes. Elle sentit les battements de son cœur s'accélérer quand de sa langue il fouilla sa bouche et lui agrippa les fesses, plaquant durement son corps contre son membre durci.

— Je ne pense pas avoir besoin de t'expliquer à quel point j'ai envie de toi, murmura-t-il en couvrant son cou de baisers tout en remontant sa courte robe sur ses hanches.

Soudain, la sonnerie du four retentit. Kace lâcha un juron et pressa un autre baiser sur les lèvres de Lulu.

— Nous terminerons cela plus tard.

Lulu hocha la tête, trop hébétée pour réagir. Elle rajusta sa robe, le cœur battant et le souffle court.

Kace sortit les lasagnes du four et les porta à table. Lulu le suivit avec la salade et la bouteille de vin.

Ils réussirent à survivre au repas – riant, discutant et flirtant sans vergogne – avant qu'il ne l'emmène au lit et lui fasse l'amour.

Ils restèrent allongés dans le noir, la joue de Lulu pressée contre son torse et leurs jambes entrelacées. Elle était au paradis, ne désirant rien d'autre que de rester allongée dans ses bras toute la nuit. Mais il était tard et elle devait rentrer à l'hôtel avant que quelqu'un s'aperçoive de son absence.

Elle leva la tête et embrassa son menton mal rasé.

— Je ferais mieux de partir.

— Ne pars pas. Reste, s'il te plaît.

— Tu sais pourquoi je dois partir, dit-elle en passant la main dans ses cheveux. La dernière chose que nous voulons c'est que les journalistes me photographient au matin après avoir découché.

— Je n'ai pas honte de ce que nous avons fait, Lu. Et toi ?

— Non bien sûr que non. Je pensais simplement que tu ne voudrais pas que tout le monde soit au courant.

— Je ne veux pas, dit-il avec un haussement d'épaules. Mais je veux que tout le monde sache que tu es à moi.

Il repoussa les cheveux de Lulu afin de mieux voir son visage éclairé par la lampe de chevet, et l'embrassa sur la bouche.

— Est-ce que ça veut dire que tu veux... Tu me demandes...

— Je suis complètement amoureux de toi, Lu. Je veux être avec toi, et l'idée qu'un autre homme puisse te toucher de cette façon me rend fou. Je ne veux plus avoir à me cacher. Je veux pouvoir passer une soirée avec toi en ville, parce que c'est ce que tu mérites.

Il l'embrassa à nouveau et elle se sentit fondre comme de la guimauve.

— Pourquoi ? demanda-t-elle en rompant leur baiser et en cherchant son regard. Pourquoi veux-tu être avec moi, Kace ?

Il la fixa, les yeux écarquillés, comme s'il était choqué qu'elle pose la question.

— Parce que je te vois, Lulu. Je vois tout de toi. Tu es forte, gentille et courageuse. Tu es compatissante avec un cœur incroyablement grand. Il y a tellement plus d'esprit et de profondeur en toi que ce que tu montres à la télévision. J'aimerais que tout le monde puisse te voir comme je te vois.

Des larmes jaillirent des yeux de la jeune femme et sa vision se brouilla, en même temps que son cœur se gonflait d'émotion.

Pour la première fois depuis longtemps, elle se sentit vraiment vue par un homme. Kace la voyait malgré ses subterfuges et la forteresse qu'elle s'était construite. Il appréciait et voulait la femme qu'elle était lorsqu'ils étaient seuls, sans projecteurs et sans maquillage.

Il la voulait elle. Et elle le voulait aussi.

Elle n'avait aucune intention de quitter ce lit ce soir. Peut-être même jamais.

10

Darius avait passé la matinée à enchaîner vidéoconférences et appels téléphoniques. Avec son équipe, ils avaient peaufiné la présentation du défilé et décidé des vêtements à associer et dans quelles couleurs. À présent ils décidaient des tenues que porterait chacun des mannequins.

La sonnette retentit et le livreur lui tendit un colis qu'il savait contenir les prototypes des maillots de bain qu'il avait conçus pour le défilé.

Jetant le paquet sur son bureau, il continua de travailler. Voir ses créations prendre vie pour la première fois le rendait toujours un peu nerveux. Si le résultat était à la hauteur de ses espérances, tout s'emballait. Si ce n'était pas le cas, c'était une déception décourageante, et pour le moment il ne pouvait se permettre aucun des deux cas de figure. Il devait rester concentré sur le travail à accomplir.

Deux heures plus tard, lui et son équipe avaient décidé de ce que chaque mannequin porterait, ainsi que leur ordre de passage. Ils avaient attribué un passage provisoire pour les maillots de bain, le temps de les examiner et de déterminer s'ils respectaient les normes Thr3d – à la fois sur le plan fonctionnel et esthétique.

Un peu après la conférence téléphonique, un numéro inconnu s'afficha sur son téléphone portable.

— Allô !

— Darius, bonjour. C'est Sophie. J'ai eu ton numéro par Kellan. J'espère que cela ne te dérange pas.

— Bien sûr que non.

Il leva les yeux de son ordinateur, où il faisait défiler une liste de musique potentielle pour le défilé.

— Que puis-je faire pour toi, Sophie ?

— Je ne sais pas combien de temps tu prévois de rester en ville, alors je voulais qu'on se voie un peu pour apprendre à se connaître.

— Bien sûr, dit-il d'un air absent. C'est une bonne idée.

— Je vais faire de l'équitation au ranch de mon amie en bordure de la ville, demain après-midi. Es-tu déjà monté à cheval ?

— Non, répliqua-t-il avec un petit rire. Ce n'est pas une activité commune dans le centre de Los Angeles, où j'ai grandi.

— Tu as raison, dit Sophie en riant nerveusement. Eh bien, je sais que tu travailles probablement comme un dingue, mais j'espérais que tu pourrais me consacrer quelques heures et monter à cheval avec moi.

— Je ne sais pas, Soph.

Le surnom était sorti naturellement, sans réfléchir.

— Demain, je simule une répétition générale de l'ensemble du défilé et je ne suis pas sûr de pouvoir finir en début d'après-midi. Mon équipe de Los Angeles a quelques heures de retard sur moi.

— Quand nous nous sommes vus samedi, tu as dit toi-même que tout était à peu près bouclé, et que tu te rendais malade en revoyant chaque détail encore et encore.

Effectivement, C'était bien ce qu'il avait dit.

Note pour plus tard : apprends à fermer ta grande bouche.

— Allez, Darius, je te promets que ce sera amusant, ajouta-t-elle devant son silence. Et ça te permettra d'explorer un peu la région. Tu ne peux pas passer tout ton temps enfermé dans cette maison. En outre, un peu d'air frais et une activité sportive sont bénéfiques pour la créativité. Moi, ça me donne toujours de nouvelles idées, et ça m'aide à trouver des solutions quand je bloque sur un problème de design.

Voilà donc ce que c'est que d'avoir une petite sœur.

Il imaginait parfaitement comment Sophie devait jouer de sa petite voix et de ses grands yeux quand elle était enfant.

— Très bien, Sophie. Tu m'as convaincu, dit-il en s'adossant à sa chaise et en passant une main sur sa tête mal rasée. Je viendrai. Envoie-moi simplement le lieu et l'heure.

— Je t'envoie un SMS tout de suite, répondit-elle, un sourire de triomphe perceptible dans la voix.

Darius se leva et s'étira, puis fit quelques pas dans le bureau. Il pressa ses paumes contre ses yeux en songeant qu'une petite pause ne lui ferait finalement pas de mal. Il commençait à voir double et son cerveau était engourdi.

Il ouvrit le paquet contenant les quatre maillots de bain, qu'il plaça face à la lumière, les examinant attentivement et vérifiant si les tissus étaient suffisamment opaques. Puis il les prit un par un et les étira dans tous les sens.

Soudain un bruit d'eau se fit entendre et il regarda par la fenêtre. C'était la première baignade d'Audra depuis leur dispute. Il en fut heureux car la jeune femme adorait l'eau. C'était une véritable sirène, elle faisait déjà partie de l'équipe de natation du lycée et de l'université. Qu'elle cesse une activité qu'elle aimait tant, par sa faute, le peinait énormément.

Il n'arrivait plus à s'arracher à la fenêtre. Regarder Audra nager avait toujours eu un effet hypnotisant et apaisant sur lui. C'était comme si elle faisait à nouveau partie de sa vie… du moins le temps de leur séjour à Royal.

Darius prit son SUV et se rendit à Magnolia Acres, comme le lui avait indiqué Sophie. Apparemment le ranch appartenait à Dixie Musgraves, la meilleure amie de sa défunte mère. Il avait d'ailleurs failli annuler leur rendez-vous en l'apprenant. Cette femme n'aurait-elle pas du ressentiment envers lui, le fils adultère de Buckley Blackwood, le mari de sa meilleure amie ?

Sophie lui avait assuré que Dixie ne le tenait absolument pas pour responsable des actes de son père, ni elle, ni personne d'autre d'ailleurs.

Il se gara et descendit de voiture. Incertain quant à la tenue à porter pour faire de l'équitation, il avait enfilé un jean et une chemise à carreaux par-dessus un T-shirt de sport Thr3d, ainsi que des bottes de randonnée de la même marque. C'était un bel après-midi pour un mois de mars ; ensoleillé et tempéré.

— Sophie ! appela-t-il en s'approchant des écuries, visiblement vides.

Deux chevaux levèrent la tête, tandis que les autres restèrent indifférents à sa présence. C'était la première fois qu'il en voyait de si près. C'étaient de beaux animaux majestueux, bien plus grands qu'il ne l'aurait imaginé.

Après quinze minutes à attendre, il jeta un regard à sa montre. Sophie avait dix minutes de retard.

Il avait réaménagé sa journée, commencé tôt et terminé presque tout ce qu'il avait à faire, afin de pouvoir être ici. Il espérait donc que Sophie ne lui avait pas fait faux bond.

— Je suis désolée d'être en retard, mais j'étais à côté du ruisseau à l'autre bout du ranch pour faire des esquisses et j'ai perdu la notion du...

La voix essoufflée provenait d'Audra qui entra précipitamment dans l'écurie. Elle se figea en le voyant.

— Darius ? Que fais-tu ici ?

À en juger par ses mèches ondulées collées à son front moite de transpiration, elle avait dû courir. Repoussant ses boucles derrière l'oreille, elle s'empourpra en réalisant l'état dans lequel elle était : sa chemise bleu clair était maculée de terre, et il y en avait même un peu sur sa joue. Quant à son pantacourt cargo, il était loin d'être dans un meilleur état.

— J'ai rendez-vous avec ma..., commença Darius.

Les mots se figèrent et, mal à l'aise, il tira sur le col de son T-shirt, avant de reprendre :

— Sophie m'a invité à monter à cheval. Elle pensait que ça aiderait à stimuler ma créativité. J'essaie de trouver une solution à un problème.

Il détestait recommencer à lui cacher des choses, et tentait de rester aussi proche que possible de la vérité, sans pour autant révéler la nature de ses relations avec les Blackwood.

— Elle m'a invitée pour la même raison, dit Audra en étrécissant son regard. À quel jeu est-ce que vous jouez tous les deux ?

Darius croisa les bras et contempla Audra, qui avait clairement l'air énervée.

— Tu penses que j'ai quelque chose à voir avec ça ?

— Comment expliquer que tu apparaisses comme par magie partout où je vais ? demanda-t-elle en agitant les bras.

— Je ne sais pas. Mais j'ignorais que tu étais à Royal, et que tu louais la maison voisine de Miranda. Je ne m'attendais pas non plus à te voir samedi au Texas Cattleman's Club, et crois-moi, j'ignorais que tu serais ici aujourd'hui, expliqua-t-il d'une voix calme.

Audra était une femme de caractère, incapable de cacher ses émotions. C'était la personne la plus passionnée qu'il ait jamais connue et une amante ardente. Il n'avait jamais autant aimé une femme après elle.

— Pourquoi devrais-je te croire ? demanda-t-elle, les sourcils froncés et le nez plissé.

— Pourquoi te mentirais-je sur ça ?

— Et pourquoi me mentir sur quoi que ce soit, Darius ? demanda-t-elle d'un ton blessé.

— Audra, je ne te mens pas. Je ne savais vraiment pas que tu serais ici. Fais-moi confiance, si...

— Comment pourrais-je faire confiance à un homme qui ment au sujet de la mort de ses parents ? Qui ferait une chose pareille ?

Pris de court, Darius sentit son cœur s'emballer.

— Depuis combien de temps le sais-tu ?

— Trois ans. J'ai lu ça...

— Dans un article du magazine *Rock*, acheva-t-il avec un grand soupir.

Il aurait aimé pouvoir effacer cette interview. Cette nuit-là, il avait remporté un prix et bu un peu trop de vodka – chose qu'il évitait depuis – et avait accordé une interview impromptue à un journaliste du magazine en question.

Il lui avait dit beaucoup de choses qu'il n'aurait jamais dû dire. Il s'était montré arrogant et plein de ressentiments, et avait parlé trop ouvertement de ses rapports tendus avec ses parents.

Il s'était senti si mal en lisant l'article, qu'il avait appelé ses parents, à qui il n'avait plus parlé depuis un bon moment, pour leur présenter ses excuses. Le bon côté, c'était qu'il s'était efforcé de rester en contact avec eux depuis.

Il les avait appelés brièvement pour prendre des nouvelles, et leur demander s'ils avaient besoin de quelque chose. Il leur avait ensuite assuré qu'il essayerait de les voir dès que possible.

Seulement, il ne l'avait jamais fait.

Tant que ses parents n'étaient pas disposés à lui révéler le nom de son père biologique, il ne se sentait pas capable de leur pardonner.

— Audra, je suis désolé. Je n'ai pas essayé de te tromper. Je...

— Tu quoi, Darius ? Explique-moi pourquoi tu m'as menti sur une chose pareille. Quel genre de malade...

— Je n'avais pas l'intention de te mentir, Audra. Tu m'as interrogé sur mes parents et je t'ai dit qu'ils ne faisaient plus partie de ma vie. Une semaine plus tard, je t'ai entendue expliquer à un ami que mes parents étaient morts. J'allais te corriger, mais... je ne l'ai pas fait. Parce qu'à cette époque, ils étaient presque morts pour moi. J'étais amer et en colère et je ne voulais rien avoir à faire avec eux.

Il se tut alors un instant avant de continuer :

— Donc, plutôt que de créer une situation embarrassante pour nous deux, j'ai laissé le malentendu subsister. C'était mal de ma part, et je m'en suis rendu compte assez rapidement, mais je ne savais pas quoi faire. Si je t'avais dit la vérité...

— J'aurais pensé que tu étais un idiot. Et c'est ce que tu es. Qu'est-ce que tes parents ont bien pu faire pour te mettre à ce point en colère contre eux ?

Il ouvrit la bouche, mais elle l'arrêta d'un geste de la main.

— Laisse tomber. Ça n'a plus aucune importance. Quelqu'un qui ment à propos d'une chose pareille à la personne qu'il prétend aimer...

Sa voix se brisa.

— J'étais stupide de croire que tu m'aimais.

— Non, ce n'est pas vrai, dit-il avec force.

Il n'en voulait pas à Audra d'avoir une mauvaise opinion de lui. Il s'était mal comporté en rompant de cette manière, et avait menti en lui laissant croire que ses parents étaient morts. Pourtant, il ne supportait pas de la voir douter de l'amour qu'il lui avait porté.

— Comment peux-tu penser que je ne t'ai pas aimée ? dit-il en la prenant par les épaules et en fouillant son regard. Tu représentais tout pour moi, Audra. Te quitter a été la chose la plus difficile que j'aie jamais faite.

— Alors pourquoi tu l'as fait ? Si tu m'aimais tant, pourquoi es-tu parti ?

Sa voix tremblait et ses yeux étaient brillants de larmes. Darius détourna un instant le regard avant de se forcer à plonger dans ses yeux.

— Est-ce vraiment si difficile à comprendre, Audra ? dit-il en la relâchant. Tu es l'héritière d'une industrie du diamant et d'une dynastie politique. Ta famille est plus riche que Crésus, alors que j'étais un pauvre étudiant boursier, dont la mère était une actrice ratée qui a gâché sa carrière à coups d'alcool et de pilules. C'était très loin du genre de choses qu'un sénateur du parti conservateur qui promeut les valeurs familiales, veut pour sa fille.

Il passa une main sur sa tête humide de sueur, malgré la température fraîche : reconnaître qu'il avait été un lâche n'était pas chose aisée.

Il l'avait quittée car pour lui ce n'était qu'une question de temps avant qu'Audra ne passe à autre chose. Elle aurait fini par trouver quelqu'un de plus intégré à son monde, capable de lui offrir la vie qu'elle méritait.

Il avait voulu leur éviter à tous deux de s'attacher davantage, pensant que ce serait moins douloureux pour lui de la quitter, que d'attendre l'inévitable, et que cela atténuerait la souffrance d'abandon qu'il ne connaissait que trop bien.

Il avait eu tort.

— Je ne t'ai jamais traité avec mépris, Darius. L'argent n'a jamais compté pour moi.

— Et pourtant ça comptait, répliqua-t-il. Quand j'ai insisté pour payer nos sorties, tu n'as plus voulu aller dans tes restaurants préférés. Tu refusais des voyages avec tes amis.

— J'étais prévenante. Si tu n'avais pas été aussi obtus, j'aurais pu payer pour nous deux. J'avais beaucoup d'argent et ça ne me dérangeait pas de partager.

— Je ne voulais pas que tu penses que je t'utilisais.

— Personne ne pensait ça.

— Tes amis si !

Elle écarquilla les yeux mais ne nia pas.

— Ils te l'ont dit ?

— Pas dans ces termes, mais j'ai tout de même compris, dit-il les épaules crispées à ces souvenirs douloureux. Jessica m'a parlé de tous les voyages et événements que tu ratais à cause de moi, et dont je n'avais même jamais entendu parler. Et ton ami Jason s'est demandé une fois à haute voix combien de temps tu avais prévu de t'« encanailler ».

Darius s'appuya contre l'un des box vides.

— Il a dit que c'était un rite de passage chez les gosses de riches, et que tu avais un faible pour les causes perdues.

— Et tu as pris leurs paroles pour argent comptant ? Sans même m'en parler ? demanda-t-elle d'une voix tremblante.

— Pas au début. Mais j'ai compris ensuite qu'ils avaient raison. Tu aurais fini par vouloir un homme riche et puissant avec un nom de famille digne de ce nom. Je n'avais rien de tout cela, et rien à t'offrir, à part ce qui ressemblait, à l'époque, à un pari risqué sur l'avenir. Tu méritais mieux que ça.

— Et c'est donc là que tu t'es autoproclamé juge de ce que je mérite ? dit-elle avec un mélange de tristesse, de colère et de déception. L'identité de tes parents et le nombre de zéros sur ton compte en banque n'ont jamais été un problème pour moi, Darius.

— Vraiment ? dit-il en la regardant avec intensité.

— Comment peux-tu me demander ça ?

— Parce que tu ne m'as jamais présenté à tes parents quand

ils venaient te rendre visite sur le campus. Tu n'as jamais laissé entendre que tu voulais que je les rencontre.

La douleur qu'il avait ressentie à l'époque était toujours aussi vivace.

— Je n'ai jamais... je veux dire, je n'ai pas..., balbutia-t-elle.

— C'est toi qui as lancé cette conversation, Audra. Alors parlons franchement. Tu étais gênée de me présenter à tes parents parce que tu savais qu'ils n'approuveraient jamais ton choix.

— Ce n'est pas vrai..., protesta-t-elle visiblement désemparée, avant de se ressaisir : Je veux dire... oui, je savais qu'ils diraient que je ne réfléchis pas à mon avenir et aux intérêts de la famille.

Elle soupira avec tristesse avant de continuer :

— Je ne saurais même pas te dire combien de fois j'ai entendu cette phrase.

— Ça va, bébé, dit-il d'une voix réconfortante. Je comprends. La famille c'est compliqué. Personne ne le sait autant que moi. C'est pour ça que je suis parti. C'était inévitable.

— Non tu te trompes. J'hésitais peut-être à leur avouer que j'étais follement amoureuse d'un homme qui ne correspondait pas à leurs critères, mais j'allais tout leur dire. Je t'aimais, Darius. J'aurais fait n'importe quoi pour toi. Je pensais que tu ressentais la même chose.

— C'était le cas. Je n'ai jamais aimé personne autant que toi.

— Mais pas assez pour partager tes doutes avec moi, ou me dire la vérité sur tes parents. Pas assez pour...

Darius prit son visage en coupe et la fit taire d'un baiser, savourant ses lèvres qu'il avait eu envie d'embrasser depuis qu'il l'avait revue dans ce restaurant. Elles étaient aussi douces que dans ses souvenirs, et avaient le goût de son brillant à lèvres.

Audra se crispa d'abord, surprise par cet acte impulsif. Cependant elle n'aurait pu être plus surprise que lui-même de ce qu'il était en train de faire : il n'avait pas eu l'intention de l'embrasser, mais seulement de la convaincre qu'il l'avait vraiment aimée.

Elle pencha la tête en arrière, la bouche entrouverte, et l'enlaça. Darius pressa une main contre son dos et laissa glisser sa langue contre la sienne, touchant la barre d'acier lisse et ronde qui la transperçait. Une secousse de désir parcourut son corps à cette sensation. Audra le plaqua alors contre elle, et il se perdit rapidement dans la chaleur de son étreinte et de son baiser affamé.

Tout chez cette femme lui avait manqué : sa présence, sa saveur, les sentiments qu'elle éveillait en lui.

Il fut soulagé par sa réaction. Si elle lui avait opposé le moindre refus, il se serait excusé et n'aurait jamais refait la moindre tentative. Mais au lieu de le repousser, Audra se pressa plus intimement contre lui et accueillit son baiser avec un doux petit murmure. Ce son charnel vibra à travers sa colonne vertébrale et son corps y répondit immédiatement.

Il recula et s'appuya contre le box derrière lui, suivi d'Audra qui accompagna son mouvement pour ne pas rompre leur baiser. Glissant une main sous sa chemise pour caresser la peau douce et lisse de son dos, il fit descendre l'autre main plus bas, jusqu'à ses fesses arrondies qui l'hypnotisaient à chaque fois. Sa silhouette était un peu plus ronde qu'il y a cinq ans, mais cela lui allait bien, les rondeurs s'étant installées aux bons endroits.

Il approfondit son baiser, l'embrassant avec fougue. Leur respiration devint lourde, mais ils étaient trop absorbés par la passion qui montait en eux pour s'arrêter.

Les mains d'Audra glissèrent sur son torse. Elle tâtonna sur les boutons de sa chemise et réussit enfin à en détacher un, puis un autre, et un autre.

L'esprit de Darius s'emballa et le son de son propre rythme cardiaque emplit ses oreilles. Il la désirait désespérément. Il voulait explorer chaque centimètre de son corps et revivre le plaisir indescriptible d'être en elle. Mais il avait trop souvent imaginé cette scène pour se contenter d'un petit coup rapide dans le foin, avec M. Ed et ses amis comme spectateurs.

— Audra, je...

Il s'arrêta soudain. Était-ce bien un bruit de pneus sur le gravier ?

— Qu'est-ce qu'il y a ? demanda Audra en fronçant les sourcils.

— Je pense que quelqu'un vient par ici, dit-il en la relâchant.

— Oh.

Elle s'éloigna rapidement, lissa ses cheveux et effaça le gloss étalé autour de ses lèvres.

Oh ! non, le gloss.

Il se frotta la bouche du dos de la main tandis que Sophie et Nigel entraient dans les écuries main dans la main.

— Vous voilà ! Je pensais que vous étiez peut-être partis sans nous, car vous ne répondiez à aucun de mes SMS disant que nous aurions du retard.

Il avait laissé son téléphone dans la voiture, ne voulant pas prendre le risque de le faire tomber en montant à cheval, et il n'avait pas non plus senti celui d'Audra dans ses poches quand elle s'était appuyée contre lui.

— Nigel a dû s'occuper d'affaires de dernière minute avec l'émission, poursuivit Sophie devant leur silence. J'espère que ça ne vous a pas trop ennuyés.

— En fait... je suis épuisée, déclara Audra. Je suis restée ici presque toute la journée. Je veux juste prendre un long bain et peut-être me coucher tôt.

— Bien sûr. Je suis désolée de vous avoir fait attendre.

Les sourcils de Sophie se froncèrent et elle les regarda à tour de rôle, comme pour essayer de déterminer ce qui avait bien pu se passer.

— On remettra ça ? demanda-t-elle.

— Absolument, dit Audra en lui souriant.

Les deux femmes s'étreignirent. Audra adressa un signe de tête à Nigel, mais jeta à peine un regard à Darius, et quitta les écuries, laissant Darius encore abasourdi.

— Désolée, de vous avoir interrompus, dit Sophie en s'immisçant dans ses pensées.

— Interrompus ? répéta Darius en jouant les innocents.

Sophie échangea un regard complice avec son fiancé, puis lui indiqua son visage.

— Tu as son brillant à lèvres sur la bouche.

Darius s'essuya à nouveau du dos de la main, cette fois plus fort, et fut soulagé que Sophie ne lui pose aucune question, même si le rouge à lèvres ne laissait aucune place à l'imagination.

— Bon, il est temps de prendre ta première leçon d'équitation, lui dit sa sœur en souriant. Je vais te montrer comment attacher une selle.

Il la suivit vers un des box qui contenait un cheval majestueux au manteau noir, et l'écouta tandis qu'elle l'instruisait sur l'animal et lui donnait des conseils sur ce qu'il devait faire.

Mais il fut incapable de se concentrer sur autre chose qu'Audra, et les mots amers qu'elle lui avait lancés avant leur baiser.

« Si tu m'aimais tant, pourquoi es-tu parti ? »

« Je t'aimais, Darius. J'aurais fait n'importe quoi pour toi. Je pensais que tu ressentais la même chose. »

La passion entre eux était intacte, mais il l'avait blessée, et elle ne lui faisait plus confiance. Il avait détruit leur relation, et il était le seul à blâmer.

11

Audra faisait les cent pas chez elle. Elle avait embrassé Darius dans les écuries trois jours plut tôt, et ne l'avait plus revu depuis. En fait, elle avait fait tout son possible pour l'éviter, y compris ne pas nager dans sa piscine.

À présent elle était agitée : d'une part parce que sa routine était perturbée, d'autre part parce que la natation l'aidait à se défouler. Et aussi parce qu'elle n'avait pas cessé de penser à ce baiser.

Darius embrassait incroyablement bien : ses baisers étaient à la fois affamés et tendres. Elle n'avait jamais compris comment il réussissait cela. Jamais personne ne l'avait embrassée de cette manière, et même si sa tête savait que la dernière chose dont elle avait besoin était d'embrasser à nouveau Darius, son cœur et son corps en mouraient d'envie.

Elle passa une main dans ses cheveux et soupira. C'était ridicule : il n'était pas nécessaire qu'ils s'évitent. Ils étaient des adultes raisonnables dont la relation n'avait pas fonctionné. Ce genre de choses arrivait tous les jours. Rien ne les empêchait d'être cordiaux, de se fréquenter, et peut-être même de rire de ce baiser.

Elle jeta un regard à l'horloge : Sophie l'attendait au Texas Cattleman's Club dans une demi-heure pour continuer le nettoyage. Elle ne savait pas si Darius serait là, mais elle ne voulait plus marcher sur des œufs et s'efforcer de l'éviter ; autant en finir avec cette conversation.

Elle se rendit donc chez lui, ferma les yeux brièvement et prit une profonde inspiration avant de sonner. Elle savait qu'il était là, mais une part d'elle espérait qu'il ne répondrait pas. Un bruit se fit alors entendre à l'intérieur.

Pas de chance.

Il parut surpris en la voyant.

— Audra, bonjour, dit-il en s'appuyant contre le chambranle de la porte. Que puis-je faire pour toi ?

— Est-ce qu'on peut parler ?

— Bien sûr. Je ne pars que dans quelques minutes.

— Tu vas donner un coup de main au Texas Cattleman's Club ? Moi aussi, et c'est la raison de ma venue : je me suis dit que nous devrions crever l'abcès, pour ne pas être mal à l'aise si nous travaillons à nouveau en équipe.

Darius se frotta le menton, et elle se remémora instantanément la sensation de sa barbe naissante contre sa peau quand ils s'étaient embrassés.

— Je suis content que tu sois venue, Audra. Je voulais m'excuser. Je n'aurais pas dû t'embrasser. J'ai rendu une situation délicate insupportable.

— J'apprécie tes excuses, mais tu n'es pas le seul fautif. Je t'ai embrassé aussi, dit-elle en feignant une indifférence que son cœur tambourinant démentait. Les choses nous ont échappé.

— Oui, je suppose.

Ils se fixèrent un instant en silence, et elle sentit la chaleur gonfler dans sa poitrine et son ventre se tendre. Enfin, Darius rompit le silence.

— Pourtant, je n'aurais pas dû… et cela ne se reproduira plus. Tu n'as donc pas besoin d'arrêter d'utiliser la piscine. J'ai été maladroit, mais crois-moi, je tiens à toi.

Il soupira avant d'ajouter :

— J'espère que nous pourrons être amis.

— J'espère aussi.

Il regarda alors sa montre et saisit ses clés sur le comptoir de la cuisine.

— Il se fait tard. Nous ferions mieux de partir.

La jeune femme ne put s'empêcher de sourire. Darius détestait être en retard. En fait, il était généralement en avance pour tout.

— Tu sais, c'est idiot de prendre deux voitures pour aller au même endroit. Pourquoi est-ce que je ne t'emmènerais pas ? demanda-t-elle en essayant de paraître calme.

— Ou je pourrais le faire moi. Ta conduite me rend toujours un peu nerveux, dit-il en s'esclaffant.

Audra rit aussi, et la tension entre eux s'atténua légèrement.

— Ce n'est pas ma conduite qui te rend nerveux. C'est le fait de ne pas avoir le contrôle. C'est aussi pour cette raison que tu n'aimes pas prendre l'avion.

— Peut-être oui, acquiesça Darius en se massant la nuque. Mais j'ai dû me faire violence en ce qui concerne les vols, ces dernières années. J'ai rapidement dû prendre l'avion pour rencontrer mes investisseurs. Donc j'ai fini par lire ce livre que tu m'avais offert sur les anxieux en avion. Ça m'a aidé. Je n'y pense presque plus.

— Tant mieux. Et j'accepte ton offre. Laisse-moi verrouiller la maison, et je te retrouve à ta voiture.

Darius acquiesça, et lui adressa un sourire en coin qui lui retourna l'estomac.

C'est juste un petit trajet jusqu'en ville.

Ils seraient seuls dans la voiture durant cinq minutes aller et retour : dix minutes en tout. Elle était tout de même capable de garder son sang-froid pendant si peu de temps.

Mais Darius Taylor-Pratt était sa Kryptonite personnelle. Il lui fallait maintenir une distance émotionnelle avec cet homme, sinon elle allait devoir se trouver un sacré bon costume de plomb.

— Tu as l'air heureuse ce matin, Audra, dit Sophie avec un grand sourire tout en versant du café dans une tasse. On peut se tutoyer à présent, n'est-ce pas ?

— Bonjour, Sophie.

Audra appréciait Sophie Blackwood et elle se voyait bien devenir amie avec elle. Elle ne voulait donc pas la blesser, mais une conversation sérieuse s'imposait.

— Est-ce qu'on peut parler ? demanda-t-elle à voix basse.

— Oh ! fit Sophie en posant les tasses sur la table. Tu es contrariée à cause de l'autre jour.

— Je ne suis pas contrariée. Je me rends compte que tu es heureuse et amoureuse et tu penses que tout le monde devrait l'être aussi. Mais Darius et moi avons eu notre chance et cela n'a pas fonctionné entre nous. Nous sommes tous les deux d'accord avec ça.

— Vraiment ? demanda Sophie. Je veux dire, je sais que cela ne me regarde pas, mais nous n'avons pas pu nous empêcher de remarquer les traces de ton brillant à lèvres sur le visage de Darius. Vous vous embrassiez avant notre arrivée.

Le visage d'Audra s'empourpra. Elle s'éclaircit la gorge.

— Darius et moi en avons discuté ce matin. C'était une erreur qu'aucun de nous n'a l'intention de répéter. J'apprécie ta sollicitude, mais nous sommes tous les deux d'accord sur le sujet.

Sophie parut incroyablement attristée par cette déclaration.

— J'espère que je n'ai causé aucun problème entre vous.

— Tout va bien. En fait, nous sommes venus ensemble ce matin. C'était plus logique, ajouta-t-elle.

— Très bien, acquiesça Sophie à contrecœur. Plus de manigances de ma part. Parole de scout.

Elle lui fit un salut de scout en touchant son front avec trois doigts.

— Merci, Sophie. Maintenant, dis-moi ce que je dois faire ce matin.

— Viens, je vais te montrer.

Un lent sourire se dessina sur son visage, et une lueur malicieuse s'alluma dans son regard. Audra grogna doucement : quelque chose lui disait que Sophie n'en ferait qu'à sa tête.

— Merci de revenir nous donner un coup de main, dit Kellan en s'approchant de Darius qui se servait un café brûlant.

— Aucun problème. Comment va ta femme ?

— Les matins sont difficiles pour Irina en ce moment. Mais

elle a hâte de te rencontrer. Elle veut que je t'invite à dîner un de ces soirs.

— Super. Attendons la fin de la Fashion Week pour choisir une date. En ce moment, même quand je ne travaille pas, mon cerveau passe tout en revue et essaye d'anticiper un million de choses qui pourraient mal tourner.

— Ça m'a l'air d'être une sacrée pression.

— Effectivement, dit Darius en ajoutant deux sucres dans son café. Mais j'aime tout le procédé de bout en bout. J'ai la chance de faire le travail que j'aime.

— On ne peut demander mieux dans la vie, dit Kellan en posant sa tasse vide sur la table. Il y a une autre chose dont Sophie et moi aimerions te parler.

— Oh ?

Darius but une gorgée de son café chaud, l'estomac noué par le ton sérieux de Kellan.

— Je t'écoute.

— Il s'agit de la succession de notre père. Comme tu le sais, cette ordure nous a rayés du testament et a tout laissé à son ex-femme.

Kellan essayait de conserver un ton égal, mais même pour Darius qui le connaissait à peine, il était visible qu'il bouillonnait derrière son apparence calme.

— Oui. Qu'en est-il ?

Darius n'avait jamais parlé d'argent ni de la succession avec Sophie ou Kellan, de peur qu'ils le pensent intéressé.

— Miranda a été mariée à notre père pendant une courte période. La maison, le terrain, la banque Blackwood… Rien de tout cela ne devrait lui revenir. Ça devrait rester dans la famille.

Kellan fronça les sourcils, le regard orageux, et des plis de douleur se formèrent autour de ses yeux, le faisant paraître soudain plus âgé.

— Sophie, Vaughn et moi avons supporté beaucoup de choses de la part de notre père, ainsi que notre mère. Ces biens font partie de l'héritage familial. C'est la raison pour laquelle

Sophie et moi contestons le testament. Et nous aimerions que tu te joignes à nous contre Miranda.

— Je vois.

Darius sirota son café, l'esprit tournant à toute vitesse tandis qu'il réfléchissait à ce que Kellan lui demandait.

Miranda avait clairement déclaré être intéressée par un partenariat avec son entreprise. S'il se joignait à ses frères et à sa sœur pour contester le testament, il pourrait dire au revoir à un contrat avec la marque Déesse.

Il y avait là de très grosses sommes en jeu.

Selon son propre avocat, la succession de Blackwood s'élevait à des centaines de millions de dollars, même répartie entre les quatre membres de la fratrie.

Mais l'accord avec Miranda serait également extrêmement lucratif - pas seulement pour lui, mais aussi pour ses employés et investisseurs qui avaient cru en lui depuis le début. La création d'une ligne de vêtements pour la marque Déesse pouvait être un tremplin et inciter d'autres entreprises à collaborer avec Thr3d.

— Quelle est la position de Vaughn à ce sujet ? demanda-t-il.

Kellan rit amèrement.

— Il ne veut rien avoir à faire avec l'héritage de notre père. Je ne serais d'ailleurs pas surpris de le voir changer le nom de son entreprise, Blackwood Energy, en quelque chose d'autre. Sa position, c'est qu'il offre de bon cœur tout son héritage à Miranda. Sophie et moi, ne sommes pas du même avis que lui.

Darius détestait décevoir son nouveau frère. Il aimait Kellan et Sophie et savourait le lien de parenté qu'il ressentait avec eux. Mais il avait des obligations envers son entreprise, et il avait passé la majeure partie de sa vie d'adulte à construire ce qu'il espérait devenir un jour une marque internationale. Il ne pouvait se permettre de tomber dans le sentimentalisme et détruire tout ce qu'il avait construit. Pas maintenant, alors que son objectif semblait à portée de main.

— Écoute, Kellan, je suis touché par votre offre. C'est généreux de votre part, compte tenu des circonstances. Mais la raison première de ma venue ici, était de travailler avec Miranda et sa marque Déesse. Si je me joins à toi et Sophie pour lui intenter un procès…

— Ça fera capoter l'affaire.

Kellan émit un grognement et haussa les épaules.

— J'ai compris. Tu ne nous connais que depuis deux semaines et tu travailles probablement sur un contrat comme celui-ci depuis des années.

— Exactement. Mais je n'ai pas dit que je refuse de me joindre à vous… Simplement que j'ai besoin de temps pour peser le pour et le contre. Toute mon équipe dépend de moi. Je ne peux pas prendre une telle décision sur un coup de tête juste parce que je vous apprécie incroyablement tous les deux. J'espère que tu comprends.

— Parfaitement. Nous respecterons ton choix, quel qu'il soit. Cela ne change rien au fait que tu es notre frère, et que nous voulons que tu fasses partie de notre vie.

— Merci, dit-il soulagé.

Il aimait vraiment Kellan et Sophie.

— Est-ce que nous pourrions en rediscuter dans quelques semaines ?

— Ça me va, et je pense que Sophie sera d'accord aussi, dit Kellan en jetant un regard vers leur sœur qui leur faisait signe. Il semble que nous soyons appelés.

Darius termina son café et posa sa tasse. Alors qu'il s'approchait de Sophie, il vit une lueur espiègle dans son regard.

S'il te plaît, plus de manigances, Sophie.

— Bonjour tous les deux. Nous avons du pain sur la planche, dit Sophie en consultant le bloc-notes qu'elle tenait.

— D'accord, dit prudemment Darius, l'estomac contracté à la pensée que sa sœur était en train de mijoter quelque chose. Dis-moi simplement ce qu'il faut que je fasse.

— Nous travaillerons à nouveau dans les jardins, mais cette fois avec d'autres partenaires.

— Avec qui est-ce que je travaille ce matin ?

Le sourire de Sophie s'élargit.

— Rafaela Marchesi.

Elle fit un geste de la main en direction d'une femme séduisante qui devait avoir dans les dix ans de plus que lui, de taille plus petite, avec d'épais cheveux bruns qui lui retombaient en cascade dans le dos.

La femme sourit en le regardant, et une lueur dansa dans ses yeux marron. Elle lui tendit une main pour qu'il l'embrasse, mais à la place, il la tint entre les deux siennes.

— C'est un plaisir de vous rencontrer, madame Marchesi. J'ai hâte de travailler avec vous.

— De même, Darius, répondit la femme en souriant, visiblement amusée qu'il ait poliment esquivé le baisemain.

Elle était sculpturale avec sa taille de guêpe et son port altier.

— Et s'il vous plaît, j'insiste pour que vous m'appeliez Rafaela, dit-elle en glissant son bras sous celui de Darius.

— Certainement.

Le regard affamé qu'elle darda sur lui, lui donna l'impression d'être nu.

— Audra, te voici, s'exclama Sophie en se retournant.

Le regard d'Audra se concentra sur le bras de la femme accroché à celui de Darius, et son sourire se figea avant qu'elle se ressaisisse.

— Tu n'as pas déjà perdu ton partenaire, n'est-ce pas ? la taquina Sophie.

Tripp, l'homme qui avait été tellement subjugué par Audra la semaine précédente, apparut soudain. Il lui tendit une bouteille d'eau.

Darius serra les poings et sa mâchoire se crispa. Il se tourna vers Sophie, qui lui adressa un grand sourire.

— Darius, vous devez tout me dire sur votre entreprise. Sophie m'a dit que vous êtes styliste et que vous allez participer à la Fashion Week de Los Angeles. Comme c'est fabuleux, roucoula Rafaela en le guidant à l'autre bout du jardin. Comme vous devez le savoir, avant de rejoindre l'équipe de *La Vie secrète*, j'étais moi-même mannequin.

— Non, je n'étais pas au courant, mais je n'en suis pas surpris.

Il fallait vraiment qu'il se mette à jour dans la série, ne serait-ce que pour pouvoir identifier les autres acteurs qu'il pourrait rencontrer en ville.

Le sourire de Rafaela s'élargit quand elle serra les doigts autour de son biceps.

— Vous êtes un très bel homme, Darius. Avez-vous déjà été marié ?

Il prit une profonde inspiration et soupira.

La journée va être incroyablement longue, songea-t-il.

12

Audra passa la journée à planter des buissons avec Tripp. Le jeune homme était beau, c'était le moins qu'on puisse dire, mais il en était également terriblement conscient. Cependant malgré sa nature arrogante, dragueuse et décomplexée, Tripp était quelqu'un de drôle, et ils passèrent une bonne partie de l'après-midi à rire.

Ils travaillèrent avec Tessa et son mari, Ryan Bateman, la sœur et le beau-frère de Tripp. Tous deux formaient un couple adorable, terre à terre, gentil et drôle, et ils avaient souvent fait rire Audra aux éclats avec leurs pitreries. Elle ne fut pas surprise d'apprendre qu'ils étaient amis depuis l'enfance et avaient grandi ensemble ; il était évident que leur relation s'était d'abord construite sur l'amitié.

Audra les envia un peu. Elle n'avait pas encore trente ans, mais elle réfléchissait de plus en plus à s'installer et à fonder une famille.

Elle jeta un coup d'œil à Darius, qui faisait équipe avec l'ancien mannequin Rafaela Marchesi. La femme touchait Darius chaque fois que l'occasion se présentait, et le buvait littéralement du regard.

Elle avait déjà cinq ex-maris, et à sa façon de regarder Darius, elle était visiblement en chasse pour le sixième.

— Audra.

Quand Tripp lui toucha l'épaule, elle faillit avoir une attaque.

— Désolé, je ne voulais pas te surprendre, mais je t'ai appelée plusieurs fois et tu ne m'as pas entendu. Ils sont sur le point de servir le déjeuner.

— Pardon. J'étais perdue dans mes pensées.

Ses joues s'échauffèrent face aux sourires complices de Tessa et Ryan. Tripp, lui, semblait beaucoup moins amusé.

— Ne m'attendez pas. Je vais juste finir de planter ce dernier buisson, et je vous rejoins.

— On vous rattrapera, dit Tripp à sa sœur et son beau-frère alors que le jardin se vidait. Gardez-nous une place.

Ryan acquiesça et se dirigea vers le bâtiment, un bras passé autour de Tessa.

Tripp aida Audra à planter le dernier buisson, et remplit le trou de terre.

— Merci de m'avoir attendue, Tripp, mais ce n'était pas nécessaire, dit la jeune femme en ôtant ses gants avant de repousser ses lunettes de soleil sur la tête. Tu es probablement affamé.

— Après tout ce travail, je parie que tu l'es aussi, dit-il en retirant ses gants également.

Tous deux se dirigèrent vers l'intérieur.

— Alors, ce Darius… Il y a combien de temps que vous êtes séparés ?

Audra se crispa. Son passé avec Darius n'était un secret pour personne, étant donné que Sophie l'avait annoncé à tout le groupe la semaine dernière. Pourtant, c'était étrange d'en discuter avec Tripp.

— Cinq ans, dit-elle finalement. Parfois, j'ai l'impression que c'était une autre vie. Mais parfois…

— On dirait que c'était hier ? termina-t-il. Je suis déjà passé par là. Ça a dû te faire drôle de le croiser ici après tout ce temps.

— Oui, et ça l'est toujours, balbutia-t-elle. Mais je pense que nous sommes parvenus à un accord.

— C'est pour ça que tu as passé la matinée à fixer Rafaela, comme si tu étais prête à la traîner par ses extensions de cheveux à travers toute la cour ?

— Je ne la regardais pas comme ça, protesta Audra.

Devant son air sceptique, elle soupira.

— D'accord, peut-être bien que oui, mais ce n'était pas intentionnel.

Ou peut-être que contrairement à ce que je pensais, je n'ai pas encore tourné la page.

— Je sais que tu n'as pas demandé mes conseils, et si tu n'en veux pas, n'hésite pas à me faire taire, dit-il en s'arrêtant devant la porte.

Audra étudia un instant son visage. Pourquoi se sentait-elle gênée qu'il ait remarqué son animosité envers Rafaela Marchesi ? Elle le connaissait à peine après tout ! Et pourquoi écouterait-elle ses conseils ?

— D'accord, donne-moi ton avis.

Un large sourire illumina le beau visage de Tripp.

— Sois honnête avec cet homme et avec toi-même. Ne fais pas semblant de ne rien ressentir et accepte tes sentiments. Ne les fuis pas et ne cherche pas un moyen de les contourner. Ça ne fera que t'enfoncer dans les sables mouvants. Si tu n'attaques pas de front tes émotions, elles détruiront tes relations futures.

— Waouh ! C'est remarquablement profond, dit Audra en le fixant, le regard plissé. Je ne m'attendais pas à ça.

— Je suis un être incompris et sous-estimé, dit-il en éclatant d'un rire sonore avant de reprendre son sérieux : Mais il se trouve que je suis une source intarissable de conseils fabuleux sur les rapports de couple. Le seul problème, c'est que je n'ai pas encore réussi à les appliquer à moi-même.

— Oui, je comprends, répliqua Audra en riant aussi. Je suppose que j'ai été surprise par...

Elle se tut et haussa les épaules.

— Je ne sais pas.

— Parce que je suis de toute évidence attiré par toi, acheva-t-il à sa place. Tu ne t'attendais donc pas à ce que je fasse quelque chose d'aussi altruiste que te suggérer d'être honnête sur tes sentiments envers ton ancien amour ?

— Quelque chose comme ça, oui.

— Alors laisse-moi te rassurer. Je ne suis pas altruiste. J'adorerais passer du temps seul à seul avec toi, Audra. Et si jamais cela devait arriver, je ne veux pas que cet homme hante tes pensées, dit-il avec un sourire plein d'assurance.

— Tu sais, Tripp Noble, tu es beaucoup plus profond que tu ne le laisses paraître, dit Audra en souriant. Et merci pour tes excellents conseils.

— Ça mérite bien un baiser ou quelque chose de ce genre, dit-il en ouvrant grand les bras.

Audra rit et le serra dans ses bras avant de rentrer à l'intérieur. Elle se lava les mains, puis alla rejoindre le reste du groupe.

Tripp avait raison. Elle mentait en clamant partout qu'entre Darius et elle, c'était terminé : elle avait encore énormément de sentiments pour lui, et tant de choses à lui dire. D'ailleurs, peut-être était-ce pour cela qu'elle n'avait jamais pu s'impliquer sentimentalement avec Cash.

Elle se débattait dans des sables mouvants depuis cinq ans, pour reprendre l'image de Tripp.

Audra ne savait pas encore comment elle allait s'y prendre, mais elle était décidée à affronter les doutes et les émotions qui la taraudaient depuis sa rupture avec Darius. Il fallait qu'elle passe à autre chose.

À la fin de la journée, Audra, Tripp, Tessa et Ryan rangèrent leurs outils, se préparèrent à partir.

— Salut, Audra, dit Darius en s'approchant. Je me demandais si tu comptais toujours rentrer avec moi ?

— Bien sûr. Pourquoi cette question ? Tu as peut-être des plans avec Rafaela ?

Son ventre se tordit à cette pensée.

— Si oui, je trouverai quelqu'un d'autre pour me raccompagner, ajouta-t-elle rapidement.

— Non, je n'ai pas de plan avec Rafaela, réfuta-t-il avant de baisser la tête et de murmurer d'un air conspirateur : Et ne prononce pas son prénom trop souvent, sinon elle risque d'apparaître d'un coup.

— Pourquoi ? C'est Beetlejuice ? demanda-t-elle sans pouvoir s'empêcher de rire.

— Je ne sais pas, et je ne veux pas le savoir, répondit-il en riant aussi.

— Ce que je voulais dire, c'est que tu n'as pas à t'embarrasser de ma présence, expliqua Audra en forçant un sourire. Si tu as d'autres plans, je comprends.

— J'ai posé la question parce que je pensais que c'était toi qui avais d'autres plans.

— Pourquoi ?

Il hésita avant de répondre :

— Ne pense pas que je t'espionnais, mais je t'ai vue prendre Tripp dans tes bras.

C'était mesquin, mais elle ressentit un léger sentiment de satisfaction à l'idée que Darius soit jaloux.

— Je le remerciais. Il m'a aidée au sujet de quelque chose.

— Oh. Eh bien, je dois juste dire un petit mot à plusieurs personnes avant de partir, dit-il en vérifiant sa montre. Rendez-vous à la porte dans dix minutes ?

Elle hocha la tête et le regarda s'éloigner en laissant son regard s'attarder plus que de raison sur ses fesses.

— Il semble que l'éloignement renforce les sentiments, déclara Sophie qui avait surgi de nulle part.

— Sophie ! s'exclama Audra en passant la main dans ses cheveux. Tu m'as fait une de ces peurs !

— J'imagine que si tu ne m'as pas entendue t'appeler, c'est parce que tu étais trop occupée à admirer le derrière de Darius, répondit Sophie en souriant malicieusement. L'homme pour qui tu es censée n'avoir aucun intérêt.

— Ce n'est pas pour autant que je suis aveugle.

Elle jeta un dernier coup d'œil en direction de Darius avant de se tourner vers le regard incrédule de Sophie.

— Très bien, j'ai peut-être encore des sentiments pour lui. Mais ça ne signifie pas que nous sommes faits l'un pour l'autre.

— Je comprends… L'amour peut être effrayant, dit Sophie

l'expression adoucie. Mais il n'y a qu'une seule façon de savoir s'il y a quelque chose entre vous. Et ce n'est pas en s'évitant.

— Je sais, répliqua calmement Audra. Je vais lui parler, mais je n'ai pas besoin que tu m'y pousses ou que tu montes des intrigues.

— Oui m'dame, répondit Sophie en souriant. Penses-tu que je devrais m'excuser auprès de Darius de lui avoir collé Rafaela dans les pattes ?

Elles rirent toutes les deux.

— Non, ça ira. Ne t'inquiète pas Tout se passera bien pour nous deux.

— Je sais. Je suppose que je voudrais juste voir tout le monde aussi heureux et amoureux que Nigel et moi. Au fait, ta proposition pour nos bagues est magnifique. C'était le parfait compromis. Je ne te remercierai jamais assez d'être venue ici et de les avoir conçues.

— C'était un plaisir, répondit Audra en lui serrant la main. Je repartirai à Dallas dans quelques jours pour les réaliser. Espérons que tous les bijoux de mariage seront terminés d'ici là. Une fois que vous les aurez tous approuvés, je retournerai à Dallas.

— C'est merveilleux ! dit Sophie avec enthousiasme, avant de changer de tête. Attends, tu ne restes pas pour le mariage ?

— Je n'assiste généralement pas aux mariages de mes clients, Sophie. C'est la première fois que je travaille de cette façon.

— Alors pourquoi ne pas faire une autre exception ? Reste pour le mariage, insista la jeune femme en l'implorant du regard. Tu n'es plus simplement ma créatrice de bijoux. Je te vois comme une amie à présent.

Audra fut touchée par ses paroles.

— Je ressens la même chose.

— Alors reste, s'il te plaît. Tu as déjà loué la villa de Dixie pour le reste du mois. Autant en profiter.

— C'est une jolie ville, et tout le monde ici est tellement gentil, dut admettre Audra. Je pourrais finir par m'y habituer.

Les yeux de Sophie se mirent à briller.

— Alors pourquoi ne pas venir t'installer à Royal ?

— Quoi ? dit Audra en éclatant de rire. J'ai dit que j'aimais cet endroit, Sophie, pas que j'étais prête à déménager.

— Pourquoi pas ? Nous sommes tout près de Dallas. Tu pourrais te rendre facilement à ta boutique depuis ici. D'ailleurs, tu as déjà dit que tu préférais cette ville à Dallas, et tout le monde ici t'apprécie vraiment.

— Oui, ça a été formidable de séjourner ici. Mais de là à déménager ? Je n'en sais rien.

— Tu n'es pas obligée de te décider aujourd'hui. Mais sache que nous serions nombreux à nous en réjouir.

— Ça me touche énormément. Et si jamais je décidais de faire mes valises, je promets d'envisager sérieusement Royal.

— C'est tout ce que je demande, répondit Sophie visiblement satisfaite de cette réponse. Ton carrosse t'attend.

Darius se tenait devant la porte, fatigué mais terriblement séduisant.

Ils discutèrent cordialement de leur journée pendant le court trajet du retour, et furent arrivés avant même qu'elle s'en rende compte.

Audra était sale et épuisée, et elle avait besoin d'un bon bain et d'une sieste. Mais quand Darius coupa le moteur, elle réalisa qu'elle n'était pas prête à mettre un terme à cette soirée. Elle avait oublié combien elle aimait passer du temps avec lui. Sa présence était si apaisante qu'elle équilibrait la personnalité haute en couleur de la jeune femme.

— Comment se passent les préparatifs du défilé ? demanda-t-elle, cherchant un prétexte pour rester quelques minutes de plus.

— Jusque-là, tout se déroule comme prévu, malgré quatre ajouts de dernière minute qui, je l'espère, feront sensation.

— C'est une décision audacieuse. Qu'as-tu ajouté, si ce n'est pas indiscret ?

— Je préfère te montrer, répondit-il en laissant son regard s'attarder sur Audra, ce qui lui réchauffale cœur. Tu entres prendre un dernier verre ?

— J'adorerais, mais je suis sale et épuisée.

Elle se força à rire, afin de masquer la tristesse qu'elle ressentit de refuser son offre. Discuter avec Darius de son défilé autour d'un verre de vin, aurait été une agréable façon de passer la soirée, et une excellente occasion de terminer la conversation qu'ils avaient entamée dans les écuries. Mais cette fois, sans baisers et tout ce qui s'ensuit.

— J'ai également besoin d'une douche. Mais j'aimerais te montrer ce que tu m'as inspiré pour ce défilé.

— Moi ?

— Oui, toi, Audra, dit-il avec un petit rire. Ne sois pas si surprise. Je ne suis sûrement pas le premier homme que tu inspires, et certainement pas le dernier.

— J'avoue être intriguée, concéda-t-elle finalement. Je passerai, sauf si je tombe d'épuisement après ma douche.

— Parfait, dit-il avec une lueur victorieuse dans le regard.

Il la connaissait suffisamment pour savoir que sa curiosité l'emporterait sur le reste.

— J'ai une bouteille au frigo, et je ne verrouillerai pas la porte du patio.

Une fois chez elle, Audra alla directement à la buanderie. Elle ôta ses vêtements sales et les déposa dans la machine à laver. Puis elle entra dans la douche chaude et fumante, fredonnant doucement, tandis que l'eau ruisselait sur son corps. Sa peau fourmillait d'excitation à l'idée de passer plus de temps avec Darius.

13

Audra enfila une simple et courte robe en jean, à la fois charmante et sexy, sans pour autant en faire trop.

Les cheveux ondulés et humides tirés en une queue-de-cheval haute, elle enfila une paire de sandales plates et appliqua un peu de gloss.

En ouvrant la porte qui séparait leurs propriétés, elle trouva étrange de se rendre chez lui, alors que d'habitude, elle essayait de ne pas regarder dans cette direction quand elle se rendait à la piscine.

Les lumières du salon et du bureau étaient allumées. Elle savait que c'était le bureau, car malgré ses efforts pour détourner le regard, elle l'avait parfois aperçu en train de travailler dans cette pièce.

Après une profonde inspiration, elle frappa à la porte.

Pas de réponse.

Elle ouvrit la porte et entra.

— Darius ?

Elle l'appela encore deux fois, mais toujours pas de réponse.

La porte du bureau était ouverte et la lumière allumée. Elle entra donc.

La pièce était en ordre et bien organisée. Sur le bureau se trouvait un ordinateur portable, et deux tableaux effaçables ainsi qu'un grand en liège étaient posés contre les murs. Elle s'approcha du tableau de liège où quatre maillots de bain étaient épinglés. Craignant de tout faire tomber, elle n'y toucha pas et préféra se concentrer sur les croquis. Quatre silhouettes, dont deux masculines et deux féminines, portaient les modèles épinglés sur le tableau. Elle étudia les figures féminines.

Il n'y avait pas beaucoup de détails, juste assez pour que la femme lui paraisse familière.

— Audra, dit Darius qui se dressa soudain à côté d'elle. Je ne t'avais pas entendue entrer.

— J'ai frappé et je t'ai appelé, mais tu n'as pas répondu, dit-elle en se tournant vers lui. J'espère que ça ne te dérange pas que je sois entrée.

— Bien sûr que non. J'ai mis du temps à passer sous la douche. Mon assistante a appelé pour me poser quelques questions.

— Un samedi soir ?

— Il n'est pas aussi tard là-bas, mais oui, elle est à peu près aussi obsédée que moi, dit-il en riant. C'est pour ça que nous travaillons si bien ensemble. Et puis, mes employés touchent une participation. Je trouve que ça les rend plus investis dans les résultats.

— Thr3d est donc une entreprise à capitaux privés ?

— Oui. Et je la garderai comme ça aussi longtemps que possible.

Il fit un pas vers elle et l'odeur de son gel douche chatouilla les narines d'Audra.

Elle se retourna vers le tableau contenant les croquis.

— C'est moi, non ?

— Parfois, quand mon cerveau s'embrouillait, je te regardais nager, avoua-t-il en éludant sa question. Il y a quelque chose d'apaisant dans la grâce avec laquelle tes bras et tes jambes fendent l'eau. Et puis un jour, j'ai eu l'idée de dessiner ces maillots de bain.

— Je ne savais pas que Thr3d faisait des maillots de bain.

— Pas jusqu'à présent. Et c'est peut-être la dernière fois, dit-il en haussant les épaules. Ça dépendra de la manière dont ils seront accueillis.

— Tu as créé ça de bout en bout ici, depuis ton arrivée ? demanda-t-elle surprise.

— Oui. C'était une décision risquée, mais ta passion pour la natation… m'a motivé. Je ne pensais à rien d'autre qu'à les dessiner.

— Ton équipe a dû apprécier, dit-elle en le taquinant.

Il sourit.

— Ils m'ont sûrement affublé de tout un tas d'horribles surnoms ces dernières semaines. Mais maintenant, tout le monde est satisfait de la tournure des événements.

— Est-ce que je peux ? demanda-t-elle en désignant le maillot de bain une pièce.

— Je t'en prie, dit-il en détachant le vêtement pour le lui tendre. Puisque tu en as été l'inspiratrice, j'aimerais avoir ton opinion honnête et sans détour.

— M'as-tu déjà vue en donner d'autres ?

— Non, avoua Darius en riant doucement. Ta franchise est une des choses que j'apprécie le plus chez toi.

— Alors pourquoi ne pas m'avoir rendu la pareille ? Ne penses-tu pas que je méritais la même chose ? ne put-elle s'empêcher de demander.

Même si elle était déterminée à finir leur discussion, elle n'avait pas prévu d'entrer si vite dans le vif du sujet. Il aurait peut-être mieux valu commencer par un verre de vin… Cela aurait en tout cas diminué sa tension, car sa question était réelle, et absolument pas dans le but de chercher la confrontation.

Darius s'assit au bord d'un meuble de classement, semblant soudain avoir besoin de mettre de la distance entre eux. Son regard était rempli de regret et peut-être même de honte.

— Je te l'ai déjà dit aux écuries. Le mensonge au sujet de mes parents… a commencé comme un malentendu et puis… c'est devenu une sorte de bouclier. Ma vilaine histoire de famille était soudain effacée, et je n'avais plus à en parler. Je n'ai jamais été aussi heureux qu'à l'époque où j'étais avec toi, et je ne voulais pas gâcher ça.

— Et si nous étions restés ensemble… aurais-tu continué à me mentir ?

— Non bien sûr que non. Mais j'avais peur que si tu apprenais la vérité, tout soit fini entre nous.

— J'aurais été blessée, naturellement. Mais si tu avais été honnête avec moi…

Audra secoua la tête, les mots mourant sur ses lèvres. *À quoi cela nous sert-il de ressasser le passé ?*

— Je ne suis pas venue ici pour me disputer. Mais ça fait cinq ans que je fais semblant d'aller bien, et que je prétends que tout ceci est du passé. Mais ce n'est pas vrai. Je t'aimais, Darius. Quand tu m'as soudain annoncé que c'était fini entre nous, sans même une explication, ça a été comme si notre relation n'avait jamais eu d'importance pour toi. Comme si je n'avais jamais compté. C'est ce qui a été le plus difficile à surmonter. Comment ai-je pu me tromper à ce point ?

Les larmes lui piquèrent les yeux et brouillèrent sa vision. Elle voulut se détourner, mais il lui saisit le poignet.

— Tu ne te trompais pas, Audra, murmura-t-il d'une voix rauque.

Il l'attira vers lui, la forçant à croiser son regard, et posa une main sur son propre cœur.

— Je t'aimais tellement. Mais j'avais été si souvent rejeté dans ma vie, que je n'ai pas pu supporter l'idée d'être rejeté par la personne que j'aimais le plus au monde.

Audra déglutit et s'humecta les lèvres. Sa respiration se fit rapide.

— Je comprends tes raisons maintenant. Je me suis toujours pliée aux exigences de mes parents, mais j'étais décidée à rester avec toi. J'allais leur parler de nous, je le jure. J'avais juste besoin de temps.

— Je te crois, mon cœur. J'ai tout gâché. J'aurais dû te dire que je…

Audra le fit alors taire d'un baiser. Ce n'était pas de remords qu'elle avait besoin mais de *ça* : la bouche de Darius sur la sienne, et ses propres mains tremblantes sur son beau visage.

Darius l'enlaça et l'attira entre ses jambes. Il l'embrassa et fit glisser ses grandes mains plus bas pour prendre ses fesses en coupe et la presser contre lui.

Audra lui remonta son T-shirt et passa ses mains sur ses

muscles, savourant ce terrain si familier et pourtant très différent d'avant. Darius interrompit alors leur baiser, le temps de se débarrasser de son T-shirt et de le jeter au sol.

— Quelqu'un a travaillé ses muscles, commenta-t-elle en lui pressant les biceps avant de l'embrasser à nouveau.

— J'ai dû faire quelque chose de toute cette frustration, murmura-t-il, en lui dispensant des baisers sur le cou et l'épaule.

— C'est drôle, j'ai fait exactement le contraire. J'ai compensé avec la nourriture, ce qui explique le poids que j'ai pris.

Elle avait pris quatre kilos durant la première année, suivis de quatre autres les années suivantes, même si la natation l'avait aidée à limiter les dégâts.

— J'aimais ton corps avant, mais maintenant j'en suis fou.

Il l'embrassa le long de sa gorge, déboutonnant au passage trois boutons afin d'avoir un meilleur accès, et s'attarda ensuite sur un sein en tirant sur la robe de manière à lui exposer davantage l'épaule.

Le cœur d'Audra battait la chamade et son entrejambe pulsait à un rythme régulier, comme un battement de cœur. La pointe de ses seins la picotait, et elle attendit, fébrile, le plaisir indescriptible de sentir les lèvres de Darius se refermer sur ses mamelons douloureusement durs. À l'idée de toutes les autres façons dont il savait user de sa bouche, la tête lui tourna.

Elle se détacha de lui, et pendant un instant, il sembla paniqué, comme s'il était inquiet de l'avoir contrariée, ou qu'elle ait peut-être changé d'avis. Mais au lieu de cela, elle commença à remonter sa robe sur ses hanches.

Darius posa alors ses mains sur les siennes, la respiration irrégulière, et interrompit son mouvement.

— Audra, tu es sûre que c'est ce que tu veux ?

Ses lèvres lui effleurèrent l'oreille et son souffle brûlant lui chatouilla la peau.

— Oui. Emmène-moi dans ta chambre, Darius. Maintenant. S'il te plaît.

Elle regretta aussitôt d'avoir supplié : elle ne voulait pas ramper devant un homme qui lui avait menti et l'avait repoussée. Mais en regardant dans ses yeux, il lui parut clair que c'était elle qui avait le contrôle total.

Audra avait toujours aimé la façon dont Darius la regardait, surtout quand ils faisaient l'amour, comme si rien d'autre qu'elle ne comptait. C'était ainsi qu'il la regardait en ce moment même, et c'était ce qu'elle ressentait de son côté également.

Il l'aida à retirer sa robe et la jeta au sol, puis l'admira émerveillé, vêtue uniquement d'un soutien-gorge en dentelle noire et d'un shorty assorti qui laissait très peu de place à l'imagination.

Il tendit alors une main, qu'Audra accepta, désireuse de faire cesser le tremblement de ses jambes et les papillons dans son ventre, et la conduisit dans sa chambre, à l'autre bout de la maison. Après l'avoir allongée sur le lit, il ôta son short et rampa sur le lit pour la rejoindre et couvrir son corps. S'emparant alors de ses lèvres, il l'embrassa encore et encore, tout en faisant glisser l'élastique de sa queue-de-cheval et passa les doigts dans ses cheveux. Sa langue s'attarda sur son piercing, tandis qu'il pressait son membre dur et tendu contre sa cuisse.

Elle le désirait plus que tout au monde, et refusait de réfléchir au-delà de ça, par crainte de se poser des questions et de se remettre à l'interroger. Pour le moment, elle ne voulait pas réfléchir, mais uniquement se concentrer sur les sensations étourdissantes qu'il lui procurait.

Darius se retourna sur le dos, l'entraînant avec lui sans jamais rompre leur baiser. Il fit glisser ses mains le long de son dos et lui agrippa les fesses pour la presser contre son sexe rigide.

Elle prit une profonde inspiration à la délicieuse sensation de son érection palpitante et chaude contre elle, et fut parcourue de décharges électriques jusque dans sa colonne vertébrale, gémissant alors que leur baiser s'intensifiait à chaque instant.

— Tu ne peux pas savoir combien je te désire, dit-il en écartant le rideau de cheveux qui lui bloquait la vue de son visage. Je n'ai pas arrêté de penser à toi depuis…

— Le Royal Diner ?

Elle non plus n'avait pas cessé de penser à lui depuis.

— J'ai beau essayer de te sortir de ma tête… tu es toujours là.

C'était la même chose pour Audra, et même bien avant qu'ils se revoient dans ce restaurant, en ce qui la concernait.

Durant ces cinq dernières années, elle s'était efforcée de sourire et de poursuivre sa vie, avait lancé l'entreprise de ses rêves, rencontré le succès et essayé de trouver l'amour. Mais à l'intérieur, elle était déchirée, effondrée et essayait de cacher son désarroi.

« Ne fais pas semblant de ne rien ressentir et accepte tes sentiments. »

Audra pressa à nouveau sa bouche contre la sienne et l'embrassa. Elle n'avait plus envie de parler.

Darius détacha son soutien-gorge et le fit glisser sur ses épaules. Puis il la fit basculer sur le dos et couvrit sa poitrine de baisers, s'attardant sur un mamelon perlé qu'il prit en bouche, le suçant et le taquinant de la langue alors qu'elle se tordait sous lui.

Il descendit lentement le long de son ventre en le parsemant de baisers, et effleura son piercing du nombril en forme de papillon. Audra sentit le sang pulser entre ses cuisses, et quand Darius retira sa culotte en dentelle et écarta des pouces les replis de son intimité, elle haleta de plaisir et enfonça les talons dans le matelas, hanches tendues vers sa bouche dans une prière silencieuse.

Les jambes tremblantes et le cœur battant, son ventre se contracta alors qu'elle se rapprochait de plus en plus de l'extase. Elle avait oublié à quel point Darius était doué pour donner du plaisir avec sa langue.

Non seulement il était expert dans l'art de donner du plaisir, mais il y mettait tout son cœur, comme s'il n'y avait rien de plus important au monde que de la faire jouir.

Elle se mit alors à crier et un feu d'artifice explosa derrière ses paupières hermétiquement fermées, tandis qu'elle se laissait aller à l'orgasme qui déferlait en elle. Elle arqua le dos, les jambes tremblantes, essoufflée et étourdie.

— Oui, laisse-toi aller.

Darius déposa de doux baisers brûlants à l'intérieur de sa cuisse, puis remonta jusqu'à son cou, et lui chuchota à l'oreille :

— J'adore l'expression d'extase sur ton visage quand tu jouis.

Audra se sentit grisée, puis émue, et enfin un peu en colère.

Elle avait un jour été sienne. Elle rêvait alors d'être sa femme et de partager durant le reste de sa vie, cette passion et cette affection. Mais il avait détruit tout ce qu'ils avaient construit parce qu'il ne lui avait pas fait confiance. Il n'avait pas assez cru en elle pour penser qu'elle le choisirait.

Darius sentit aussitôt sa tension.

— Qu'est-ce qui ne va pas, bébé ? demanda-t-il en fronçant les sourcils et en étudiant son visage.

— Rien, chuchota-t-elle.

En parler maintenant ne ferait qu'augmenter la douleur et la colère qui marinait en elle. Elle l'embrassa et taquina sa langue de son piercing.

Darius passa les doigts dans ses longs cheveux, lui inclinant la tête afin d'approfondir leur baiser, jusqu'à ce qu'ils soient tous deux à bout de souffle, son membre rigide et épais pressé contre l'entrée moite de son sexe.

Il la quitta soudain, et revint rapidement de la salle de bains avec des préservatifs, puis en déchira un et se gaina.

Quelque chose dans son regard vorace fit gonfler le cœur d'Audra. Elle se souvint de la première fois qu'il l'avait regardée de cette façon : c'était la nuit où il lui avait dit pour la première fois qu'il l'aimait.

Saisissant la base de son sexe, il entra en elle, lui arrachant un halètement silencieux. Folle de plaisir, elle leva la bouche vers lui, et il l'embrassa en même temps qu'il la pénétrait plus avant.

Audra prit une profonde inspiration en le sentant s'enfoncer au plus profond de son intimité. Elle sentit tout son corps se consumer au frottement du sexe de Darius en elle, et chaque coup de reins la rapprochait un peu plus du paroxysme du plaisir, jusqu'à ce qu'elle s'abandonne aux vagues de plaisir, agrippée à ses bras puissants et criant son nom.

Il l'embrassa dans le cou, accélérant son rythme, et lui chuchota d'une voix rauque :

— Mon Dieu, comme tu m'as manqué, Audra.

Elle sentit ses yeux la brûler de larmes.

Darius se tendit, puis trembla. Il se laissa tomber sur le dos à côté d'elle, tous deux respirant fortement.

Aucun d'eux ne parla, et un silence gênant s'installa qui amplifia tous les autres sons : le tic-tac de l'horloge murale, le rugissement d'une moto qui passait, le mouvement silencieux de l'air chaud soufflant à travers le conduit d'aération, le battement de son propre cœur.

Mortifiée, elle essuya silencieusement les larmes qui striaient ses joues enflammées.

Elle n'avait encore jamais pleuré après l'amour, quelle que soit l'intensité du plaisir. Elle savait pourtant qu'il valait mieux ne pas tomber amoureuse des douces paroles qu'un homme chuchotait dans le plaisir. Dans ces moments de folie temporaire induite par l'orgasme, il vous promettait le monde.

Personne ne devait se fier aux choses dites dans ce genre de moments.

Alors pourquoi avait-elle été si touchée par le simple aveu de Darius ?

Soudain la vérité la frappa : elle avait été émue parce qu'il avait exprimé ce qu'elle ressentait exactement.

Il lui avait manqué à elle aussi. Depuis lui, aucun homme n'avait jamais vraiment compté, car elle l'avait aimé comme aucun autre. Elle avait beau essayer de le nier, la vérité était qu'elle aimait toujours Darius et qu'elle le voulait dans sa vie.

« *L'homme que tu veux n'est pas forcément celui qui te convient, Audra.* »

Les mots de sa mère résonnèrent dans sa tête. Elle avait toujours prononcé cette phrase chaque fois qu'Audra était intéressée par quelqu'un qui ne correspondait pas à ses diktats. C'est pourquoi elle avait hésité à présenter Darius à ses parents à l'époque.

Mais peut-être que sa mère avait raison.

Elle voulait Darius, mais il lui fallait un partenaire sur lequel elle pouvait compter, quelqu'un qui lui ferait confiance. De plus elle soupçonnait Darius de lui cacher quelque chose. Elle l'avait senti ce jour-là au restaurant et elle le sentait encore aujourd'hui.

Elle avait cédé au désir, avait donné son corps à Darius, pris le sien, mais elle ne donnerait plus jamais son cœur à un homme auquel elle ne pourrait faire confiance.

14

Le cœur de Darius battait à tout rompre et sa respiration était haletante après cet orgasme incroyable.

Faire l'amour avec elle avait été encore meilleur que dans ses souvenirs, à tel point qu'il lui avait avoué combien elle lui avait manqué. Chaque mot était vrai, même s'il n'avait pas prévu de les dire, et surtout pas dans le feu de la passion.

Il avait vu les larmes dans ses yeux. Était-ce parce qu'elle le croyait ou au contraire ? De toute façon, après cette explosion de passion, ils étaient tous deux un peu gênés.

Il roula sur le côté et déposa un doux baiser sur ses lèvres tout en lui caressant la joue.

— Tu étais incroyable, Audra.

— Toi aussi.

Il l'embrassa à nouveau, puis se rendit à la salle de bains et s'aspergea le visage d'eau froide.

Calme—toi. Tout ira bien.

De qui se moquait-il ? Rien n'allait, au contraire. Il avait clarifié les choses avec Audra sur leur passé, mais à présent il était forcé de lui cacher un autre secret.

S'il voulait envisager un avenir sérieux avec Audra, il devait d'abord tout lui dire : la vraie raison de sa présence à Royal, ainsi que son lien avec les Blackwood. Mais il lui était impossible de faire ça avant d'avoir parlé à ses parents, qui étaient toujours en Europe, et qui ne devaient revenir qu'après son défilé.

À son retour dans sa chambre, Audra n'y était plus. Il enfila son boxer et partit à sa recherche. Elle était dans son bureau, en sous-vêtements, penchée pour récupérer la robe qu'ils avaient laissée là, plus tôt.

— Tu n'es tout de même pas en train de partir ? demanda-t-il en s'appuyant contre le chambranle de la porte.

— Il est tard et nous avons eu une très longue journée, dit-elle en se mordillant la lèvre.

Darius passa un bras autour de sa taille et lui releva la tête en posant un doigt sous son menton.

— Reste. S'il te plaît.

— Je ne devrais pas, dit-elle le souffle court. Ce serait gênant.

— Ça ne dépendra que de nous. En plus, tu as promis de porter ces maillots de bain pour moi.

Elle rit nerveusement et s'adossa à lui plutôt que de s'éloigner.

— Il me semble que j'avais simplement promis de te donner un avis honnête.

— Et comment veux-tu le faire sans les essayer ?

— Tu marques un point. Et une promesse, c'est sacré.

Elle posa la robe sur une chaise et prit le maillot de bain une pièce.

— J'adore l'épaule dénudée. C'est à la fois simple et sexy avec tous ces petits détails, commenta-t-elle en tenant la tenue à la lumière. Et c'est fin sans être transparent pour autant.

Elle posa le maillot sur le bureau et passa ses doigts dessus.

— Le tissu est de qualité, les finitions sont parfaitement soignées, et de plus c'est ma couleur préférée.

— Aubergine, dirent-ils à l'unisson.

Darius émit un petit rire et croisa le regard surpris d'Audra.

— Quoi ? Comment aurais-je pu oublier ça ? Je ne connais personne d'autre dont la couleur préférée soit l'aubergine.

Audra réprima un sourire et vérifia l'étiquette.

— Tu l'as vraiment fait faire à ma taille ? Comment savais-tu ?

— Je suis styliste, lui rappela-t-il. Tu n'as qu'à enfiler le maillot pendant que j'irai chercher une bouteille de vin. Rouge ou blanc ?

— Blanc.

Elle paraissait moins tendue et plus du tout pressée de partir.

— Je reviens tout de suite, dit Darius en l'embrassant sur la joue.

Il se rhabilla avant de se rendre à la cuisine pour préparer un rapide plateau de charcuterie et de fromages, puis ouvrit une bouteille de chardonnay et revint au bureau.

— Qu'est-ce que tu en penses ? demanda Audra en souriant et en tournant lentement sur elle-même.

— Sensationnel. Tu es superbe, Audra. Encore plus que je ne l'imaginais quand je l'ai conçu pour toi.

Elle pencha la tête sur le côté.

— Tu l'as conçu pour moi ?

— Je l'ai fait en pensant à ta morphologie.

— Dans ma couleur préférée et à ma taille, ajouta-t-elle avec un sourire incrédule.

— Du vin ? demanda-t-il sans répondre à sa question.

Audra le regarda avec un sourire taquin, avant de prendre une gorgée de son vin. Elle posa son verre et choisit quelques olives noires et un carré de gruyère qu'elle grignota, avant de faire quelques pas et de défiler dans son maillot.

Darius s'adossa à sa chaise et croisa une cheville sur son genou opposé.

— Il reste bien en place quand je bouge ou m'étire. Tu veux que j'essaye le deux-pièces aussi ?

Dieu, oui.

— Si ça ne te dérange pas, dit-il avec nonchalance.

La jeune femme quitta la pièce avec le bikini. Il venait de voir chaque centimètre carré de sa peau nue, moins d'une heure auparavant, pourtant il était dans tous ses états à l'idée de la voir dedans.

Elle revint après quelques minutes vêtue du maillot, et il faillit presque s'en étouffer. Voyant cela, elle prit un malin plaisir à parader au centre de la pièce, et tourna lentement sur elle-même pour montrer le bikini sous tous les angles.

— Ta réaction... Je ne sais pas si ça veut dire que ça me va ou...

— Tu es fabuleuse. Crois-moi.

Il marcha vers elle et s'arrêta à quelques centimètres, comme intimidé. Les bras croisés, il appuya le menton sur son poing et étudia l'ajustement du maillot.

— Comment tu te sens dedans ?

— J'aime beaucoup celui-là aussi. C'est la même taille, mais c'est plus confortable. Ça ne couvre pas le dos comme le premier, mais ça n'est pas dénudé au point de mettre mal à l'aise.

— Je peux ? demanda-t-il en tendant la main vers elle.

— Vu ce que nous venons de faire, je pense que oui, répliqua Audra les joues rouges.

— C'est devenu un réflexe. Je demande toujours la permission avant de toucher un mannequin.

Il ajusta alors la bande au-dessous de son buste.

— Est-ce que ça tient bien ? demanda-t-il en laissant ses doigts s'attarder sur les hanches de la jeune femme.

Audra le regarda un instant, le regard fiévreux, puis se dressa sur la pointe des pieds pour passer les bras autour de son cou.

— Pourquoi ne pas étudier ça de plus près ? demanda-t-elle d'une voix basse et rauque avant de l'embrasser.

Une main pressée contre son dos et l'autre posée sur ses fesses fermes et rondes qui l'excitaient tant, Darius l'embrassa avidement, comme s'ils n'avaient pas fait l'amour moins d'une heure auparavant. Audra le tira aussitôt par son T-shirt, mourant d'envie de le sentir contre elle.

Il la souleva de terre, la tenant fermement par les fesses, et elle enroula ses jambes autour de lui. Ils gémirent tous deux de plaisir à la sensation du sexe durci se pressant entre les cuisses d'Audra.

Darius recula de quelques pas, jusqu'à ce que ses mollets heurtent le canapé derrière lui, et se laissa tomber, Audra à cheval sur lui. Elle enfonça ses genoux sur le canapé de chaque côté de lui, et se mit à onduler, envoyant une secousse électrique le long de la colonne vertébrale de Darius et accélérant les battements de son cœur.

Le regard brûlant de désir, il tira sur le cordon du bikini et aida Audra à s'en débarrasser, avant de l'embrasser avec fougue. Aucune femme ne lui avait jamais fait ressentir cela. C'était comme si l'embrasser, la toucher ou lui faire l'amour était la seule chose qui comptait au monde.

Impatiente, Audra fit passer son T-shirt par-dessus sa tête, permettant ainsi à Darius de se délecter de la sensation de ses seins nus contre son torse quand il la prit dans ses bras. Il passa ses doigts avec légèreté le long de son dos, puis saisit ses hanches qui ondulaient contre lui afin de la plaquer contre son bassin.

Finalement, incapable d'en supporter davantage, il détacha les deux nœuds de chaque côté de la culotte jusqu'à ce que le maillot s'ouvre, aidé par Audra qui déplaça son poids afin de faire glisser leurs sous-vêtements. Il sortit un préservatif de la poche de son short, où il avait, heureusement, eu la présence d'esprit de le placer plus tôt, et déchira l'emballage pour s'en couvrir. Puis, il empoigna la base de son sexe qu'il pressa contre celui lisse d'Audra, l'autre main posée sur sa hanche afin de la guider.

Les cils d'Audra papillonnèrent alors qu'elle s'abaissait lentement sur lui, laissant leurs corps s'emboîter et fusionner comme si les cinq dernières années n'avaient jamais existé.

La tête penchée en arrière, elle laissa échapper un long râle de plaisir. Darius repoussa les cheveux de son cou pour le parsemer de baisers, puis lui saisit les fesses à pleines mains pour lui imprimer un mouvement de haut en bas sur son membre rigide.

Au bord du plaisir, les gémissements d'Audra s'intensifièrent alors que leurs hanches claquaient à l'unisson et qu'elle enfonçait les doigts dans les épaules de Darius.

— C'est si bon, dit-il d'une voix tremblante d'excitation. Jouis pour moi, bébé. Je ne sais pas combien de temps je vais pouvoir tenir.

Elle ferma les yeux et glissa une main entre eux, les doigts sur son clitoris. Ses mouvements, lents au départ, devinrent de plus en plus rapides.

Darius avait toujours aimé l'absence d'inhibition d'Audra dans l'amour. Elle n'avait jamais honte de demander ou de prendre ce dont elle avait besoin. C'était l'une des choses les plus attirantes chez elle.

Il intensifia la pression de ses mains et accéléra les mouvements du bassin d'Audra qui allait et venait sur son sexe douloureusement dur. La respiration haletante, elle gémissait de plus en plus fort et enfin elle s'abandonna au raz-de-marée qui l'emportait alors qu'elle criait son nom.

Darius l'allongea alors sur le canapé, et entama un vigoureux va-et-vient jusqu'à ce qu'il explose en elle, le corps parcouru de frissons.

Il l'embrassa, le cœur battant tandis qu'il tentait de reprendre son souffle.

— Ne pars pas, Audra.

L'idée même lui était insupportable. Il voulait s'endormir contre sa chaleur et sa douceur, et avoir la joie de se réveiller auprès de son joli visage et son doux sourire.

— Reste. S'il te plaît.

Elle lui caressa la joue et hocha la tête. Ses lèvres gonflées de baisers s'étirèrent dans un petit sourire qui fit déborder son cœur et lui rappela toutes les raisons pour lesquelles il était tombé amoureux d'elle à l'époque.

Les raisons pour lesquelles il était à nouveau en train de tomber amoureux d'elle.

Ils s'installèrent confortablement au lit, buvant du vin et grignotant les hors-d'œuvre du plateau. Darius était heureux qu'elle ait accepté son invitation à rester.

— En tout cas, nous savons maintenant que le bikini est facile à enfiler et à retirer, dit-elle avec un sourire malicieux.

Elle prit un morceau de gouda vieux et quelques raisins. Un silence inconfortable s'installa à nouveau entre eux.

Darius posa son verre à vin et se tourna vers elle.

— Audra, nous devrions parler de ce qui s'est passé entre nous ce soir.

— Je ne suis pas d'accord.

Elle repoussa ses cheveux ondulés derrière son oreille avant de préciser sa pensée :

— Je ne veux pas dire que nous n'en parlerons jamais, mais

je ne pense pas que nous soyons prêts à avoir cette conversation en ce moment, alors que nos émotions sont toujours vivaces.

Elle prit un autre raisin du plateau et le mâcha pensivement.

— La règle est qu'aucun de nous ne devra jamais faire de promesses qu'il ne pourra tenir.

Sa voix était calme, son raisonnement froid et impartial : le contraire de la femme qui s'était démenée sur lui il y a à peine une heure.

— Es-tu sûre que c'est bien ce que tu veux, Audra ? demanda-t-il en enlaçant leurs doigts.

— Bien sûr, dit-elle en souriant. Nous sommes tous les deux très pris par nos vies professionnelles en ce moment. Je cours dans tous les sens pour m'assurer que tout sera prêt à temps pour le mariage de Sophie et Nigel. Quant à toi, tu es à moins d'une semaine du plus grand événement de ta carrière. Je ne veux pas que cette histoire soit une distraction... pour nous deux.

— D'accord, dit-il en lui embrassant la main. Nous reprendrons donc cette conversation...

— Après la Fashion Week de Los Angeles et le mariage de Sophie et Nigel. Ce n'est que dans quelques semaines. Si c'est vraiment quelque chose qui mérite d'être exploré, quelques semaines de réflexion ne feront pas de mal.

— D'accord, acquiesça Darius en feignant de l'approuver. Mais en attendant, tu me laisseras peut-être t'emmener dîner en ville.

— En tant qu'ami et voisin ?

— En tant que femme avec qui je sors... ou quoi que ce puisse être entre nous, dit-il avant de l'embrasser longuement.

— Dare, je ne sais pas s'il est raisonnable de nous montrer ensemble.

Il fut surpris de l'entendre utiliser cet ancien diminutif. Cela ne semblait même pas conscient de sa part... Juste quelque chose qui lui aurait échappé. Il n'en fut pas moins ému cependant.

Ils avaient mûri de cinq ans, avaient lancé leurs entreprises avec succès, mais leurs rapports étaient au plus mal : à présent elle le cachait non seulement à ses parents, mais elle voulait faire de leur histoire un secret honteux.

— Nous devons avancer étape par étape en nous basant uniquement sur ce que nous voulons, ajouta-t-elle. Moins il y aura de personnes au courant, mieux ce sera.

— Tu parles de Sophie ? demanda-t-il en l'embrassant. Si tu veux vraiment rester cachée dans mon lit, je suis d'accord... pour l'instant.

— Je veux bien sortir avec toi, dit-elle en lui caressant le menton. Mais pour l'instant, si quelqu'un nous pose la question, nous sommes uniquement des amis. D'accord ?

— D'accord.

Il posa le plateau au sol et l'embrassa en la pressant contre lui. Audra ignorait encore s'il s'agissait d'une aventure passagère ou de quelque chose de sérieux, au contraire de Darius qui savait exactement ce qu'il ressentait. Mais il était prêt à patienter. Il avait fait une erreur colossale en la quittant, et il était hors de question de laisser passer cette seconde chance.

De plus ces deux semaines lui laisseraient le temps d'annoncer à ses parents qu'il connaissait désormais l'identité de son père biologique. Ainsi quand Audra et lui discuteraient enfin, il pourrait lui révéler toute la vérité.

Les mensonges et demi-vérités ne se mettraient plus jamais entre eux.

15

Audra avait passé la majeure partie des trois derniers jours soit au lit avec Darius, soit à travailler discrètement à côté de lui dans son bureau ou au bord de la piscine.

Il l'avait emmenée dîner presque tous les soirs : ils étaient allés au Glass House – un luxueux restaurant – et au Silver Saddle, un bar et restaurant de tapas. Les deux établissements étaient situés au Bellamy, un complexe hôtelier cinq étoiles à Royal.

Ils avaient également mangé une fois en toute décontraction au Royal Diner, le restaurant où ils s'étaient revus pour la première fois.

Mais à présent, à quelques jours du défilé, Darius avait besoin de retourner en Californie pour être sur place. Il lui avait fait l'amour ce matin-là, l'avait embrassée puis laissée nue et rassasiée dans son lit.

Audra dormit une heure de plus, puis se leva et enfila le bikini Thr3d que Darius avait conçu spécialement pour elle. Elle se rendit à la cuisine pour prendre un verre de jus de fruits avant sa baignade matinale, quand elle vit le cadeau attentionné de Darius.

Il y avait là un magnifique bouquet composé de deux douzaines de roses rouges dans un vase en verre transparent, accompagné d'un mot touchant qui la fit sourire. Deux autres douzaines de roses roses étaient posées sur la table basse dans le salon avec un autre mot doux. Plus tard, en se rendant à la salle de bains pour prendre une serviette, elle découvrit encore deux douzaines de roses, sauf que celles-ci étaient blanches. La carte disait :

J'ai hâte de te revoir. Viens me rejoindre. J'ai une surprise pour toi.

Audra ne put empêcher un grand sourire de lui fendre le visage d'une oreille à l'autre. Elle ressemblait à une écolière éperdument amoureuse. C'était peut-être le cas d'ailleurs, car elle ne pouvait plus imaginer sa vie sans lui.

Mais à supposer qu'elle fût capable d'oublier leur passé et ce soupçon persistant lui soufflant qu'il lui cachait encore quelque chose, elle savait que de nombreux obstacles se dressaient entre eux.

Le siège de l'entreprise d'Audra Lee Covington était situé à Dallas. Thr3d était basé à Los Angeles. Comment pourraient-ils mener une relation à distance une fois dans leurs vies quotidiennes, alors que tous deux étaient obsédés par le travail ?

Puis il y avait ses parents.

Darius n'avait pas eu tort de penser qu'ils auraient désapprouvé leur relation. Il n'était pas issu d'une famille de politiciens, aisée et puissante. Mais cela n'avait jamais eu aucune importance pour elle : pas plus aujourd'hui que par le passé. Elle espérait simplement que ses parents seraient impressionnés par tout ce que Darius avait accompli. S'ils refusaient de respecter son choix, cela mettrait une pression supplémentaire dans sa relation avec eux, mais elle n'avait besoin ni de leur argent ni de leur approbation.

Tu t'emballes trop. Il n'y a pas de relation, se dit-elle en retirant le foulard en soie avec lequel elle dormait.

Son téléphone sonna et elle regarda l'écran.

Encore Cash.

Audra réalisa que la fierté de Cash avait été blessée lorsqu'elle avait rompu avec lui, même si elle avait essayé de le faire aussi gentiment que possible. Ils se connaissaient depuis très longtemps et leurs familles étaient proches ; elle ne voulait ni le peiner, ni créer des tensions entre leurs parents.

Cash était quelqu'un de bien. C'était une personne engagée qui défendait un certain nombre de causes louables. Audra le respectait et était certaine qu'il accomplirait un jour de grandes choses, mais elle n'était pas amoureuse de lui et ne le serait jamais.

Pourtant Cash semblait toujours déterminé à la reconquérir. C'était pour cette raison qu'elle avait accepté avec enthousiasme la proposition de Sophie et Nigel de séjourner à Royal. Elle ne regrettait pas sa décision : cela lui avait permis de faire le point sur ses sentiments, et de se rappeler à quoi ressemblait une relation saine et heureuse. Peut-être aurait-elle finalement la chance de connaître une fin heureuse avec Darius, après tout.

Audra avait passé la journée au téléphone. Elle avait répondu aux appels de son équipe, aux demandes de dernière minute des stylistes présents à la Fashion Week, et à une actrice et à son mari musicien qui voulaient lui emprunter des bijoux pour la première d'un film.

Elle était épuisée physiquement et mentalement… et affamée.

Elle se prépara un sandwich composé de provolone fumé, prosciutto, oignons caramélisés et tomates. Puis elle se remit à travailler à la conception d'alliances et de bagues de fiançailles pour un autre couple.

Son téléphone sonna à nouveau.

C'était Sophie. Audra soupira : elle adorait Sophie et Nigel, mais si la jeune femme faisait encore un changement de dernière minute, elle allait se mettre à hurler.

— Bonjour, Sophie. Quoi de neuf ?

— Audra, je suis contente de t'avoir. Les filles de *La Vie secrète* m'ont invitée à les retrouver pour une soirée entre filles, et j'ai aussi invité quelques amies. Tu devrais nous rejoindre.

— Je ne sais pas, Sophie, dit Audra en étudiant la bague dont elle n'était pas satisfaite. Je vais probablement travailler tard.

— Toi et Darius ne pensez qu'à travailler ! Vous ne pouvez pas faire que ça 24 heures sur 24. Une petite pause ne pourra que te faire du bien et te donner de nouvelles idées. Je le fais tout le temps.

Sophie avait raison, songea Audra en souriant : il lui fallait une pause de quelques heures.

— J'espère que ce n'est pas encore un guet-apens ? Sinon je passe mon tour.

— Je te promets que non. Il n'y aura que moi, les copines, quelques photographes et des millions de téléspectateurs, répondit Sophie en éclatant de rire. Ce sera de la publicité gratuite pour ma marque et la tienne. Vas-tu vraiment refuser ?

Elle marquait un point.

— C'est où ?

— Au Glass House. Est-ce que tu connais ?

Audra jeta un coup d'œil aux trois vases débordants de roses qu'elle avait ramenés chez elle, et repensa à leur soirée en tête à tête là-bas.

— Oui.

— Parfait. Fais-toi belle et retrouve-nous là-bas à 19 h 30. Mes amies sont hilarantes. Je te promets que tu vas t'amuser.

En raccrochant, Audra réalisa qu'elle avait très envie d'une soirée de ce genre. La plupart de ses amies vivaient à New York ou à Los Angeles, et de ce fait, elle ne sortait pas beaucoup depuis son déménagement à Dallas. Elle s'était concentrée sur son travail ces dernières années, et bien qu'elle n'eût aucun regret à ce sujet, elle avait pris plaisir à passer du temps avec Sophie et Darius à Royal.

C'était presque comme si elle avait à nouveau une vie sociale.

Elle se rendait à de nombreuses réceptions quand elle sortait avec Cash, mais c'était essentiellement des collectes de fonds guindées dans des country clubs ou chez de riches donateurs : pas le genre d'endroits où elle pouvait se laisser aller et être elle-même.

Elle éteignit sa tablette et commença à se préparer, impatiente d'être à ce soir.

— Audra, je suis si contente que tu sois là, s'écria Sophie en voyant Audra entrer au Glass House. Tu connais déjà Tessa

Bateman et Milan Valez. Viens faire connaissance avec le reste de mes amies.

Sophie la présenta à Shelby Mackenzie, Irina Blackwood, sa nouvelle belle-sœur qui attendait un bébé, Rachel Galloway, Lydia Harris dont le mari, James, était l'actuel président du Texas Cattleman's Club, Alexis Slade-Clayton, et enfin Dixie Musgraves qui lui louait sa maison et possédait le ranch où elle et Darius s'étaient embrassés.

Il y avait aussi les actrices de *La Vie secrète* : Rafaela Marchesi, Lulu Shepard, Seraphina Martinez, qui était fiancée à un homme de la région et quittait l'émission à la fin de la saison, et Zooey Kostas. Miranda Dupree-Blackwood – l'ex-belle-mère de Sophie, à qui son père avait légué toute sa fortune – était notablement absente.

— Quelques autres nous rejoindront peut-être plus tard, mais nous sommes presque au complet. Il faut juste que l'équipe finisse de préparer la salle, l'informa Sophie.

Un des producteurs vint leur annoncer que tout était prêt, et alors que les filles se dirigeaient vers la salle privée, Audra se figea soudain. Elle aurait juré avoir entendu quelqu'un l'appeler par son prénom. Stupéfaite, elle se retourna.

— Que fais-tu à Royal ?

— Je suis venu te voir, bien sûr, dit Cash en lui adressant un sourire éclatant.

Audra se tourna vers le groupe qui les observait avec intérêt.

— Je vous rejoins tout de suite, dit-elle d'une voix un peu trop enjouée.

Elle ne fit ni drame ni scandale ; en tant que fille de politicien, c'était presque un automatisme.

Souris pour les caméras. Tu pourras t'effondrer une fois que tu seras seule dans ta chambre.

Avec tout ce monde présent, la dernière chose dont elle avait besoin était d'un gros titre parlant d'un drame entre l'héritière de l'industrie du diamant et son ex-petit ami politicien.

— Cash est un ami de la famille. Nous nous connaissons depuis que nous avons cinq ans. Tout va bien.

Cette explication sembla les convaincre.

Audra se retourna alors vers Cash, toute trace de sourire disparue.

— Tu m'as suivie jusqu'ici ?

— Oui, mais pas de façon effrayante, dit-il en gloussant, une main passée dans ses cheveux blond cendré. Je suis allé à la maison que tu loues. Tu étais en train de partir, alors je t'ai suivie ici.

— Comment savais-tu où je logeais ?

— C'est ta mère qui me l'a dit. J'étais inquiet parce que tu ne répondais pas à mes appels.

Audra allait devoir avoir une petite discussion avec sa mère.

— Eh bien, comme tu peux le constater, je vais bien, Cash. Tu n'aurais pas dû venir ici. Bonne nuit, dit-elle en se retournant.

— Audra, attends. Puisque je suis ici, laisse-moi t'inviter à dîner.

— J'ai déjà des plans.

— Alors je ne te retiendrai pas longtemps. Peut-être que nous pourrions simplement prendre un café ?

Cash sourit de cette manière désarmante qu'il employait face à des électeurs mécontents ou ses adversaires.

Audra soupira en jetant un coup d'œil dans le hall.

— Je te laisse trente minutes, Cash.

— C'est amplement suffisant.

Un large sourire se dessina sur son beau visage, révélant des dents parfaitement blanches.

— Tout va bien, Audra ? demanda Sophie qui s'était approchée. On va bientôt commencer.

Elle fixa alors Cash comme si elle essayait de remettre son visage.

— Sophie Blackwood, n'est-ce pas ? dit-il en souriant.

— C'est bien ça, répondit Sophie en fronçant les sourcils. Est-ce qu'on se connaît ?

Il tendit la main.

— Cassius Johannsson, représentant de l'État et, hélas, ex-petit ami d'Audra, ajouta-t-il en gardant un ton léger.

— Oh ! fit Sophie, dont le regard passa de Cash à Audra. Et comment me connaissez-vous ?

— J'ai travaillé avec votre père dans le passé, dit-il d'un ton plus solennel. Il était extrêmement fier de vous, Sophie. Je suis vraiment désolé pour votre perte. Je sais que votre père pouvait être dur, mais nous avons travaillé sur de nombreux projets. Il a fait plus de bien que vous ne l'imaginez.

— Merci, représentant Johannsson.

Sophie, qui paraissait plus perturbée que réconfortée par ses paroles, passa les doigts dans ses cheveux auburn.

— Qu'est-ce qui vous amène à Royal ?

— Appelez-moi Cash, comme tous mes amis.

Il sourit chaleureusement en lissant les revers de son costume bleu marine, et indiqua Audra d'un signe de tête.

— Je suis désolé de gêner vos plans de la soirée, mais je dois parler quelques minutes avec Audra. Vous aurez à peine le temps de remarquer son absence.

— Nous allons juste prendre un café et discuter un peu, lui assura Audra. N'attendez pas pour commander, je serai là dès que possible.

Sophie hocha la tête et les laissa.

— Avais-tu vraiment besoin de lui dire que nous sortions ensemble ? lui demanda alors Audra, furieuse.

— C'est la vérité, dit-il le regard soudain triste. Je n'ai pas l'intention de le cacher.

Il l'avait aimée et elle lui avait brisé le cœur. Le moins qu'elle pouvait faire était de prendre une tasse de café en sa compagnie et d'écouter ses explications.

16

Ils s'installèrent au bar, et Audra commanda un café tandis que Cash porta son choix sur un mini-hamburger, des beignets de parmesan et un Sazerac – sa boisson préférée.

— Tu ne veux pas plutôt un Sex on the Beach ? demanda-t-il en tournant son tabouret pour lui faire face.

— Non, merci. Je préfère discuter de la raison de ta présence ici.

— N'est-ce pas évident ?

Il posa avec douceur une main sur son avant-bras.

— Tu me manques, Audra.

Elle garda le silence. Que pouvait-elle ajouter à ce qui avait déjà été dit ?

— Je sais que les choses n'étaient pas parfaites entre nous, Audra. Être au service de l'État est un travail exigeant. Tu comprends sûrement cela. Ton père a fait de la politique durant la majeure partie de ta vie.

— Je comprends. Mais ta carrière n'est pas le problème, Cash. Je t'adore, mais je ne t'aime pas de la même manière que toi tu m'aimes.

Audra remercia le barman qui apportait son café, et y ajouta du sucre et de la crème.

— Peut-être pas maintenant, mais si tu nous laissais un peu plus de temps… tu réaliserais à quel point nous sommes assortis.

Il lui caressa l'avant-bras du pouce, une technique apaisante qu'il employait chaque fois qu'elle était contrariée.

Audra retira son bras.

— Nous ne sommes tout simplement pas compatibles sur le plan amoureux. Tu es un homme bien, Cash, mais nous attendons des choses très différentes de la vie. N'est-il pas préférable de le comprendre maintenant ? Je veux une relation qui me rende heureuse et je veux la même chose pour toi.

Elle leva sa tasse et but une gorgée de café.

— C'est ce que tu as trouvé avec ce type de chez Thr3d avec qui tu as été vue dans toute la ville ?

— Tu m'as suivie ? demanda-t-elle choquée, en reposant sa tasse avec force sur le comptoir.

— J'ai passé ces dernières heures en ville, et dès que je mentionnais ton nom, les gens s'empressaient de me parler de l'homme avec qui tu passais tout ton temps... Celui qui vit à côté de chez toi.

Il souligna la dernière phrase, sous-entendant qu'il soupçonnait quelque chose entre elle et Darius.

Audra n'avait pas l'intention de le nier ou de s'excuser d'être une femme adulte et libérée qui profite de la vie. Mais c'était elle qui avait insisté pour garder leur relation secrète.

Si quelqu'un nous pose la question, nous sommes uniquement des amis.

— Nous sommes sortis ensemble durant nos études supérieures, mais louer des maisons voisines était une pure coïncidence, même si ça semble difficile à croire.

Même pour elle, cela semblait fou.

— Quoi qu'il en soit, cela ne te regarde pas... ni personne d'autre d'ailleurs, ajouta-t-elle, au cas où il envisagerait de faire son rapport auprès de sa mère.

— Notre relation a pris fin il y a moins de trois mois, Audra. J'ai peur que cet homme profite de ta vulnérabilité.

— C'est moi qui ai rompu avec toi, tu te souviens ?

— Je sais, mais... je me suis dit que tu avais sûrement besoin de passer par cette phase pour réaliser à quel point nous sommes bien assortis.

— Je ne veux pas être « bien assortie », Cash. Je veux être totalement, complètement et éperdument amoureuse.

— Nous étions heureux ensemble, et nos parents étaient contents pour nous. Ils espéraient que nous resterions ensemble toute notre vie.

— Mais je n'étais pas heureuse. Est-ce que ça a la moindre importance pour vous ?

Cash but une gorgée de son Sazerac, signe que sa patience diminuait.

— Que sais-tu de ce type, Audra ?

Elle fronça les sourcils, et son front se plissa. Il avait touché un point sensible, et à en croire l'expression calculatrice de Cash, il le savait aussi.

— J'en sais assez, alors arrête de t'en mêler. Ce que je fais et avec qui je le fais, ce ne sont pas tes affaires. Ni celles de mes parents.

— Nous sommes inquiets. C'est tout.

— Je te remercie de ta sollicitude, mais rentre chez toi. Je vais bien et je m'occuperai de mes parents demain.

— Ne sois pas si dure avec eux, dit-il en tapotant sur le bar. Ils essaient juste de te protéger.

Cette fois, elle en avait assez de sa condescendance.

— J'adore mes parents, mais je suis fatiguée que leur carrière politique dicte tous mes faits et gestes : les écoles que j'ai fréquentées, les clubs, ma carrière... J'en ai assez et je veux que ça cesse.

Elle se leva et le fixa droit dans les yeux.

— C'est fini, Cash. J'aimerais croire qu'une amitié est possible entre nous, mais je n'ai rien d'autre à t'offrir.

— Audra, tu ne le penses pas.

Radoucie, la jeune femme posa une main sur la sienne ; elle avait beau être en colère contre lui, elle ne prenait aucun plaisir à lui faire de la peine.

— Tu n'aimerais pas être avec quelqu'un qui t'adore vraiment ? Parce que en tant qu'amie, c'est ce que je veux pour toi. C'est ce que tu mérites. Mais ça, je ne peux pas te le donner.

Elle eut l'impression de lui fendre le cœur avec une flèche.

— Tu as dit que je n'étais pas assez romantique. J'ai donc pensé venir ici et te surprendre... te montrer que je peux être l'homme que tu veux.

— Tu ne devrais pas avoir à changer ta personnalité pour moi, et ce n'est sûrement pas ce que je te demande.

Elle vérifia l'heure sur son téléphone, et lui embrassa la joue.

— Au revoir, Cash. Salue tes parents et bon retour à Dallas, dit-elle avant de partir rejoindre Sophie et ses amies.

Elle ne savait absolument pas où sa relation avec Darius la mènerait, mais elle était sûre d'une chose : elle ne se contenterait pas d'une vie amoureuse avec Cash.

Elle ne l'aimait pas... du moins pas de la manière dont il méritait d'être aimé. Et lui n'était certainement pas capable de lui apporter la passion et la complicité qu'elle appréciait tant avec Darius.

En pensant à lui, un sourire involontaire lui fendit le visage. Avant ce soir, elle était indécise quant au fait d'accepter l'invitation de Darius au défilé. Mais à présent sa décision était prise, et elle comptait les jours qui la séparaient de lui.

17

Darius avait passé la journée à courir, et il était certain de ne pas avoir dormi plus de trois heures par nuit depuis son retour à la maison. Il était donc fatigué, grincheux, et maintenant qu'il y pensait, il avait faim.

— Est-ce que j'ai mangé aujourd'hui ? demanda-t-il à son assistante, Anastasia Winters.

— Pas si vous faites abstraction du chewing-gum que vous mâchez depuis une heure.

Elle releva la manche de son pull, révélant un tatouage élaboré dans les tons verts et bleus.

— Et vous ? Avez-vous mangé ? demanda-t-il soudain.

Elle le foudroya du regard.

— Mon Dieu, je suis désolé, dit-il en se passant une main sur la tête. Je m'étais juré de ne jamais devenir ce genre de patron. Allons manger quelque chose. Pourquoi ne pas commander ? Je vous laisse choisir.

Anastasia sourit.

— Dans ce cas commandons auprès de mon steakhouse préféré. Je vous prends la même chose que d'habitude ?

— Parfait.

— On dirait que j'arrive juste à temps.

Audra apparut soudain dans l'embrasure de la porte.

— Je meurs de faim et je ne dirais pas non à un bon steak.

— Audra, s'exclama Darius en la rejoignant à grandes enjambées.

Comme elle n'avait pas répondu à son invitation, il avait cru qu'elle ne viendrait pas.

Il la serra dans ses bras et la souleva du sol.

— C'est une surprise incroyable, lui chuchota-t-il à l'oreille.

Elle était à couper le souffle, vêtue d'une robe rouge toute simple qui lui arrivait aux cuisses, d'une veste en cuir ajustée à la taille et d'escarpins à talons à bout ouvert. Il l'imaginait déjà nue dans son lit... À la réflexion, il lui laisserait les talons.

Il finit par la reposer, et pressa une main contre sa joue. Il mourait d'envie de l'embrasser, mais ils s'étaient mis d'accord pour ne rien presser et ne pas s'afficher en public.

Anastasia s'éclaircit la gorge.

— Oh je suis désolé. Audra, voici mon assistante, Anastasia Winters. Stasia, voici mon amie de l'université...

— Vous êtes allé à l'université avec Audra Lee Covington ? Waouh, patron, quel cachottier vous faites.

Elle passa les doigts dans ses cheveux blonds striés de mèches violettes, roses et bleues, et lui tendit la main, stupéfaite.

— Bonjour, madame Covington, c'est un plaisir de vous rencontrer. Vos créations de bijoux sont absolument incroyables.

— Merci, Anastasia. Appelez-moi Audra, et c'est un plaisir de vous rencontrer aussi. Darius dit beaucoup de bien de vous.

— Je pourrais en dire autant de lui. Je lui donne du fil à retordre, mais c'est un patron incroyable et Thr3d est une entreprise fantastique. J'ai de la chance de travailler ici.

— Que ne seriez-vous pas prête à dire pour une invitation à déjeuner ? répliqua Darius sur le ton de la plaisanterie.

— Vous m'invitez à déjeuner parce que je suis une assistante incroyable et que vous seriez perdu sans moi, répliqua Stasia en souriant, avant d'ajouter : Je pense que je vais aller prendre un peu l'air et manger à l'extérieur. Et si je vous rapportais quelque chose à manger...

Elle vérifia sa montre avant de continuer :

— D'ici une heure. Le menu se trouve sur votre bureau. Faites-moi savoir ce que vous voulez.

— Je peux attendre une heure. Et toi, Audra ? demanda Darius.

— Ça me va.

— Parfait, dit Darius. Je vous appelle dans trente minutes. N'oubliez pas de prendre la carte...

— De crédit de l'entreprise ? acheva Stasia en agitant l'objet devant lui. Je serai partie pendant une heure, et je ferai savoir à tout le monde que vous ne souhaitez pas être dérangé.

Sur ce, elle leur lança un regard entendu et ferma la porte.

— Désolé pour ça, dit Darius en s'asseyant derrière son bureau. Je n'ai jamais rien dit à Stasia à notre sujet, je le jure.

— C'est surtout ton accueil qui lui a mis la puce à l'oreille.

— Peut-être que j'aurais dû me contenir, concéda-t-il. Mais j'ai fait preuve d'une retenue admirable, compte tenu de ta splendeur dans cette robe.

— Vraiment ? dit-elle en lissant le vêtement sur ses hanches.

— Indéniablement, dit-il en la tirant vers lui.

Audra pressa ses lèvres contre sa tête rasée de près, et s'assit sur ses genoux.

C'était si réconfortant d'avoir à ses côtés, à la veille du plus grand moment de sa carrière, la femme qui avait toujours cru en son rêve. Tout sembla ralentir et pour la première fois depuis des jours, il put reprendre son souffle.

Audra semblait tout aussi heureuse de le voir.

Il l'embrassa avec passion, les doigts enfoncés dans ses cuisses bronzées, et se retenant de remonter plus haut, dans la chaleur humide entre ses jambes athlétiques.

Audra se recula en souriant.

— Heureusement que je porte un rouge à lèvres indélébile aujourd'hui.

— Je suis d'accord, dit-il en l'embrassant à nouveau. Tu aurais dû me dire que tu venais aujourd'hui. Je serais allé te chercher à l'aéroport. Où sont tes bagages ?

— En bas. Je suis venue directement ici, sans passer par mon hôtel.

— Non. Reste chez moi. Je t'y emmène maintenant.

— Tu vas faire tout le chemin jusqu'à Pasadena ? Avec les

embouteillages, il te faudra une éternité pour faire l'aller-retour. Je prendrai plutôt un taxi.

— Tu es sûre ? Cela ne me dérange absolument pas.

Pour Audra, il était capable de trouver tout le temps nécessaire. Le défilé n'était qu'à deux jours, mais son équipe était plus que capable de tout gérer.

Elle l'embrassa à nouveau, la main pressée contre son torse.

— Certaine, dit-elle avant de lui chuchoter à l'oreille : D'ailleurs, plus vite tu auras fini ici, plus vite on se retrouvera chez toi.

— Je ne peux que m'incliner devant ta logique.

Il prit son téléphone portable et tapa un message.

— Je viens de t'envoyer mon adresse et le code pour entrer dans la maison. Veux-tu au moins rester déjeuner ?

— Bien sûr, si tu as le temps.

— Bien. J'appellerai Stas pour nos commandes, et ensuite je te ferai visiter l'endroit.

— Je pensais que tu ne me le proposerais jamais, dit-elle en souriant.

— Il y a encore une chose que j'aimerais te demander.

Il hésita mais finit par continuer :

— J'adorerais te voir porter un des maillots de bain de la série.

— Sur la piste du défilé ? dit-elle en se redressant soudain. Tu n'es pas sérieux. N'importe quelle mannequin ferait mieux l'affaire que moi.

— Je ne suis pas d'accord, dit-il en se levant aussi avant de l'enlacer pour la calmer. Tu oublies que je t'ai déjà vue dedans. J'ai conçu ces maillots de bain pour toi, et tu étais absolument magnifique avec.

— Pour quand as-tu besoin d'une réponse ?

— 17 heures demain.

Elle lui caressa la joue.

— Laisse-moi y réfléchir. Je te donnerai une réponse d'ici là.

Ils passèrent leurs commandes auprès de Stasia, et il lui montra la collection automne. Après le déjeuner, il lui fit visiter le siège social de Thr3d et appela ensuite un taxi pour la déposer chez lui à Pasadena.

En la regardant partir, il réalisa deux choses. Dès la fin du défilé il annoncerait à ses parents qu'il savait que Buckley Blackwood était son père biologique. Et tout de suite après, il dirait tout à Audra, et la présenterait à sa mère et à Will.

18

Audra donna un pourboire au chauffeur et referma la porte derrière elle. Elle retira alors ses chaussures à talons et fit le tour de la grande et belle demeure à deux étages.

Darius Taylor-Pratt avait bien réussi, c'était indéniable. La maison était magnifique et avait manifestement été décorée par des professionnels.

Tout était parfait : c'était le genre d'endroit accueillant qu'on ne voulait plus quitter. Et pourtant c'était ce que Darius avait fait : il avait passé plusieurs semaines à Royal, et elle avait le sentiment que même en étant à Los Angeles, il passait la majeure partie de son temps au bureau.

Elle fit un tour dans le patio et admira la piscine, bien plus grande que celle de sa location à Royal, et se promit d'y piquer une tête dès que possible. Mais pour le moment elle avait besoin d'une petite sieste avant son premier rendez-vous professionnel.

Beaucoup de ses clients vivaient à Los Angeles : acteurs, chanteurs, athlètes, héritières de fortunes familiales, mondaines, créateurs de mode et plus encore. Elle passait beaucoup de temps à Los Angeles à travailler pour les plus grandes célébrités, même si ses bijoux étaient plus souvent loués qu'achetés.

Ouvrir des succursales à Los Angeles et New York, où résidaient la majeure partie de ses clients, était la prochaine étape de son plan d'affaires sur dix ans. Une boutique phare à Los Angeles ou à New York accélérerait la croissance de la marque Audra Lee Covington.

Elle avait donc prévu de voir quelques agents immobiliers et de réfléchir à la faisabilité d'acheter un local ici. Peut-être qu'après le défilé, Darius pourrait même l'accompagner.

Audra se dirigea vers la chambre, ôta la robe que Darius avait tant aimée et se blottit sous les couvertures qui sentaient la même odeur que lui.

Darius rentra bien après 21 heures. Le rez-de-chaussée était sombre, uniquement éclairé par la lueur des bougies sur la table de la salle à manger.

Une odeur savoureuse de nourriture lui chatouilla les narines, et il vit des sacs de son restaurant préféré à la poubelle.

Elle avait commandé un dîner pour eux et il avait raté ça.

Ils avaient simulé un défilé avec son équipe, afin de revoir l'ordre de passage des mannequins et le choix des musiques, et il n'avait pas vu le temps passer.

— Audra, appela-t-il dans l'escalier. Tu es ici ?

Il monta les marches et suivit le bruit des éclaboussures d'eau.

— Te voilà, beauté, dit-il en s'appuyant contre l'embrasure de la porte. Je suis désolé d'avoir raté le dîner.

Audra était plongée dans une baignoire remplie de mousse. Un parfum enivrant et doux flottait dans la pièce.

— Je sais que tu dois être très occupé, et je suis juste heureuse de te voir à la maison… je veux dire, chez toi…

Elle s'empourpra au mot « maison », prononcé comme s'ils vivaient ensemble. Darius, par contre, en ressentit un sentiment de chaleur et de réconfort, et il s'imagina ce que serait sa vie s'il devait rentrer auprès d'Audra tous les soirs.

— J'espère que ça ne te dérange pas que j'utilise ta baignoire.

— Pas du tout.

Il entra dans la pièce et s'assit au bord de la grande baignoire à remous.

— Je l'utilise à peine. Je suis plutôt du genre douche.

— Alors tu devrais venir me rejoindre, dit-elle en souriant.

Tu as eu une longue et dure journée. Je suis sûre qu'un bain relaxant te fera du bien.

Non seulement Audra avait raison, mais de plus comment résister à une offre aussi tentante ? Surtout quand elle battait des cils de cette façon.

Darius se déshabilla et entra dans la baignoire derrière elle, puis l'enveloppa de ses bras. L'eau tiède apaisa son corps fatigué, et la peau douce d'Audra pressée contre la sienne était comme un baume qui apaisait toutes ses inquiétudes.

Il se détendit et ferma les yeux, la tête appuyée contre le mur.

— C'est relaxant. Je devrais le faire plus souvent.

— Tu devrais. C'est dommage d'avoir une si belle baignoire et de ne jamais l'utiliser. C'est une thérapie pratiquement gratuite.

— Présenté de cette manière, comment te contredire ? dit-il en l'embrassant. Désolé d'être rentré si tard. Nous nous entraînions pour le défilé et je n'ai pas vu le temps passer.

Audra posa ses bras sur les siens.

— C'est un grand moment dans ta carrière, et tu veux que tout soit parfait. Je savais en venant ici que tu serais très pris par le travail. J'ai donc pris des rendez-vous clients. Je suis moi-même revenue il y a à peine quelques heures.

— C'est super, dit-il soulagé qu'elle ne se soit pas morfondue à la maison en attendant son retour. Qui dois-tu voir ?

Audra lui donna une liste de célébrités et de gens de la haute société avec qui elle avait rendez-vous durant la semaine. Beaucoup étaient des stylistes et des personnes de renom.

— Je suis incroyablement fier de toi, Audra, dit-il en lui embrassant la joue. Tu as réalisé tout ce que tu avais prévu à l'époque. Les célébrités frappent à ta porte.

Elle le regarda par-dessus son épaule, un large sourire aux lèvres.

— Merci. Tes paroles comptent beaucoup pour moi. Personne ne m'avait jamais dit ça. Mon père était déçu que je ne veuille pas travailler dans l'entreprise familiale, ou faire de la politique. Quant à ma mère, elle serait plus heureuse si je m'installais avec un homme « convenable », dit-elle en mimant des guillemets avec ses doigts. Mais ce que j'ai fait n'est rien en comparaison de ce que tu as accompli. Tu as construit Thr3d à partir de rien.

— Ne te sous-estime jamais, Audra. Tu as suivi tes rêves, malgré la pression de tes parents et tu es incroyablement talentueuse. Ce n'est pas pour rien que le gratin de la société se presse chez toi.

— Qui aurait cru à l'époque, lorsque nous rêvions de notre avenir, que nous réaliserions nos rêves ?

Il sourit affectueusement en se remémorant ces dimanches matin paresseux où ils planifiaient leur avenir au lit.

Ils avaient tous deux obtenu tout ce qu'ils désiraient ; sauf qu'ils avaient prévu de le faire ensemble.

— Comment se sont passés tes rendez-vous avec tes clients ? demanda-t-il.

— Ici, très bien.

— Il s'est passé quelque chose à Royal ?

— J'ai eu une visite inattendue : mon ex, Cassius Johannsson. Nos familles sont amies depuis toujours et nous sommes sortis ensemble quelque temps, mais j'ai rompu il y a trois mois.

— Je vois, dit Darius avant de prendre une calme inspiration. Que voulait-il ?

— Moi, dit-elle en se tournant avant de continuer : Il pense toujours que je retournerai avec lui.

— Et que lui as-tu répondu ?

Son cœur battait la chamade.

— Je lui ai dit que nous étions trop différents, que je suis désolée que mon départ le blesse, mais que c'était ce qu'il y avait de mieux pour nous deux. Je lui ai aussi dit que nous pourrions redevenir amis, mais que c'était tout ce que j'avais à lui offrir.

Darius aurait pu jurer que son cœur avait bondi dans sa poitrine. Soulagé, il la serra contre lui et l'embrassa passionnément.

Peut-être que Cash lui convenait mieux. Peut-être qu'il méritait plus que Darius, une femme comme Audra. Et peut-être qu'il était égoïste de vouloir la garder pour lui, mais c'était ainsi.

Dès que possible, il lui dirait toute la vérité, et cette fois il ne fuirait pas.

Après leur bain, il l'emmena au lit pour lui faire l'amour, et la tint dans ses bras alors qu'ils s'endormaient.

Audra se tourna vers lui et l'embrassa avant de murmurer :

— Je vais le faire.

— Fantastique, bébé, marmonna-t-il l'esprit brumeux. Qu'est-ce que tu vas faire ?

— Défiler en maillot de bain.

— En es-tu certaine ? dit-il d'un coup réveillé.

— Mes parents vont probablement avoir une attaque, mais oui. Je veux le faire. Pour toi, mais aussi pour moi.

Il la serra contre lui et la berça dans ses bras.

— Je le ferai savoir à l'équipe dès demain. Nous n'annoncerons pas ta présence, juste que nous avons une invitée spéciale.

— Parfait, dit-elle soulagée.

Cette femme était parfaite. Elle était tout ce qu'il désirait, et cette fois il ne laisserait pas passer sa chance.

Il avait juste besoin de quelques jours supplémentaires, le temps de terminer le défilé et que ses parents reviennent de voyage. Ensuite, il lui confesserait tout, et lui dirait qu'il voulait être avec elle, et uniquement elle.

19

Darius n'avait pas arrêté de la journée, dopé à l'adrénaline et aux boissons énergisantes. Le défilé commençait dans quelques minutes, et il était aussi terrifié qu'excité.

— Tout le monde en place ! aboya Stasia dans son casque.

Les mannequins s'alignèrent aussitôt, quelques-uns suivis d'une maquilleuse ou d'un coiffeur, apportant la touche finale.

Stasia se tourna vers lui et coupa le microphone.

— Ça va, patron ? Vous semblez un peu verdâtre.

— C'est juste l'éclairage. Je vais bien. Le DJ est prêt à commencer ?

— J'ai vérifié avec lui il y a deux minutes. Il n'attend plus que nous.

Elle indiqua quelqu'un derrière lui d'un signe de la tête et ajouta :

— Et elle aussi.

Il se retourna et vit Audra.

— Tu es magnifique, dit-il en lui embrassant la joue, de peur de ruiner son rouge à lèvres.

— Merci, dit-elle en lissant la robe en soie blanche qui recouvrait le maillot de bain couleur aubergine. Comment te sens-tu ?

— Je vais bien.

Pourquoi est-ce que tout le monde lui demandait cela ? Il devait vraiment avoir l'air tendu.

— Merci d'avoir accepté. Ça sera un clou de spectacle incroyable. Maintenant, tu ferais mieux d'aller trouver ta place dans la file avant que Stasia se change en monstre.

— J'y vais.

Elle se dirigea vers la file d'attente, mais avant se retourna une dernière fois vers lui.

— Respire profondément. Tout va bien se passer. La collection est incroyable et les acheteurs vont se jeter dessus. Tu t'es surpassé et je suis incroyablement fière de toi.

Un sourire involontaire se posa sur ses lèvres et un sentiment de calme l'envahit. Il acquiesça, heureux de l'avoir à ses côtés.

Audra avait vu juste : le défilé fut incroyable, et les maillots de bain eurent un grand succès, tout comme elle. La foule devint hystérique en découvrant que l'invitée en question était Audra Lee Covington, qui défilait en maillot de bain pour la clôture du défilé.

Les mots d'encouragement d'Audra l'avaient considérablement apaisé, mais ce ne fut qu'en montant sur scène sous les applaudissements tonitruants de la foule, en tenant la main d'Audra, qu'il respira enfin pour la première fois de la journée.

À présent il se trouvait dans son bar en terrasse préféré où un after avait été organisé, et regardait l'horizon avec l'impression de flotter.

Le reste de l'équipe était mêlé à la foule des invités, et Audra discutait avec un ami. Il regarda dans sa direction : ses cheveux étaient toujours relevés dans la même couronne tressée qu'elle avait portée durant le défilé, et sa magnifique robe dorée en dentelle et organza lui dénudait une épaule, et se fendait sur sa jambe droite, révélant des kilomètres de peau brune et soyeuse.

Il avait hâte de la ramener à la maison et l'avoir à lui seul.

— Nous partons, lui annonça Anastasia en tenant la main de sa petite amie, May Chen. Nous sommes épuisées et j'imagine que vous l'êtes aussi.

— Je le suis. Je crois que je vais dormir deux jours après ça.

Il prit une gorgée de son bourbon et posa son verre.

— Il va sans dire que je n'aurais jamais réussi sans vous. Vous avez été incroyable. Merci de m'avoir supporté, ajouta-t-il en la prenant dans ses bras.

— De même, dit-elle en lui adressant un clin d'œil. Le défilé a été incroyable. Nous recevons déjà des commandes du monde entier. Quelques acheteurs veulent savoir s'ils peuvent commander les maillots de bain pour cet été.

— Ravi de l'entendre. Maintenant, disparaissez et allez vous reposer.

— Écoutez, patron, je comprends que vous ne nous parliez pas de vos sentiments pour Audra, mais j'espère que vous n'avez pas fait l'erreur de ne pas lui en parler à elle.

Ils regardèrent tous deux Audra qui était en train de rire, et un lent sourire se dessina sur le visage de Darius. Il prit son verre et termina son bourbon.

— Allez-y, dit-il, en lui adressant un sourire narquois.

— Bonne nuit et à lundi, dit-elle en prenant la main de May avant de disparaître dans la foule.

— Alors..., dit Audra en s'approchant. On va à un autre after ou est-ce que je peux ramener mon homme à la maison ?

— Ton homme, hein ?

Il fit quelques pas vers elle, le cœur battant, et lui prit les mains.

— J'aime bien cette idée.

Elle s'appuya contre lui et ferma les yeux.

— Tu sais qu'il y a encore des chroniqueurs et des paparazzis dans le coin, murmura-t-il en scrutant la foule à la recherche de téléphones portables ou d'appareils photo pointés dans leur direction.

— Oui, et ça m'est égal, dit-elle les yeux emplis d'une certitude qui fit chanter le cœur de Darius. Maintenant embrasse-moi.

Elle n'eut pas besoin de lui dire deux fois. Il prit son visage entre ses mains et pressa ses lèvres contre les siennes.

Il était à nouveau en train de tomber amoureux de cette femme, et il avait hâte de la ramener chez lui, de la débarrasser de cette magnifique robe dorée et de lui montrer ce qu'il ressentait pour elle.

Ils avaient à peine franchi la porte de sa maison, qu'Audra saisit Darius par les revers de son costume et l'embrassa.

— Est-ce que je t'ai déjà dit à quel point tu étais séduisant ce soir ? dit-elle en faisant glisser ses paumes sur son torse et en le débarrassant de sa veste.

— Oui, mais ça ne me dérange pas de l'entendre encore, répondit-il en posant les lèvres sur son cou. Ça ne me dérange pas non plus de répéter à quel point tu es magnifique dans cette robe, et pourtant Dieu sait que je te préfère nue.

Il tâtonna dans l'éclairage tamisé pour trouver la fermeture Eclair qui commençait sous son bras et descendait jusqu'à sa taille.

L'air frais caressa la peau d'Audra, vêtue à présent uniquement du soutien-gorge et string qu'elle avait acheté plus tôt dans la journée. Darius l'embrassa tout en faisant glisser plus bas ses mains jusqu'à ses fesses nues. Elle sentit son sexe palpiter entre ses cuisses, et ses mamelons se durcirent immédiatement. Elle déboutonna la chemise de Darius et l'aida à s'en débarrasser, puis tâtonna avec sa ceinture en cuir marron avant de faire descendre la fermeture Eclair contre laquelle son sexe rigide se tendait.

Passant la main sous la taille de son caleçon, elle enroula ses doigts autour de son membre brûlant, et en caressa le bout humide, avant d'entamer un va-et-vient. Il haleta et respira avec force, la dévorant de baisers affamés à mesure qu'il se rapprochait de la délivrance.

Soudain, il lui saisit le poignet et la conduisit dans l'escalier sombre jusqu'à sa chambre et dans son lit, mais avant qu'il puisse à nouveau l'embrasser, elle pressa une main contre son épaule et l'arrêta.

— Dare, j'ai essayé de me convaincre que ce n'était qu'une aventure, et que je pouvais sortir avec toi sans y engager mes sentiments.

Elle hésita et déglutit, le cœur battant à toute vitesse.

— Mais c'est un mensonge. La vérité c'est que je n'ai jamais été aussi amoureuse..., continua-t-elle d'une voix vacillante.

« Ne fais pas semblant de ne rien ressentir et accepte tes sentiments. »

— Je t'aime, Darius.

C'était trop et trop tôt, mais c'était la vérité, et elle voulait qu'il comprenne les risques qu'elle prenait.

— Audra, bébé…

Il soupira doucement.

— Je t'aime aussi. Bien plus que tu ne le penses. Mais il y a tellement de choses dont nous devons parler… tant de choses que je dois te dire.

— Je sais, dit-elle en posant un pouce sur sa bouche. Mais si tu es d'accord, je préférerais que nous n'en parlions pas ce soir. Ces derniers jours ont été si parfaits. Ne gâchons pas cela.

Elle l'embrassa alors avec douceur, sans plus pouvoir s'arrêter.

Elle n'ignorait pas qu'ils devraient affronter de nombreux obstacles s'ils voulaient vraiment donner une chance à cette relation. À commencer par leurs carrières exigeantes, les objections de sa famille ainsi que leurs lieux d'habitation.

Mais pour ce soir, il lui suffisait d'avoir eu le courage de lui avouer son amour, et qu'il l'aimât en retour.

Ils verraient le reste plus tard. Pour le moment, tout ce dont elle avait besoin était que l'homme qu'elle aimait la prenne dans ses bras et lui fasse l'amour comme si rien au monde n'avait d'importance hormis eux.

20

Le lundi, au lieu de se rendre au bureau et de savourer le succès du défilé, Darius se prépara à aller chercher ses parents à l'aéroport.

Ils avaient semblé surpris par sa proposition, ce qui ne fit qu'accroître son sentiment de culpabilité sur la distance qu'il avait mis entre eux.

Il jeta un coup d'œil à son lit où Audra dormait toujours. Elle avait oublié de porter son foulard en soie et ses cheveux bruns étaient étalés sur la taie d'oreiller.

Le drap avait glissé de son dos et une de ses jambes était emmêlée dans les couvertures.

Il rit. Audra était aussi sauvage endormie qu'en faisant l'amour. Il se pencha et déposa un baiser sur la peau douce et nue de son dos.

— J'ai des affaires à régler avant d'aller travailler ce matin, lui chuchota-t-il. Mais je t'appellerai dès que possible.

Elle murmura quelque chose d'inintelligible, et il ne put s'empêcher de sourire.

— Darius, mon chéri, c'est si bon de te voir, s'exclama sa mère en le serrant dans ses bras.

Son visage s'était littéralement illuminé en sortant de l'aéroport international de Los Angeles, quand elle l'avait vu appuyé contre son Range Rover noir.

— Bonjour maman, dit-il en la serrant dans ses bras. Comment était le voyage ?

— Fantastique ! commenta Will qui tirait leurs bagages derrière lui. Attends juste que je te montre les photos. Et toi ? Comment s'est passé ton grand défilé de mode ?

— Spectaculaire, dit Darius en prenant les bagages de son beau-père.

— Nous n'en sommes pas surpris.

Les yeux bleus de Will scintillaient au soleil. Il tapota l'épaule de Darius, puis passa les doigts dans ses cheveux gris mi-longs qui lui retombaient sur le visage.

— Nous avons toujours cru en toi, fils.

Will l'avait toujours appelé « fils ». Mais en apprenant qu'il n'était pas son vrai père, Darius n'avait plus supporté qu'il l'appelle ainsi, car cela le renvoyait toujours à leur mensonge.

Mais en cet instant, entendre Will l'appeler « fils » lui réchauffa le cœur.

— Merci, dit-il finalement, en ouvrant le coffre.

Sur le chemin de la maison qu'il leur avait achetée à Brentwood, il les laissa bavarder sur leur escapade de trois semaines et répondit poliment à leurs questions sur le défilé.

Une fois à la maison et la voiture déchargée, il enfouit la main dans sa poche et s'appuya contre le mur.

— Je dois vous parler de quelque chose.

Sa mère acquiesça tristement et échangea un regard avec Will.

— Nous nous y attendions.

— Asseyons-nous, dit Darius en désigna le salon.

Une fois installé face à ses parents, il prit une profonde inspiration.

— Je sais qui est mon père biologique.

— Impossible, s'exclama sa mère choquée.

Will lui serra la main et elle sembla se calmer.

— J'ai été invité à Royal, au Texas, par Miranda Dupree – l'ex-femme de Buckley Blackwood. Il est décédé il y a quelques mois et l'a chargée de me retrouver et de me dire la vérité sur sa paternité.

— Cette ordure lâche, marmonna sa mère.

Ses yeux se remplirent de larmes, qui coulèrent sur ses joues.

— Durant toutes ces années, il nous a fait promettre de ne jamais rien te dire, et voilà qu'il décède en nous faisant un coup pareil. S'il n'était pas déjà mort, je le tuerais de mes propres mains.

— Liberty, je sais que tu es contrariée, mais ne dis pas que tu aurais voulu tuer le père du petit, dit calmement Will.

— C'était un geste lâche, insista sa mère en se levant. Il aurait pu avoir la décence de nous avertir qu'il allait faire une chose pareille. Mais comme d'habitude, il ne s'est soucié de personne d'autre que lui-même.

— Ce n'est pas tout à fait vrai, répliqua Will, toujours la voix de la raison. Il a pris le petit en charge financièrement et s'est assuré qu'il puisse fréquenter les meilleures écoles et qu'il ait tout le nécessaire.

— Ce dont un enfant a besoin, c'est aussi d'amour, de soutien et d'éducation de la part de son père. Buckley Blackwood n'a jamais rien fait de tout ça, Will. C'est toi qui as assumé le rôle de père.

La vérité de cette déclaration frappa durement Darius. Will Pratt était un homme bon. Il avait élevé Darius et l'avait aimé comme s'il était de son propre sang. Et la seule chose que Darius avait vue, c'était qu'ils lui avaient menti… Sans jamais se demander pourquoi.

— Kellan Blackwood, mon demi-frère, dit que Buck vous a peut-être contraints à une sorte de confidentialité en échange de son soutien financier. Est-ce vrai ?

— Tu as parlé à un des fils de Buck ? demanda sa mère en cessant de faire les cent pas pour le regarder avec incrédulité. Il a accepté de te parler, malgré…

Les mots moururent sur ses lèvres et elle baissa les yeux.

— Malgré ta liaison avec leur père qui était alors marié à leur mère ? dit-il sans malice. Oui. J'en ai été surpris moi aussi.

— Je ne savais pas qu'il était marié à l'époque. Je ne l'ai su qu'après.

Darius haussa un sourcil.

— Tu ne savais vraiment pas ?

— Je te le jure, mon chéri. Je sais que j'ai fait beaucoup de mauvais choix à cette époque, mais crois-moi, j'avais trop d'estime pour moi, pour être la maîtresse d'un homme.

Cela ressemblait bien à sa mère. Elle était dans la fin de la cinquantaine et continuait à faire tourner les têtes.

— Ce n'est que lorsque je lui ai dit que j'étais enceinte qu'il m'a avoué être marié. Il m'a offert...

Elle baissa le regard vers ses mains jointes et soupira avant de continuer :

— Il savait que sa femme divorcerait en apprenant cela... et qu'elle l'aurait ruiné. Alors, quand j'ai insisté pour te garder, il a promis de prendre soin de toi financièrement tant que...

— Tant que tu ne me révélerais pas son identité.

— Ou à n'importe qui d'autre, dit-elle. Mais Will est entré dans nos vies quand tu étais encore jeune. Il t'adorait et quand les choses sont devenues sérieuses entre nous, j'ai insisté pour lui dire la vérité.

Elle serra alors la main de son mari.

— Mais nous n'en avons jamais parlé à personne d'autre... Pas même à toi, de peur des représailles.

Darius se tint devant la fenêtre et regarda la pelouse bien entretenue. Il était assailli par tant d'émotions, qu'il pouvait à peine respirer.

— Chéri, s'il te plaît, dis quelque chose, l'implora Liberty en s'approchant de lui.

— Que veux-tu que je dise ? Qu'apprendre que je suis le bâtard indésirable de Buckley Blackwood a été dur ? Que ça explique pourquoi j'ai toujours eu l'impression de ne pas être désiré ?

— Comment peux-tu dire une chose pareille ? protesta-t-elle en lui caressant la joue. Je t'ai aimé plus que tout au monde, dès l'instant où j'ai appris ton existence. Et pense à Will.

Ils tournèrent tous deux leurs regards vers l'homme assis derrière eux.

— Parfois, je pense qu'il t'a aimé avant de m'aimer moi. Will n'avait aucune obligation envers toi, Darius, mais il a choisi d'être ton père. Il t'a même donné son nom. Est-ce que ça ressemble à quelqu'un qui n'aurait pas voulu de toi ?

— Non, tu as raison, concéda Darius avant de soupirer. J'y ai beaucoup réfléchi ces dernières semaines. Quand vous m'avez annoncé que Will n'était pas mon père biologique, j'étais furieux parce qu'une part de moi pensait que si vous m'aviez menti sur ça, peut-être que vous mentiez en affirmant que mon vrai père ne voulait pas de moi. Et comme tu ne voulais pas me dire qui il était...

Darius fit une pause avant de continuer :

— J'étais amer et en colère, et j'ai fait preuve d'immaturité. Je vous en ai voulu, alors que vous ne le méritiez pas. Je suis désolé. Je me rends compte à présent que vous essayiez juste de faire les choses au mieux.

Sa mère le serra de toutes ses forces, le visage baigné de larmes, et Will se joignit à eux.

Darius se sentit soudain apaisé, même s'il lui était impossible de rattraper le temps perdu avec ses parents.

— Assez avec cette orgie de câlins, déclara-t-il finalement avec émotion. Il y a beaucoup de choses dont j'ai besoin de vous parler.

— Laisse-moi faire du café et tu pourras tout nous raconter, dit Will en souriant.

Darius s'installa auprès d'eux et leur parla des événements à Royal. Puis il leur raconta tout sur Audra et le temps qu'ils avaient passé ensemble ces derniers jours.

— J'ai hâte de rencontrer cette jeune femme, déclara sa mère en buvant une gorgée de café.

— Et j'ai hâte de vous la présenter.

Son téléphone sonna : Stasia. Il s'excusa et prit l'appel.

Trois acheteurs à l'étranger voulaient passer commande pour les maillots de bain, à condition qu'ils puissent obtenir une date de livraison accélérée.

Darius n'avait pas prévu de se rendre au bureau aujourd'hui, car il comptait passer la journée avec Audra afin de tout lui expliquer. Mais manifestement, cela allait devoir attendre quelques heures de plus.

Il quitta ses parents en leur promettant de les rappeler bientôt, et se rendit au bureau, décidé à tout régler aussi vite que possible.

21

Audra était de retour chez Darius après un rendez-vous, quand son téléphone sonna.

Cash.

Cette fois, elle n'allait pas ignorer son appel, et elle n'épargnerait pas non plus ses sentiments.

— Cash, pourquoi est-ce que tu m'appelles ?

— Tu m'as bien dit que nous étions toujours amis, non ? Je t'appelle donc en tant qu'ami.

Elle inspira profondément et soupira.

— Excuse-moi, j'étais occupée à faire quelque chose.

— À Los Angeles ?

— Est-ce que tu me suis, Cash ? s'indigna-t-elle, les joues brûlantes.

Le jeune homme eut un rire amer.

— Pas du tout. Je t'ai vue dans la rubrique mode du journal local. Je ne pense pas que tes parents seront ravis quand ils te verront te trémousser en maillot de bain sur la piste d'un défilé de mode, sans compter les photos avec le styliste en question dans un bar.

— Les photos sont dans le journal de Dallas ? demanda-t-elle écarlate.

C'était incroyable que sa mère ne l'ait pas déjà appelée en panique avec son discours habituel sur le « comportement digne d'une Covington ».

— Merci de me prévenir, Cash. Je n'étais pas au courant pour ces photos, dit Audra en faisant les cent pas. Je ferais mieux d'appeler ma mère avant qu'elle ne l'apprenne de quelqu'un d'autre.

— Jamais je n'aurais pensé que tu serais le genre de femme à estimer un homme en fonction de la taille de son compte bancaire.

Audra s'immobilisa et fronça les sourcils.

— Ce n'est pas le cas. Tu me connais depuis toujours, Cash. Pourquoi penses-tu que j'aurais changé ? Je t'ai dit que Darius et moi nous connaissons depuis l'université, depuis l'époque où il n'avait rien d'autre qu'un rêve et sa détermination.

— Donc ta nouvelle idylle n'a rien à voir avec le fait qu'il est sur le point d'hériter de millions de dollars ?

— De quoi parles-tu ?

— Allez, Audra, tu n'ignores tout de même pas que Darius Taylor-Pratt est le fils caché de Buckley Blackwood ? Le demi-frère de ta cliente, Sophie Blackwood ?

Audra secoua la tête et se laissa tomber sur la chaise la plus proche, les jambes en coton.

— Ce n'est pas possible. Darius ou Sophie… Un des deux me l'aurait dit.

— Dans ce cas, ce ne sont pas vraiment des amis, déclara Cash froidement.

— Tu en es certain ?

— Test ADN à l'appui.

— Et comment le saurais-tu ?

La ligne devint silencieuse.

— Cash, comment le sais-tu ? demanda-t-elle.

— Il fallait que j'en apprenne plus sur ce type, et que je m'assure qu'il n'était pas un profiteur. J'essayais simplement de te protéger.

— En fouillant dans ma vie et celle de mes amis ? Je ne t'ai jamais demandé de faire ça.

— Je pensais que je le devais à tes parents…

— Oh je comprends. Il ne s'agit pas de moi. Comme tu ne pourras pas être son gendre, tu veux essayer d'impressionner mon père en me « sauvant » d'un homme que tu juges indigne de moi.

— Je n’aime pas que tu insinues que je fais cela pour des raisons égoïstes.

— Et je n’aime pas que tu te mêles de mes affaires. Je n’ai pas besoin de ton aide et ne l’ai pas sollicitée. Si tu m’appelles à nouveau, je dirai à mon père, à la police et aux journaux que tu me suis partout et que tu as soudoyé des employés de l’hôpital.

C’était une supposition, mais cela semblait logique. Qui d’autre aurait pu lui révéler les résultats d’un test ADN ?

— Audra, je suis désolé d’avoir insinué que tu étais intéressée par la fortune de Darius. Mais s’il t’a caché la raison de sa présence à Royal... Il me paraît évident que tu ne peux pas lui faire confiance. Je ne veux pas te voir blessée.

— Rappelle-moi encore une fois, Cash, et ce sera la fin de ta carrière politique. Tu ne pourras même pas travailler en tant qu’agent de la fourrière.

Elle raccrocha et posa le téléphone sur le canapé à côté d’elle.

M’a-t-il encore menti ?

La tête lui tournait et elle avait un nœud à l’estomac. Elle devait parler à Darius, mais elle voulait pouvoir le faire en le regardant dans les yeux.

Darius rentra aussitôt que possible, impatient de revoir Audra. Il la trouva assise sur l’îlot de la cuisine, un verre de vin blanc à la main et la mine renfrognée.

— Audra, ma chérie, quelque chose ne va pas ? demanda-t-il soudain inquiet.

— Est-ce que c’est vrai ?

— Qu’est-ce qui est vrai ?

Elle posa le verre et le fixa.

— Est-il vrai que tu es le fils de Buckley Blackwood ? Que Sophie Blackwood est ta sœur cadette ? Que vous avez comploté pour que je retombe dans tes bras ? Est-ce pour cette raison qu’elle m’a engagée ?

— Non ! Je veux dire, oui je suis un Blackwood. Mais je te jure que je l’ai appris le jour de mon arrivée en ville, environ une heure avant qu'on se croise au Royal Diner. J'étais dévasté, confus... Je ne savais pas quoi penser ou si je pouvais croire un mot de cette histoire.

Les yeux d'Audra brillaient de larmes. Elle les essuya avec colère, refusant de les laisser couler.

— Alors tu m'as encore menti, dit-elle d'une voix tremblante.

La douleur dans sa voix lui brisa le cœur. Il l'avait encore trahie.

— Je ne t'ai pas menti, Audra. Je me suis rendu à Royal pour affaires avec Miranda. Mais à mon arrivée, j'ai appris que la véritable raison de ma présence, était de m'apprendre que Buckley Blackwood, un homme que je n'ai jamais rencontré, était mon père biologique.

— Alors tu n'as pas menti sur le fait d'être un Blackwood tout comme tu ne m'as pas menti au sujet de tes parents ? demanda-t-elle incrédule, les bras croisés.

Darius se passa une main sur la tête et soupira.

— Je te jure, Audra, que je comptais tout te dire le plus tôt possible.

— Quand as-tu su avec certitude que tu étais le fils de Blackwood ?

— J'ai eu les résultats des tests ADN le jour où nous avons fait du bénévolat ensemble au club-house.

— Alors tu le savais le soir où nous avons couché ensemble.

La peine qu'il vit dans son regard l'affligea profondément : il l'avait une fois de plus blessée, même si c'était involontaire.

— Oui, mais je ne pouvais rien dire. J'attendais d'abord que mes parents rentrent de voyage pour le leur annoncer en personne. Je voulais qu'ils l'apprennent avant que la presse s'empare de l'information. Ils étaient en Europe depuis trois semaines.

— Comme c'est pratique, ironisa-t-elle.

— C'est la vérité. Je suis allé les chercher à l'aéroport ce matin et je leur ai tout dit. J'allais venir ici t'en parler, mais Stasia m'a appelé pour une urgence au bureau. Je te jure que j'allais tout te dire.

— Je ne sais plus que croire, Darius. Même si c'est la vérité, ça n'explique pas que Sophie m'ait engagée et qu'elle ait prétendu ne pas savoir que tu étais son frère. Ça n'explique pas non plus que nous ayons loué des maisons voisines. Il y a bien trop de coïncidences. Je suis peut-être naïve, mais je ne suis pas stupide, acheva-t-elle en quittant la cuisine.

— Audra !

Il la suivit jusqu'à la chambre où elle avait déjà sorti ses bagages et commencé à faire ses valises.

— J'ai demandé à Sophie et Kellan de garder le secret jusqu'à ce que je l'annonce en personne à mes parents. C'est pour ça que Sophie ne t'a rien dit.

— Mais elle le savait. Voilà pourquoi elle se donnait tant de mal pour nous remettre ensemble.

— S'il te plaît, ne sois pas fâchée contre Sophie. Elle s'efforçait simplement de respecter mon souhait et de me laisser le temps de digérer cette histoire.

La jeune femme continua de faire ses bagages en l'ignorant.

— Ça me rendait fou de te cacher ça, mais je devais protéger mes parents. Je ne pouvais pas leur laisser la mauvaise surprise de l'apprendre par les médias, comme l'article d'il y a trois ans.

Elle continua de s'affairer en silence, les joues rouges.

— Audra, ma chérie, tu dois me croire, dit-il en levant doucement son menton, tandis qu'elle fuyait son regard. C'est de ça que je parlais hier soir en disant que nous avions beaucoup à discuter.

— Donc c'est ma faute parce que je ne voulais pas en parler hier soir ? dit-elle en se dégageant, indignée.

— Non, bien sûr que non. Comment aurais-tu pu savoir…, dit-il en se massant la nuque, avant de se figer. Attends… Comment l'as-tu su ?

— Cash m'a appelée ce matin pour m'accuser de t'avoir choisi plutôt que lui, parce que tu es un Blackwood.

Elle leva une main pour l'empêcher de parler.

— Oui, je suis à peu près certaine qu'il a fait quelque chose d'illégal pour le découvrir. Mais le fait est que, encore une fois, tu t'es moqué de moi, Darius. Parce que je t'aime et que je croyais en toi, mais je ne sais pas ce qui est pire : ne pas savoir si je peux te faire confiance ou savoir que tu ne me fais pas confiance.

Ses mots le frappèrent comme un coup de poing dans l'estomac.

— Audra, ce n'est pas que je ne te faisais pas confiance. Cela ne me semblait pas juste de le dire à qui que ce soit avant de l'avoir annoncé à mes parents. Je leur dois tant. Je sais que tu ne comprends probablement pas que...

— Non, je ne comprends pas, le coupa-t-elle d'une voix tremblante avant de continuer à faire ses valises.

— Comment pourrais-je te prouver que je dis la vérité ? Je suis prêt à faire n'importe quoi, Audra, dit-il en lui prenant la main. Je t'aime, et tu es la seule personne avec qui je veux être.

Elle évita son regard, sans pour autant retirer sa main.

— J'ai besoin d'un peu de temps pour réfléchir à tout ça. Je suis sûre que tu peux le comprendre.

— Bien sûr, dit-il en la relâchant à contrecœur. Mais ne pars pas. Tu as des rendez-vous avec des clients toute cette semaine. Reste ici et j'irai à l'hôtel, ou peut-être chez mes parents.

— Je ne vais pas te chasser de ta propre maison.

— Je veux que tu restes. S'il te plaît. Laisse-moi juste quelques minutes pour prendre des affaires.

Darius récupéra son sac de voyage et y jeta quelques vêtements. Audra resta là, les bras serrés autour d'elle.

— Je te contacterai dans quelques jours. Appelle-moi, si tu es prête à parler avant.

Il se pencha et l'embrassa sur la joue, puis se dirigea vers la porte. Audra se laissa tomber sur le lit, comme épuisée par cette épreuve.

— Audra, dit-il soudain en se retournant. Je suis vraiment désolé. On dirait que je ne peux pas m'empêcher de détruire ce que je désire le plus au monde : être avec toi.

Il prit son Range Rover et se rendit chez ses parents à Brentwood.

La chose qu'il avait tant redoutée, il y a cinq ans, était finalement arrivée : Audra le quittait, et il le méritait.

22

Audra descendit les marches pieds nus, déroutée de se retrouver chez Darius, étant donné les circonstances. Mais il avait insisté pour qu'elle reste.

Elle appela son restaurant asiatique préféré à Los Angeles, et passa une commande. Puis, elle ouvrit sa liste de contacts et choisit un numéro.

— Bonjour, Audra ! Tu es toujours à Los Angeles ? s'exclama une voix joyeuse.

— Pourquoi ? Ton frère ne te l'a pas dit ?

Elle essaya de ne pas paraître agressive. Après tout, Sophie Blackwood était toujours sa cliente.

— Kellan ? demanda la jeune femme avec méfiance.

— Non. Je veux parler de Darius. C'est bien ton frère, n'est-ce pas ?

Sophie hésita avant de répondre :

— Est-ce que c'est Darius qui te l'a dit ?

— Non. C'est mon ex, et je me suis sentie comme une idiote, étant donné que vous prétendez tous deux être mes amis, éclata Audra avec colère. Darius m'a présenté ses excuses. Maintenant, j'aimerais savoir pourquoi tu ne m'as pas dit que l'ex que je venais de croiser au Royal Diner était ton frère.

Sophie soupira.

— Darius ne voulait pas que l'information soit divulguée avant d'en avoir parlé à ses parents, et il ne voulait pas non plus que cette histoire fasse la une des journaux. Alors, quand

Darius nous a demandé de ne rien dire… nous avons respecté son souhait, expliqua Sophie d'un ton contrit.

Audra comprenait les raisons de Darius. Mais s'il ne lui avait pas fait confiance, cela ne voulait-il pas dire qu'il l'assimilait au grand public ? C'était bien ça qui lui faisait le plus mal.

— Darius et moi nous sommes retrouvés à Royal au même moment, dans des maisons voisines. Ça ne pouvait pas être une coïncidence, dit Audra en se laissant tomber sur une chaise du salon. Darius a forcément dû te mettre au courant.

— Oui et non, répondit Sophie hésitante.

— Que veux-tu dire exactement ?

— Ça veut dire que Darius n'avait rien à voir avec ça.

— Mais toi oui ?

— Oui, répondit Sophie en soupirant. Après avoir appris que Darius était notre frère, j'ai fait des recherches sur lui, qui m'ont conduite à toi. Lui, ne savait pas encore qu'il était un Blackwood. Mais j'avais été si attristée par ce qu'il avait vécu que j'ai voulu faire quelque chose pour lui. Je t'ai donc commandé nos alliances, et je t'ai invitée à venir en espérant…

— Que Darius et moi nous nous croiserions. Mon Dieu, Sophie, tu ne peux pas comploter pour inciter les gens à se remettre ensemble.

— Mais pourtant… Ça a marché, non ?

— Non, certainement pas, réfuta Audra le visage brûlant. Du moins, plus maintenant que je sais que tu as tout manigancé. Je n'aime pas être manipulée. Nous loger l'un à côté de l'autre et me dire d'utiliser sa piscine ? C'était incroyablement retors.

— Non, ça ne s'est pas passé de cette manière. J'ignorais qu'il était en ville jusqu'à ce que tu me le dises. Et je n'avais aucune idée que Miranda l'avait installé dans la maison voisine de la tienne. Mais quand je l'ai su… Ça a été comme un signe, tu comprends ?

— Tu viens de dire que tu m'as invitée à Royal pour que Darius et moi nous nous rencontrions. Si tu n'as rien à voir avec sa venue, comment avais-tu prévu de nous réunir tous les deux ?

— J'allais le contacter et lui demander de passer une semaine à Royal avant mon mariage. J'avais prévu de vous réunir à ce moment-là.

Audra se mordilla la lèvre, essayant de décider si elle devait la croire ou non.

— Et tout ce blabla concernant notre amitié… Ça faisait aussi partie de ton plan ? demanda-t-elle finalement.

— Non, bien sûr que non. Je t'aime vraiment, Audra. Il ne m'a pas fallu longtemps pour voir pourquoi mon frère t'adore.

— Est-ce que Darius t'a parlé de moi ?

— Jamais. Mais ce n'était pas nécessaire. Il suffisait de vous voir ensemble pour deviner à quel point vous vous aimez.

Audra soupira.

— Merci pour ton honnêteté, Sophie. On se verra dans quelques jours à Royal. J'ai encore des choses à terminer ici.

— Alors tu viens toujours au mariage ? demanda Sophie d'une voix joyeuse.

— Une promesse est une promesse, marmonna Audra. Je n'apprécie peut-être pas tes plans d'entremetteuse, mais je ne doute pas que tu as bon cœur. En parlant de mariage, est-ce que tout sera prêt à temps au club-house ?

— Tout est prêt, mais j'avais une autre idée en tête. Ma mère et mon père sont décédés, mais je me disais que si je pouvais fêter mon mariage à Blackwood Hollow, au moins je serais entourée par le souvenir de mes parents. Ça te paraît ridicule ?

— Non, Sophie. C'est touchant.

— J'essayais de réunir mon courage et d'en parler à Miranda, car elle est propriétaire du domaine maintenant.

— Nigel la connaît assez bien, non ? S'il pense qu'elle sera ouverte à l'idée, pourquoi ne pas essayer ?

La sonnette retentit et Audra lui dit au revoir. En ouvrant la porte, elle se retrouva face à un homme d'âge mûr, aux cheveux gris mi-longs et aux yeux d'un bleu étincelant, qui tenait sa commande. Son visage lui parut incroyablement familier.

Elle tendit un pourboire et lui prit le sac.

— J'ai déjà donné un pourboire au livreur, mais pas aussi généreux que le vôtre, déclara l'homme.

— Mais si vous n'êtes pas le livreur… Qui êtes-vous ?

Elle recula de quelques pas en regardant autour d'elle, à la recherche d'un objet à utiliser en tant qu'arme.

— Je me suis mal présenté, dit l'homme en riant doucement et en lui tendant la main. Bonjour, Audra. Je suis William Pratt, le beau-père de Darius.

Elle comprit alors pourquoi il lui avait paru si familier : elle avait vu des photos des parents de Darius dans sa chambre d'amis et dans le bureau.

— Ravie de vous rencontrer, monsieur Pratt, dit-elle en lui serrant la main. Mais si vous savez qui je suis, alors vous savez probablement que Darius n'est pas là et pour quelle raison. Comment puis-je donc vous aider ?

— Est-ce que je peux entrer ?

Elle le laissa entrer, et posa le sac de nourriture dans la cuisine. Puis, elle plaça deux couverts sur la table.

— J'espère que vous aimez les plats asiatiques parce que je me suis emballée et j'ai trop commandé.

Audra les servit et prit ses baguettes.

— Alors pourquoi vouliez-vous me voir, monsieur Pratt ?

— Appelez-moi Will, s'il vous plaît.

— Est-ce Darius qui vous a envoyé ? demanda-t-elle en choisissant un morceau de porc braisé.

— Non, et j'aurai probablement des explications à lui donner quand il le découvrira. Mais il était tellement déprimé par ce qui s'est passé entre vous que je ne pouvais pas rester sans rien faire.

Audra étudia l'homme en goûtant son porc braisé. Il semblait sincère et se souciait manifestement beaucoup de Darius. Elle posa ses baguettes et se redressa sur son siège.

— Très bien, monsieur Pratt…

— Will.

— Très bien, Will. Qu'est-ce que vous avez à dire pour la défense de Darius ?

— Je suis venu vous redire ce que vous savez probablement déjà. Darius a fait des erreurs, mais c'est quelqu'un de bien.

— Comment pouvez-vous dire cela quand il a coupé les ponts avec vous, tout comme avec moi il y a quelques années ?

— Il n'a jamais cessé de prendre soin de nous, même quand il était en froid. Il nous a acheté une maison et nous envoyait de l'argent tous les mois. Et vous, Audra, je suppose qu'il n'a jamais cessé de penser à vous et de ressasser la terrible erreur qu'il a commise en vous abandonnant, par peur que vous le quittiez.

— Je n'aurais jamais fait ça.

— Je pense qu'il le sait maintenant, dit l'homme gentiment.

— Il ne me fait visiblement toujours pas confiance, sinon il n'aurait pas imaginé que j'irais tout raconter aux journaux, dit-elle le cœur douloureux.

— Je ne crois pas qu'il pensait ça de vous. Mais c'est un sujet sensible, et il se sentait coupable d'en parler à quelqu'un d'autre avant nous.

— Vous êtes un homme attentionné, Will Pratt. Darius a de la chance de vous avoir comme père.

— Merci, Audra, répondit l'homme avec un large sourire. Avant de partir, il y a encore une chose dont je veux vous parler.

— Oui ? dit-elle en reprenant ses baguettes.

— Mon fils vous aime beaucoup. Je sais qu'il a fait des erreurs qui nous concernent tous les deux. Mais le sentiment de rejet et de trahison qu'il a ressenti en apprenant que je n'étais pas son père biologique… l'a durement meurtri, et il a toujours du mal à s'en remettre. Si vous pouviez trouver dans votre cœur le moyen de lui donner une autre chance, je sais qu'il en vaut la peine.

Will la remercia pour le repas et partit.

Audra ferma la porte derrière lui et soupira. Elle aimait Darius, mais ce n'était pas suffisant s'ils ne pouvaient se faire mutuellement confiance.

Elle réalisa soudain qu'elle ne pourrait jamais faire le point ici, dans la maison où tout lui rappelait Darius. Après son repas, Audra reporta ses réunions clients et réserva un vol pour Dallas.

Elle avait besoin de rentrer chez elle.

23

Darius fixa le message dévastateur qu'il tenait à la main : Audra était repartie à Dallas, prétextant qu'elle avait besoin de temps pour réfléchir, et lui demandait de respecter cela. C'était donc ce qu'il allait faire.

Il reposa le mot quand Stasia entra dans son bureau. Elle referma la porte derrière elle et s'assit en face de lui.

— Je suis vraiment désolée, Darius. Je sais qu'Audra compte beaucoup pour vous.

— Merci, marmonna-t-il sans lever les yeux.

Il lui avait fait un rapide résumé de la situation, surtout pour qu'elle cesse de le harceler.

— Je sais qu'elle vous a demandé de lui laisser du temps, mais vous devez lui dire à quel point elle compte pour vous, sinon elle risque de vous filer entre les doigts. À moins que vous préfériez attendre son mariage ou...

— Très bien, Stasia. J'ai compris, dit-il en levant une main, déchiré à l'idée d'Audra avec quelqu'un d'autre. Mais si elle ne veut pas me parler, que dois-je faire ? Je ne vais tout de même pas la harceler !

— Certes, reconnut-elle. Je ne vous encourage pas à la harceler comme son ex-petit copain. Mais vous ne pouvez pas rester ici à ne rien faire. Envoyez-lui un e-mail, un message vocal ou une lettre, mais ne laissez pas une telle femme vous échapper sans vous battre. Sinon nous savons tous les deux que vous ne vous le pardonnerez jamais.

Elle fronça les sourcils en jouant avec une de ses tresses couleur barbe à papa, avant d'ajouter :

— Oh ! et Miranda Dupree a appelé pour demander si vous reviendrez bientôt à Royal. Elle aimerait vous montrer quelques modèles et a assuré qu'il n'y a aucun piège cette fois. Elle a même envoyé par courriel quelques croquis préliminaires pour le prouver. Je vous les ai transférés.

— Appelez Miranda et passez-la-moi. Je dois d'abord en discuter avec elle.

Anastasia quitta son bureau et lui passa Miranda une minute plus tard.

— Ainsi vous ne me croyez pas quand je dis que je ne manigance plus rien ? demanda Miranda, taquine. J'ai déjà envoyé une preuve.

— Et je vous en remercie, dit Darius. Mais ce n'est pas la raison de mon appel. J'ai décidé de me joindre à Sophie et Kellan pour contester la succession. Donc, si c'est un problème pour vous...

— Je pense que Buck serait heureux de savoir que vous faites front tous les trois, dit-elle amusée. Et non, je ne suis pas offensée par votre décision.

Darius poussa un léger soupir de soulagement.

— Merci de votre compréhension, Miranda. J'ai quelques affaires à terminer ici, mais je peux être de retour à Royal après-demain. Disons jeudi à 13 heures ?

Miranda donna son accord et ils raccrochèrent.

Darius comptait d'abord négocier ce contrat avec Déesse. Puis, s'il n'avait pas de nouvelles d'Audra, il suivrait les conseils de Stasia, même s'il devait envoyer son message par pigeon voyageur.

— Cette réunion préliminaire s'est bien mieux déroulée que je ne le pensais, déclara Miranda en étudiant les propositions de Darius. Je ne sais pas comment je vais faire pour ne sélectionner que quinze modèles.

— Je suis content que cela vous plaise.

— Je suis on ne peut plus satisfaite. Donc, si Thr3d est d'accord pour aller plus loin, Déesse l'est aussi. Nous laisserons les avocats rédiger les détails du contrat.

Miranda décrocha alors le téléphone et prit un appel.

— Nous avons une invitée : votre sœur, Sophie.

— Comment sait-elle que je suis ici ?

— Elle ne le sait probablement pas. Elle est là pour me voir.

— Darius, bonjour, dit Sophie en entrant.

Elle le serra chaleureusement dans ses bras avant de se tourner vers son ancienne belle-mère.

— Miranda, merci de me recevoir si vite.

— Nous en avions terminé, déclara Darius. Je vais vous laisser entre vous.

— En fait, je préférerais que tu restes, lui murmura Sophie discrètement. Je vais avoir besoin de ton soutien moral.

— Bien sûr.

— Comme tu le sais, Miranda, je vais bientôt me marier et j'aimerais vraiment que ça se déroule ici à Blackwood Hollow, pour me sentir entourée par la présence de mes parents. Je me rends compte que je m'y prends à la dernière minute, mais si...

— Bien sûr que tu peux te marier ici, Sophie, l'interrompit Miranda. Je pense que c'est une merveilleuse idée. Ton père aurait adoré.

— Oh ! eh bien... merci, Miranda, répondit Sophie surprise. Ça compte beaucoup pour Nigel et moi.

— Aucun problème. Fais-moi savoir si je peux t'aider, dit Miranda en se rasseyant derrière le bureau.

Sophie et Darius se levèrent, mais avant de partir, la jeune femme se retourna, à contrecœur.

— Encore une chose.

— Oui ? dit Miranda en lui souriant.

— Tu y es la bienvenue.

— Oh. Eh bien, merci Sophie, répliqua Miranda en repoussant ses mèches rousses derrière une oreille. J'aimerais beaucoup.

En allant vers leurs voitures, Darius donna un coup de coude à Sophie.

— Ce n'était pas si difficile, finalement ?

— Heureusement, dit-elle en soupirant. Ces derniers temps, il semble que je détruis les choses les plus simples. Audra et toi vous vous êtes retrouvés, mais elle s'est rendu compte que je m'en étais mêlée et… je suis vraiment désolée d'avoir tout gâché entre toi et Audra.

Darius serra sa sœur dans ses bras.

— Ce n'est pas ta faute, Soph. C'est moi, et je dois trouver un moyen d'arranger les choses.

— Combien de temps vas-tu rester en ville ?

— Une semaine, peut-être.

— Parfait. J'aimerais organiser une fête en ton honneur et te présenter officiellement comme membre de la famille. Peut-être ce samedi à 19 heures chez moi ?

Il allait décliner l'invitation, mais Sophie cherchait simplement à se montrer prévenante et accueillante.

— C'est parfait, Sophie. À plus tard.

Il monta dans sa voiture et prit une profonde inspiration. Une fois chez lui, il composa le numéro d'Audra et tomba immédiatement sur la messagerie vocale.

— Bonjour, Audra. Je sais que tu as demandé du temps, et je le respecte. Mais je voulais te redire combien je suis désolé pour les erreurs que j'ai commises à l'époque et aujourd'hui.

Son cœur battait à tout rompre et sa gorge était sèche.

— Je suis à Royal, et je regarde la piscine, en pensant au premier jour où je t'ai vue. Je n'en reviens toujours pas d'avoir encore tout gâché entre nous.

Darius hésita, se demandant combien de temps il lui restait avant que l'enregistrement s'arrête.

Arrête de tergiverser et dis-le.

— Tu me manques, Audra. Je t'aime plus que tout, et je ne peux pas imaginer de passer le reste de ma vie sans toi.

La poitrine serrée et la respiration douloureuse, il allait raccrocher, quand il ajouta :

— Encore une chose. Sophie organise une petite fête samedi à 19 heures. Je comprendrai si tu ne veux pas y assister, mais rien ne me rendrait plus heureux que ta présence. Prends soin de toi, Audra.

Il reposa alors le téléphone en espérant qu'elle rappellerait tout de suite. Mais elle ne le fit pas. Pas ce jour-là ni le lendemain.

Il avait tout gâché avec elle et Stasia avait raison : il ne se le pardonnerait jamais.

24

Audra inspira profondément et descendit de voiture. Elle était venue chez Sophie et Nigel plusieurs fois, mais là c'était différent.

Son ventre se noua et ses jambes se mirent à trembler. Elle n'arrivait pas à se souvenir de la dernière fois où elle avait été aussi nerveuse.

En la voyant, les yeux de Darius s'illuminèrent, et le cœur de la jeune femme se mit à battre plus vite. Elle lui adressa un petit signe discret de la main, et lui sourit sans pouvoir s'en empêcher.

Darius chuchota quelque chose à Sophie, qui regarda dans sa direction et pressa une main contre sa poitrine. Elle salua Audra, le regard dansant de joie, tandis que Darius se précipitait à travers la foule.

— Audra, je suis tellement content que tu sois là, dit-il en la serrant dans ses bras comme s'il ne voulait plus jamais la laisser partir. Comme tu n'as pas répondu à mon message…

— Tu m'as manqué, lâcha Audra.

Elle avait écouté le message de Darius au moins une douzaine de fois. Elle recula à contrecœur et croisa son regard.

— Je sais que ce n'est ni le moment ni le lieu, mais nous devons parler.

Darius la prit par la main et la conduisit à travers un couloir faiblement éclairé qui menait au bureau de Sophie. Il alluma la lumière et ils s'installèrent sur le canapé.

— Je t'écoute, Audra. Je suis prêt à entendre tout ce que tu as à me dire.

— Mais cette fête est donnée en ton honneur. On ne va pas te chercher ?

— Rien ne m'importe plus en ce moment que toi. Ma sœur comprendra, dit-il avec un mélange d'espoir et d'appréhension. Mais tout d'abord, sache que je pensais tout ce que j'ai dit dans mon message. Je t'aime, Audra.

Il lui embrassa doucement la main.

— Je suis désolé de ne pas avoir pu tout te dire dès le début. Je le voulais vraiment.

— Je te crois. Je comprends pourquoi tu ne pouvais pas m'en parler, mais j'aurais aimé que tu le fasses avant Los Angeles.

— Moi aussi. Cette semaine passée sans toi..., dit-il d'une voix emplie de douleur. J'ai eu peur de t'avoir perdue pour toujours. Je n'ai jamais été aussi malheureux de ma vie.

— Moi aussi. Je veux que ça marche entre nous, Darius. Je le veux vraiment. Mais je dois savoir si tu me fais totalement confiance, tout comme tu aimerais que je te fasse confiance. Pour que ça marche entre nous, nous devons être des partenaires à part entière.

— Je te fais confiance, Audra. Il n'y a que toi que je veux, dit-il en déposant sur sa paume un doux baiser qui lui chavira le cœur. Est-ce que tu veux bien me pardonner ?

— Oui, murmura-t-elle.

Elle s'éloigna alors de quelques pas pour garder la tête froide. Darius devait comprendre qu'elle était sérieuse.

— Mais plus de secrets, dit-elle en pointant un doigt sur son torse.

— Promis.

Il hocha la tête solennellement, puis captura sa bouche dans un doux baiser hésitant, qui s'intensifia rapidement pour devenir fiévreux, empli de désir et de désespoir.

Audra mourait d'envie de s'installer sur ses genoux, mais on devait sûrement avoir déjà remarqué leur absence. Elle pressa sa paume contre son torse et détacha à contrecœur sa bouche de la sienne.

— Nous ferions mieux d'y retourner avant que ta petite

sœur vienne nous chercher, dit-elle en l'embrassant encore une fois avant de se lever. Mais une dernière chose : mes parents seront à Los Angeles dans quelques semaines et je voudrais te présenter à eux.

Il se leva également et la prit sans ses bras.

— Et s'ils n'approuvent pas ton choix ?

Elle haussa les épaules.

— J'aimerais avoir leur approbation, mais je peux m'en passer. C'est mon choix, pas le leur.

Il hocha la tête, un sourire satisfait aux lèvres.

— Je serais honoré de les rencontrer. En ce qui te concerne, tu as déjà rencontré mon père, ce qui fait que ma mère est un peu jalouse. Elle veut que je t'invite à dîner la prochaine fois que tu viendras à Los Angeles.

— J'ai hâte de la rencontrer, dit Audra en souriant.

— On dirait que nous sommes directement passés à l'étape « présentation des parents », dit Darius avec un grand sourire. Il faut croire que ça devient sérieux.

— Je n'ai jamais été aussi sérieuse de toute ma vie.

L'admettre était à la fois terrifiant et passionnant.

— Bien. Je sais que nos lieux d'habitation ne seront pas une chose facile à gérer, mais je suis plus que disposé à faire des compromis.

— En parlant d'habitation... Il y a quelque chose que je n'ai pas eu l'occasion de te dire. J'ai loué une boutique sur Rodeo Drive pendant que j'étais à Los Angeles.

Elle se mit à glousser devant son air interloqué.

— C'est une bonne décision pour ma marque. Une décision que j'envisage depuis au moins deux ans. Mais maintenant, j'ai en bonus un homme incroyable dont je suis follement amoureuse, et qui vit à Los Angeles.

— Félicitations, Audra. C'est fantastique, s'exclama Darius en la serrant à nouveau dans ses bras. Mais ce ne sera pas un compromis unilatéral. Je passerai beaucoup plus de temps ici, à connaître la famille dont j'ai hérité et à refaire connaissance avec la femme que je n'ai jamais pu oublier.

Audra rayonnait littéralement, le cœur débordant d'amour et d'un profond sentiment de joie. Ses yeux s'emplirent de larmes.

— Encore une chose, ma belle, dit-il en effaçant une larme de son pouce. Tout me manque à propos de nous : te parler toute la nuit, m'endormir en te tenant dans mes bras, que ton visage soit la première chose que je vois chaque matin, nos petits déjeuners et nos dîners tardifs, la thérapie par bain moussant et le calme qui m'envahit quand je te regarde nager.

Il fit une pause, et inspira profondément.

— Je sais que nous sommes tous deux occupés à bâtir nos carrières. Mais je veux passer chaque instant disponible avec toi. Alors... Ce que j'essaie de te dire c'est que... je t'aime, Audra, et j'adorerais que tu emménages avec moi.

— À Los Angeles ?

Elle avait espéré qu'il le lui proposerait, mais n'avait pas voulu le presser.

— Et aussi ici à Royal. Ou peut-être chez toi à Dallas ? dit-il en lui caressant la joue. Je ne veux surtout pas te mettre la pression, alors si tu trouves que nous allons trop vite.

— Non, nous n'allons pas trop vite. Nous avançons avec cinq ans de retard, et j'ai hâte de rattraper le temps perdu, dit-elle, avant d'ajouter en souriant : En plus, j'adore ta piscine.

Darius éclata de rire, et la tension dans son expression s'atténua. Il se pencha, ému, et l'embrassa. Audra inclina la tête et s'accrocha à lui, désireuse de prolonger leur baiser.

Peut-être que la fête devrait attendre encore un peu finalement.